# Zweckfreie Küchenanwendungen

YEOH JO-ANN

ROMAN

Übersetzt von Gabriele Haefs

*Mit Anmerkungen*

ALFRED KRÖNER VERLAG

Yeoh Jo-Ann
*Zweckfreie Kuchenanwendungen*
*Roman*
Übersetzt und mit Anmerkungen von Gabriele Haefs
1. Auflage, Stuttgart, Kröner 2022
ISBN: 978-3-520-62501-4

Originaltitel: *Impractical Uses of Cake*


Supported by

NATIONAL ARTS COUNCIL
SINGAPORE

Die Übersetzung aus dem Englischen wurde mit Mitteln des Auswärtigen Amts unterstützt durch Litprom e.V. – Literaturen der Welt

Umschlaggestaltung Denis Krnjaić
unter Verwendung eines Motivs aus shutterstock.com



Klimaneutral
Druckprodukt
ClimatePartner.com/12514-2207-1012


Gesamtherstellung: Friedrich Pustet Regensburg

*Für meine Eltern,*
*dafür, dass sie den ganzen Lärm ertragen haben*

*Ein Mann und eine Frau gehen durch einen Supermarkt. Sie sprechen nicht, außer um Punkte von ihrer gemeinsamen Einkaufsliste abzulesen.*

*»Eier, erledigt.«*

*»Müsli.« Die Schachtel schlägt im Einkaufswagen auf.*

*»Birnen.«*

*Sie haben fünfzehn Punkte auf ihrer Liste.*

*Die Frau ist tot. Sie ist heute gestorben. Der Mann weiß das, ist sich aber nicht sicher, wie er sich damit fühlt. Warum sollte sich dadurch irgendetwas ändern? Aber das muss es doch.*

*Sie beenden ihren Einkauf, und er fährt sie beide nach Hause. Eigentlich ist es sein Zuhause, aber er hat sich daran gewöhnt, es mit ihr zu teilen. Seine Bücher zu teilen, sein Badezimmer, seine Küche, seinen Fernseher (den nutzt sie zwar nie, aber er hätte nichts dagegen, wenn sie es täte), seinen Esstisch mit den sechs Stühlen und sein Dreisitzer-Sofa. Eines der Kissen in seinem Bett riecht nach ihr, und nach seinem Shampoo. Er hofft, dass sie nicht weggehen wird, jetzt, da sie tot ist. Ihr Tod hat irgendwo zwischen seiner Brust und seinem Bauch einen Reifen aus Besorgnis gespannt.*

*Sie gehen zu Bett und er nimmt sie in den Arm und fragt sich, was er sich von all dem hier erhofft. Es kann nicht vernünftig sein, sich irgendetwas zu erhoffen, und er ist ein vernünftiger Mann.*

*Sie lässt sich von ihm in den Arm nehmen und fragt sich, was er sich von all dem hier erhofft. Es kann nicht vernünftig sein, sich irgendetwas zu erhoffen, und er ist ein vernünftiger Mann.*

# I

Der Dämmerungshimmel ist übersät mit rosa Wolken, aber Sukhin geht trotzdem aus dem Haus. Keiner von den frühmorgendlichen Joggern ist zu sehen, nicht einmal der Irre aus dem Appartementhaus die Straße runter. Sukhin verspürt einen Anflug von Selbstzufriedenheit. *Ha. Angst vor ein paar Tropfen Wasser.* Diese Selbstzufriedenheit macht die nächsten beiden Kilometer viel erträglicher als sonst, und kurz darauf hat er schon die Hälfte der Strecke geschafft – endlich. Als die Luft um ihn herum sich schwängert mit dem Geruch des heraufziehenden Gewitters, spornt er sich selbst noch ein bisschen mehr an, zwingt sich zu größeren, schnelleren Schritten.

Sukhin hasst Joggen. Es langweilt ihn. Er fühlt sich lächerlich dabei. Dieses ganze alberne Gekeuche und Gepruste, dieses unelegante, phantasielose Pflastergetrete, das er jeden Morgen praktiziert, um von seiner Wohnung zu … seiner Wohnung zu gelangen. Null Ortsveränderung – wie blödsinnig. Aber er bleibt dabei. Es ist billig, es ist einfach und er braucht die Bewegung.

»Leute, die nicht fit sind, sind nun mal nicht produktiv«, hat er Ken vor einigen Monaten zu dem neuen Studienplaner sagen hören. »Sie ermüden schnell – ihnen fehlt einfach die Ausdauer. Es ist nicht einmal eine Frage von Arbeitswille oder -unwille.« Sie hatten in der Personalküche gestanden und Ken hatte ihm dabei direkt ins Gesicht gesehen – es war klar, dass er meinte, Sukhin sei unproduktiv, ermüde schnell und besitze keine Ausdauer, und ebenso klar, dass er ihn das wissen lassen wollte.

Es hatte eine Zeit gegeben, da hätte Sukhin darauf irgendeine Retourkutsche losgelassen, sich aufgrund irgendeines hehren Prinzips geweigert, Sport zu treiben, um nicht zugeben zu müssen, dass Ken vielleicht doch irgendwo recht haben könnte. Aber Auseinandersetzungen kosteten ihn jetzt mehr Energie als früher, als er noch jünger gewesen war, und er hatte sich dabei ertappt, dass er seinen wachsenden Bauch im Spiegel genauer unter die Lupe genommen, im Laufe des Tages immer wieder sein Energielevel überprüft, seine Schritte mit denen von Ken und Tat Meng und Dennis verglichen hatte und nach exakt einer Woche zu dem Schluss gekommen war, dass er sich mit dem Thema Sport würde auseinandersetzen müssen.

Heute Morgen, während es in Strömen regnet und er bis auf seine Einlegesohlen durchnässt wird, fragt er sich, ob er sich lieber in einem Fitness-Studio hätte anmelden sollen.

Aber die Sache mit den Fitness-Studios hat einen Haken: die Leute, die da hingehen.

Vor Jahren war Sukhin in einem Fitness-Studio. Die Leute haben ihn in den Wahnsinn getrieben. Männer vor Spiegelwänden, die versuchten, obskure Rückenmuskeln zum Vorschein zu bringen. Frauen mit kessen Pferdeschwänzen, die sich im nämlichen Spiegel musterten und davon schwärmten, wie arg doch ihre Oberschenkel nach dem Training schmerzten. Und knalliges Lycra, wohin er auch blickte. Was brachte die Leute bloß dazu, sich in knalliges Lycra zu kleiden, um sich zusammen mit anderen in knalliges Lycra gekleideten Leuten den immergleichen

Übungen hinzugeben, meistens auch noch exaltiert angefeuert von einem eigens dazu eingestellten Knall-Lycra-Häuptling, der nur davon lebte, dass die Leute unfähig waren, sich selbst zu motivieren, ohne in knalligem Lycra steckend angebrüllt zu werden?

Das alles war Dennis, der ihn dorthin geschleift hatte, nicht zu vermitteln; der hatte nur die Augen verdreht und gesagt: »Reg dich ab, Süßer. Du klingst völlig irre. Schlimmer – du klingst wütend. Auf Lycra.« Und er war abgezogen, weggefedert zu seinem Spinning-Kurs, was immer das sein mochte. Sukhin war nach Hause gegangen.

Also nein. Kein Fitness-Studio. Kein knalliges Lycra.

Völlig durchweicht erreicht Sukhin seinen Wohnblock. Er ist so gut wie blind – seine Brille ist total beschlagen, der Regen klatscht ihm in die Augen – und er braucht fünf Versuche, um den richtigen Türcode einzugeben. Er würde gern losbrüllen, tut es aber nicht. Stattdessen tröstet er sich damit, durch das Foyer zu stampfen und auf den Aufwärts-Knopf einzuprügeln, auch noch, als die Fahrstuhltüren sich schon öffnen.

»Null Ortsveränderung«, knurrt er, als sich die Türen schließen und das Getriebe zu surren beginnt. »Null Ortsveränderung.« Darin steckt irgendeine Metapher, scheint ihm – er hat sie nur noch nicht entziffert.

~

»Siehst du? #04-03 führt Selbstgespräche.« Der Sicherheitsmann zeigt auf den Überwachungsmonitor mit der Aufschrift Lift A. Die Ablösung für die Morgenschicht hat sich soeben eingestempelt.

»Mr Dhillon? Lehrer lah.« Der Morgenmann ist älter und war früher im Stadtzentrum eingesetzt, wo er alle Arten von irren Typen gesehen und als Anekdoten für Freunde und Verwandte gespeichert hat. »Juristen, Lehrer, alles eins. Reden alle viel, spinnen alle. Hab ich dir schon mal von dem erzählt, der sich nackt ausgezogen und seine Kleider auf die Straße geworfen hat?«

Die Digitaluhr an der Wand in ihrer Dienstkammer piept zweimal. Es ist sechs Uhr.

~

Sukhin braucht genau siebenunddreißig Minuten, um zu duschen, sich anzuziehen und mit dem Rad zu dem Junior College zu fahren, wo er arbeitet. Er ist ungeheuer stolz auf diese Leistung. Alle zwei Monate überprüft er mit der Stoppuhr-App in seinem Telefon, ob er die Zeit hält.

Zwei Minuten, um sein Fahrrad im Gartenschuppen anzuketten und zur Kantine zu gehen. Sein Morgen-Si-Gao-Kosong-Tee steht immer schon bereit – er hat ein Arrangement mit Mrs Chan, und sie bereitet seinen Tee unmittelbar vor seinem Eintreffen um 6.45 Uhr. Vier Minuten von der Kantine zu seinem Büro, eine Minute, um seinen Computer hochzufahren, zehn lange, wunderbare Minuten für seine Tasse Tee. Dann packt er seine Bücher und Notizen zusammen und geht hinunter auf den Hof zur Morgenversammlung. Er nimmt die Hintertreppe, um keinem seiner Kollegen zu begegnen. Morgens bleibt Sukhin gern so lange wie möglich für sich.

Heute sieht er Dennis unten an der Treppe auf ihn warten. Sukhin verzieht das Gesicht.

»Gott, bist du scharf, wenn du wütend bist.«

Er wünschte, er hätte eine schlagfertige Antwort, aber bei Dennis fällt ihm nie eine ein. »Sag mir einfach, was du willst.«

»Du musst mich vertreten – ich hab in der ersten Stunde die 2SO2B, aber ich muss los und ganz schnell was erledigen.« Als er sieht, wie Sukhin die Stirn runzelt, wiederholt er: »Ganz schnell.«

»Ich könnte in der ersten Stunde auch Unterricht haben, Dennis.«

»Hast du aber nicht. Donnerstags hast du die ersten beiden Stunden frei.«

»Ah. Wie praktisch.« Sukhin geht auf – wie immer zu spät –, dass Dennis nicht einmal die Möglichkeit einer Ablehnung in Betracht gezogen hat. Während er noch nach einer bissigen Erwiderung sucht, zieht Dennis ab, winkt und formt mit den Lippen ein lautloses *Liebe dich.*

Auch das läuft wie immer: Dennis' Dickfelligkeit – ein Wort, das er in seinem Kopf nur für Dennis reserviert hat – kränkt und beeindruckt Sukhin gleichermaßen. Aber natürlich wird er Dennis vertreten – das ist leichter, als ihm nachher aus der Patsche zu helfen.

Der Weg zum Naturwissenschaften-Gebäude fühlt sich irgendwie seltsam an – er hat sonst nie einen Grund, dort zu sein, und als er zuletzt in diesem Teil des Colleges war, war er selbst noch Schüler hier und hatte sich verirrt auf dem Weg zu einem Vortrag im LT6, dem kleinen, muffigen Hörsaal, den sie vor einigen Jahren eingemottet und als Kunststudio wiederbelebt haben. Nach zehn Minuten einer immer hektischeren Suche hat er die 2SO2B endlich gefunden.

Die Schüler und Schülerinnen, die auf ihren Donnerstagmorgenkurs in Mathematik für Fortgeschrittene bei Mr Yeong warten – einige von ihnen haben sich sogar darauf vorbereitet –, machen große Augen, als Sukhin reinkommt. Das genießt er dann doch. Er drückt der am nächsten sitzenden Schülerin einen Stapel fotokopierter Gedichte in die Hand und bittet sie, sie herumzugeben.

»Mr Yeong musste zum Arzt«, erzählt er den jungen Leuten und kämpft gegen den Drang an, dabei die Augen zu verdrehen. »Heute werden wir uns mit sogenannter praktischer Kritik befassen – das ist eigentlich weder praktisch noch wirklich kritisch, aber ganz spaßig, wenn ihr euch ein bisschen aufspielen wollt.«

Als Erstes liest er eines seiner alten Lieblingsgedichte von Philip Larkin vor, mit ernster, gesetzter Miene, der Tonfall trocken und pedantisch. Dieses Gedicht nimmt er in jedem neuen Kurs in jeder ersten Lyrikstunde durch, aber er genießt es noch immer, diese erste Zeile vorzutragen, dieses klagende »They fuck you up …«, die durchs Klassenzimmer hallt und das Getuschel zum Verstummen bringt. Und genau wie bei ihm selbst, als er siebzehn war und Mr Brookes dröhnendes *fuck you up* die stickige Nachmittagsluft durchschnitt, leuchten ihre Augen auf von etwas wie Entzücken und sie beugen sich ein wenig weiter vor. Ach, die Macht dieses Wörtchens mit vier Buchstaben in einem Singapurer Klassenzimmer! Den Rest der Stunde verbringt Sukhin damit, der Klasse so viele verlegene Antworten zu entlocken, wie er nur kann, staunt über ihren jugendlichen Elan und darüber, wie er das Fehlen von Gespür und Einfühlungsvermögen wettmacht. Er wirft mit den üblichen Prak-Krit-Fragen um sich: »Wieso *fucked up*, Leute? Warum nicht einfach *zerstört*? Oder *schlecht erzogen*? Lest die letzte Strophe laut – wie hört sich das an?«

Am Ende ist das hier seine Lieblingsstunde des Tages geworden – frisches Blut ist immer süßer, pflegt er den neuen Lehrern zu erzählen. Das bringt immer einen Lacher – aber neuerdings bringt er diesem Lacher ein gewisses Misstrauen entgegen, jetzt, wo Mr Narayan im Ruhestand ist und Sukhin seinen Posten als Leiter der Englischabteilung übernommen hat.

»Nennen Sie mich Ramesh«, hatte der sagenumwobene Mr Narayan an dessen erstem Tag, vor fast acht Jahren, zu Sukhin gesagt.

Sukhin hat es versucht. Aber er hat es nicht geschafft; er hat es einfach nicht geschafft, beiläufig sowas wie »Ramesh und ich spielen mit dem Gedanken, in diesem Jahr Beckett auf die Leseliste zu setzen«, einfließen zu lassen, ohne sich dabei wie ein Arschloch oder ein Bilderstürmer vorzukommen. Also hat Sukhin Mr Narayan weiterhin Mr Narayan genannt, wie er es getan hatte, als er selbst als frisches Blut bei diesem Mann im Klassenzimmer saß. Ihm war klar, dass die anderen Lehrer sich darüber lustig machten.

~

»Mr Dhillon sieht so gut aus … diese Augenbrauen!«

»Der ist schon ganz in Ordnung – nettes Gesicht, aber alles ein bisschen zu … spitz. Glaubst du, der hat was mit Mr Yeong?«

»Oh mein Gott, echt?«

»Das war eine *Frage*. Jesus.«

~

In der Kantine herrscht der übliche Mittagswahnsinn. Mrs Chan wimmelt eine Gruppe von Schülerinnen und Schülern ab, die ungeduldig nach Kaffee und Sandwiches verlangen – »Wartet, lah! Oder kommt später nochmal!« – Besorgt hält sie Ausschau nach ihrem Lieblingslehrer, ihrem Mr Dhillon. Es ist 13.15 Uhr – er müsste längst hier sein. Seine liebevoll zurechtgemachten Sandwiches sind bereits eingewickelt und seine extragroße Tasse Si-Gao-Kosong-Tee steht bereit. Sie sieht noch einmal auf die Uhr – noch zwei Minuten, dann wird sie neuen Tee machen. Sie wird ihm nichts extra berechnen – nie im Leben würde sie zulassen, dass er mit lauwarmem Tee vorliebnehmen muss.

Ah, da ist er. Sie betüddelt ihn, so sehr sie es wagt, mahnt ihn, »mehr Wasser zu trinken, mehr zu schlafen, nicht so hart zu arbeiten«, und versucht, ihm eine Gratisbanane aufzudrängen.

Ihre Zuneigung entbehrt jeder Grundlage – sie weiß, dass Mr Dhillon nie etwas getan hat, um sie sich zu verdienen, aber ihr Wunsch, diesen düsteren, müden Mann ein wenig weniger düster und müde zu machen, ist einfach stärker als sie.

Heute dreht sie ihm eine Banane *und* einen Curry-Puff an – der arme Kerl sieht noch müder aus als sonst, und hat er etwa abgenommen? Arbeitet sicher bis in die Nacht. Schläft wahrscheinlich auch nicht gut. Sie seufzt, als er weggeht, beladen mit Karbos und Tee. *Ach je, Mr Dhillon, muss schnell heiraten.*

Eine Heirat, wenn sie dem grimmigen Mr Dhillon denn überhaupt in den Sinn käme, würde sehr schnell wieder daraus verschwinden. Es ist die heißeste Zeit des Tages und Sukhins Stimmung ist auf dem Tiefpunkt, seine Bereitschaft zur Nächstenliebe erlahmt, seine Zunge geschärft. Während er sich einen Weg durch die lärmende, unermüdliche Meute bahnt, muss er sich sehr beherrschen, um das Gesicht nicht zu verziehen. Oder laut loszubrüllen. Ganz sicher wird es der Lärm sein, der es ihm eines Tages unmöglich machen wird, weiter zu unterrichten. Eine Klasse mit Jugendlichen – alles klar. Aber die Kakophonie eines ganzen Meeres von ihnen, mit ihrem sorglosen, ununterbrochenen Geplapper und ihrer blödsinnigen, grenzenlosen *Energie* – da möchte er einfach um sich treten. Der Tee schwappt in dem fest verschlossenen Pappbecher herum, ein kleiner Sturm in seiner Hand, passend zu dem in seinem Kopf. Er isst ein Sandwich, schmeckt es aber nicht wirklich.

Im Lehrerzimmer ist fast niemand – die meisten anderen Lehrer essen gemeinsam in der angrenzenden Personalküche zu Mittag. In seiner Anfangszeit hat Sukhin sich verpflichtet gefühlt, sich ihnen anzuschließen. Und so hat er das Geplauder ertragen, das Gejammer und die gelegentlichen ungebetenen Vertraulichkeiten, und dann hat eines Tages jemand, als er gerade sein Sandwich ausgewickelt hatte, gesagt: »He, Sukhin, schon ein Jahr! Herzlichen Glückwunsch!« Was für ein Albtraum – er hatte im Grunde genommen ein ganzes Jahr damit verplempert, sich bei diesen Leuten anzubiedern, obwohl er mit den meisten rein gar nichts gemeinsam hatte und obwohl er den Verdacht hegte, dass sie ihn alle für zu still und eigen hielten, auch wenn er sich alle Mühe gab, umgänglich und freundlich und gesellig zu sein. Am nächsten Tag aß er sein Mittagessen an seinem Schreibtisch und las dabei *Dune* und fühlte sich zum ersten Mal wohl, seit er hier an diesem College angefangen hatte. Nie wieder hat er sich zur Mittagszeit in die Nähe der Personalküche gewagt.

Und jetzt isst er in dem winzigen, fensterlosen Büro, das früher Mr Narayan gehört hat und nun Sukhin, sein zweites Sandwich.

Die Tür geht auf und Ken kommt herein. Kein Klopfen, kein Hallo, nur: »Hab dich in der 2SO2B gesehen, als die eigentlich Mathe für Fortgeschrittene haben sollten. Was war da los? Wo war Dennis?« Ken hat seinen Verhörton angeschlagen – ganz tief, leicht schroff –, den Ton, mit dem er die Jungs wegen verschossener Bälle und verlegter Schläger zusammenstaucht, den, den er immer anschlägt, wenn er vermitteln möchte, dass das, worüber er gerade spricht, wirklich, wirklich wichtig ist.

»Hey. Ich hab zu tun, falls es dir nicht aufgefallen ist.« Sukhins Computerbildschirm ist schwarz, Sukhin liest Stephen Kings *Christine*. Er hofft, dass er unfreundlich klingt.

»Hmmm.« Ken weicht nicht von der Tür. »Du hast also seinen Unterricht übernommen, ja? Ich glaub' ja nicht, dass das erlaubt ist.«

Sukhin widmet sich wieder seiner Lektüre. »Okay. Danke.«

»Ich sag es nicht weiter.«

»Yup. Okay.«

»Ihr schuldet mir einen Gefallen. Du und Dennis.«

Sukhin weigert sich, von seinem Buch aufzublicken. In Gedanken fängt er an, von zwanzig an rückwärts zu zählen. Bei zwölf hört er, wie die Tür geschlossen wird.

Ken ist der Leiter des Sportbereichs – von gar nichts, wenn es nach Sukhin geht. Er ist erst vor zwei Jahren zum Kollegium gestoßen und die beiden haben sich von Beginn an gegenseitig verabscheut. Sukhin hat vergessen, wie es angefangen hat, möglicherweise irgendwas mit einem falschen Zitat – aber es hat damit geendet, dass Ken sagte, niemals würde er seinen Kindern (er hat zwei) erlauben, ein »Unsinnsfach wie Englische Literatur« zu wählen, worauf Sukhin sagte, er könne sich nicht vorstellen, dass irgendwer ernsthaft auf den Rat eines Sportlehrers hören würde, wenn es um wissenschaftliche Belange ginge. Seitdem fliegen regelmäßig Salven von Pfeilen und Spitzen in beide Richtungen.

Sukhin ist der Überzeugung, dass er Ken fröhlich beim Ertrinken zusehen könnte. Ken ist nicht einfach Andere Leute – Ken ist Ungeziefer! Ken muss entfernt werden, oder vernichtet … wenn Sukhin irgendwann die Energie dazu aufbringen kann.

Ken heißt nicht einmal wirklich Ken. Er heißt Kheng Joo.

Ken hat sich letztes Jahr lasern lassen.

Sukhin speichert solchen Schrott ab, wann immer er ihm über den Weg läuft. Eines Tages wird es zum Krieg kommen, und er wird ihn gewinnen, mit einem (oder allen?) dieser scheinbar unbedeutenden Details.

Ken ist allergisch gegen Penizillin. Und Macadamia-Nüsse.

~

»Für wen ist der Kuchen?«

»Für den eifrigen, eleganten Mr Dhillon.« Dennis arrangiert Kerzen in konzentrischen Kreisen auf einem cremestrotzenden Ungetüm.

»Hast du die gebacken?«

»Nein lah – Advocakes & Solicitarts. Ihre Yuzu-Kokos-Creme ist die beste.«

Ein Aufkeuchen, genau wie Dennis es beabsichtigt hatte. »Aber da muss man doch drei Monate im Voraus bestellen!«

Dennis grinst. »Meine Schwester kennt die Besitzerin – haben mal bei derselben Firma gearbeitet. Also konnte ich das vor drei Wochen bestellen.«

»Und die liefern?«

»Schön wär's. Eine Konditorei wie diese hat es nicht nötig zu liefern. Ich hab sie heute Morgen ganz früh abgeholt – sie stand den ganzen Tag im Kühlschrank der Personalküche. Musste auf sie aufpassen wie ein Luchs.«

»Heute Morgen? Hattest du keinen Unterricht?«

Dennis lacht. »Hab mich von Sukhin vertreten lassen.«

Das Arrangieren der Kerzen nimmt und nimmt kein Ende.

»Wow, das sind ja ganz schön viele Kerzen.«

»Der Mann ist älter, als er aussieht. Hält sich sehr gut – trotz des vielen Stirnrunzelns.« Er tritt zurück, um seine Arbeit zu begutachten, dann macht er weiter. »Fast fertig – trommel die Leute zusammen. Wir überfallen ihn in seinem Büro.«

~

Sukhin schläft. Das war nicht seine Absicht – die letzte Unterrichtsstunde des Tages liegt hinter ihm und wenn er seinen Kopf vor dem Zusammenpacken nicht für einen Moment auf den Schreibtisch gelegt hätte, würde er jetzt schon heimwärts radeln. Er träumt – er läuft durch ein Feld voller riesiger Saguaro-Kakteen, alle absolut identisch, und alle recken ihre stacheligen Arme in den Himmel.

»Alles Gute zum Geburtstag, Sukhin«, sagt der nächststehende Kaktus.

*Scheiße, was ist das denn?*

»Sukhin! Sukhin!«

Er springt auf und ist wach. Ungefähr zwanzig Gesichter blicken auf ihn herab. Er fühlt sich bedrängt und starrt wütend zurück. Dennis stellt die größte Torte, mit der er je den Raum geteilt hat, auf seinen Schreibtisch. Sukhin ist entsetzt – die ist für ihn, geht ihm auf. Der Kaktus hatte recht. Er hat wirklich Geburtstag. Gott, so viele Kerzen!

»Alles Gute zum Geburtstag! Hast du gedacht, wir würden ihn vergessen?« Und dann, als er Sukhins erschrockene Miene sieht, begreift Dennis, dass er es ist, der ihn vergessen hat. *Verrückt. Seinen eigenen Geburtstag.*

Stille. Alle beäugen Sukhin. Sukhin beäugt den Kuchen. Dennis gratuliert sich selbst nochmal zu seiner Entscheidung für Yuzu-Kokos-Creme.

Dann ein tonloses Geträller, ziemlich heldenhaft angeführt von Dennis: »Happy birthday, dear Sukhin, haaaaappy ...« Sukhin könnte heulen, oder kotzen. *Ich bin fünfunddreißig und das ist mein Leben.* Und dann, im nächsten Augenblick: *Oh Gott, ich bin fünfunddreißig und kriege gleich eine Midlife-Crisis. Was für ein Klischee. Wie traurig.* Er möchte nur noch so weit wie möglich weglaufen vor diesen strahlenden Gesichtern, diesem dämlichen Lied, dieser albernen Torte. Als der Gesang endlich verstummt, zwingt Sukhin sich zu einem Lächeln, zu einem Dankeschön in die Runde, um dann das Monster in kleine Stückchen zu schneiden, damit alle sich den Hals vollstopfen und dabei doch den Anschein erwecken können, gar nicht so viel zu essen. Er tut sogar so, als würde er selbst ein Stück essen. Alles, damit sie glauben, er freue sich, alles, damit sie sich so schnell wie möglich aus seinem Büro verpissen.

*Irgendwann im Laufe der Nacht erwacht die Frau. Sie findet sich auf ihrer Seite wieder, mit dem Gesicht zur Wand. Hinter ihr atmet er ruhig, auf die Weise, die sie inzwischen als Zeichen dafür zu erkennen gelernt hat, dass er tief und fest schläft. Vorsichtig dreht sie sich um. Er hat sich ihr zugewandt, aber sein Gesicht ist halb in seinem Kissen vergraben, unter das er beide Hände geschoben hat. Seine Knie hat er an die Brust gezogen, so dass das Ganze aussieht wie eine komplizierte Yogastellung.*

*Die Frau schiebt ihre Hand unter das Kissen des Mannes und auf eine seiner Hände. Wie warm sich das anfühlt, sich zwischen seine Haut und das Gewicht seines Kissens zu schmiegen. Er bewegt sich ein wenig.*

*Am Morgen wird er sich an dieses Gewicht auf seiner Hand erinnern, an ihre plötzliche Kälte.*

*Am Morgen, wenn er fragen sollte, wird sie alles abstreiten.*

# II

Auf dem Zettel im Glückskeks steht: »Sei ehrlich zu allen, denen du begegnest. Für charmante Sozialkontakte.«

Sukhin stopft sich die Keksfragmente in den Mund. Was für ein grauenhafter Rat – selbst, wenn er einer wäre, der sich von einem Keks ungrammatische Ratschläge erteilen lässt. Ehrlich sein? Zu allen, denen du begegnest? Wie … unlogisch. Charmante Leute lügen – sonst wären sie doch nicht charmant? Und die Leute erwarten, belogen zu werden, und sie belügen sich selbst, indem sie sich einreden, an Ehrlichkeit zu glauben und an diesen ganzen Mist über einfach du selbst zu sein. Was, wenn du selbst zu sein bedeutet, dass du andere Leute, die sie selbst sind, nicht leiden kannst? Sukhin fallen sofort eine ganze Menge Leute ein, bei denen es durchaus eine Verbesserung wäre, wenn sie jemand anders wären. Wenn nur alle einen Neustartschalter hätten – obwohl das bedeuten würde, dass man die ganze Zeit eine Art Sicherheitsweste tragen müsste, damit niemand einfach die Hand ausstrecken und dir einen Neustart verpassen könnte, weil du etwas Fieses über seine Frisur oder sowas gesagt hast.

Hat er etwas Fieses über Veras Frisur gesagt?

Seine Gedanken wandern zurück zum Nachmittag. Er war in die Personalküche gegangen, um sich ein Glas Wasser zu holen. Dennis war gerade da und hat über irgendwas geredet – was war das noch? Irgendein neues Training, das er gerade ausprobierte. Irgendwas in der Art. Vera, die neue Geographielehrerin, die von der Methodistischen Mädchenschule hergewechselt war, kam hereingestürmt und grüßte sie. Als sie näher kam, bemerkte Sukhin erst, wie groß sie war – fast so groß wie Dennis, der nur ein bisschen größer war als Sukhin selbst. Und damit war sie, aller Wahrscheinlichkeit nach, genauso groß wie er.

»Du hast was mit deinen Haaren gemacht.« Klar, dass Dennis sowas auffiel.

»Ja. Ich dachte, ich sollte sie kürzer tragen. Was meint ihr?« Sie strich sich mit der Hand über die Haare und grinste.

»Sehr schön, sehr schön. Macht deinen Hals länger.« Woher nahm Dennis nur immer diese Sprüche?

Sie wandte sich an Sukhin. »Und was meinst du?«

Er starrte ihre Haare an auf der Suche nach einer passenden Bemerkung. An den Haaren war überhaupt nichts Besonderes, Haare eben. Endlich fand er etwas, das eine Bemerkung wert war. »Sollen die so asymmetrisch sein?«

»Asymmetrisch?«

»Links sind sie länger, nur ein bisschen – hier, ungefähr einen Zentimeter.« Er zeigte auf ihr linkes Ohr.

Sie zupfte an der betreffenden Strähne. »Wirklich? Das glaub' ich nicht.«

»Doch, Dennis, schau mal. Ist die Seite hier nicht etwas länger als die andere?« Und dann: »Sollte sich aber problemlos in Ordnung bringen lassen. Ich bin sicher, das kannst du sogar selbst.«

»Es ist nicht asymmetrisch.« Sie war ein bisschen rot geworden.

Er hatte keine Lust sich zu streiten – er hatte nicht vorgehabt, mit ihr ein Gespräch über ihre Frisur zu führen, sie hatte es ihm aufgezwungen. Von ihm aus konnte sie gern als Siegerin vom Platz gehen. »Hmmmm. Okay. Vielleicht sitzt dein linkes Ohr höher als dein rechtes? Das wäre eine Erklärung.« Er war ziemlich zufrieden mit dieser Argumentation. Sie war absolut logisch und die meisten Menschen hatten ohnehin keine symmetrischen Köpfe.

Sie bekam kugelrunde Augen. »Jetzt sind also meine Ohren asymmetrisch?«

»Nein, die sind nicht asymmetrisch. Asymmetrisch bedeutet Ungleichmäßigkeit an ein- und demselben Objekt«, erklärte Sukhin – ziemlich geduldig, wie er fand. Warum brachten die Leute das nur immer durcheinander? »Also, deine Frisur ist asymmetrisch. Ein Mund könnte asymmetrisch sein – nein, nicht deiner. Ohren sind zwei separate Objekte. Deine Ohren also – ich würde einfach sagen, die sitzen nicht auf einer Ebene. Ja, ich glaube, das wäre das Treffendste.«

»Das wäre das Treffendste?« Sie starrte ihn wütend an.

»Die treffendste Art, sie zu beschreiben.« Er versuchte, sie zu beruhigen: »Aber deine sehen ja wirklich aus wie auf einer Ebene. Also ist deine Frisur asymmetrisch – und das lässt sich viel leichter in Ordnung bringen.«

Woraufhin sie sich einfach umdrehte und verschwand.

Dennis kicherte. »Du findest sie offenbar attraktiv. Normalerweise brauchst du über eine Woche, bis du jemand Neues verschreckst.«

Nein, er hatte nichts Fieses über ihre Frisur gesagt. Er hatte nur darauf hingewiesen, dass sie asymmetrisch war – nicht ihre Schuld und nicht einmal ein Dauerzustand. Wenn seine Frisur asymmetrisch wäre, wäre er froh, wenn es ihm jemand sagte. Er würde es wissen wollen. Warum sollte jemand es nicht wissen wollen? Diese Frau hing offenbar viel zu sehr an ihrer Vorstellung davon, wie ihre Haare aussehen sollten. Illusionen von Symmetrie. Was für eine dumme Nuss.

Sukhin macht sich eine Tasse Tee und fragt sich, ob er Vera attraktiv findet.

Im zweiten Glückskeks steht: »Tief und oft atmen.«

Was für ein Blödsinn! Wer schrieb diesen Kram nur? Am Fließband produzierter chinesischer Exotismus für den schlichten Amerikaner – und jetzt den schlichten Singapurer. Dennis hatte sie in einem Laden in Chinatown gesehen und Sukhin zwei Riesenpackungen mit je fünfzig gekauft. (»Schau mal, Süßer, jetzt kannst du lesen *und* essen! Deine zwei Lieblingsbeschäftigungen in einem praktischen kleinen Keks. Du wirst mich lieben.«)

Vera ist nicht sein Typ. Viel zu groß. Und viel zu wenig Sinn für Symmetrie.

~

Als Sukhin sein altes Zuhause betritt, trifft er seine Mutter in der Küche an, wo sie Zucker in eine Kanne Kaffee rührt. Der Kaffee ist schwärzer als Tinte, komplett undurchsichtig – wenn man den Löffel sehen kann, hat sie ihm schon als Kind gesagt, ist der Kaffee nicht stark genug.

»Kaffee?«

»Schon gut, Mum. Ich mach mir einen Tee.«

*Ich trinke schon seit Jahren keinen Kaffee mehr*, möchte er sagten. Mum, ich trinke keinen Kaffee mehr. Statt dessen begnügt er sich damit, lauter herumzuklappern als nötig, während er den Kessel füllt und auf den Herd stellt, um dann den Tee aus dem Schrank zu nehmen.

Meistens sitzen sie schweigend da und rühren grundlos wieder und wieder in ihren Tassen herum. Aber heute scheint sie zu einem Gespräch entschlossen. Sie erzählt ihm von ihrem Morgen, von dem Schnäppchen, das sie beim Fischhändler ergattert hat, von dem Telefonat mit ihrer Schwester. Er sagt nichts, hört nur mit halbem Ohr zu, weigert sich, weitere Informationen aus ihr herauszuholen. Sie verstummt und sieht ihn erwartungsvoll an. Er starrt in seinen Becher.

»Wie war dein Tag?«

Sukhin seufzt. »Der war in Ordnung. Drei Wochen bis zu den Prüfungen. Die Lehrer sind am Durchdrehen, die Kids sind am Durchdrehen. Natürlich tun manche auch so, als sei ihnen alles egal.«

»Lehrer oder Schüler?«

»Beides.«

Sukhin sieht zu, wie seine Mutter nacheinander alle Ringe und Armreifen abstreift, sie auf dem Tisch auf einen Haufen legt, um sie dann alle wieder anzulegen. Er hat sie nie gefragt, warum sie das tut. Er fragt sie auch jetzt nicht.

Sie sitzen in der Küche, weil das Wohnzimmer niemals benutzt wird. Es muss irgendwann einmal dazu gedacht gewesen sein, darin herumzulümmeln, vielleicht sogar Gäste zu empfangen – irgendwo dort steht ein Sofa, ein Sessel, sogar ein Couchtisch.

Aber dann haben die Kartons Einzug gehalten. Die größten hocken in den Ecken und reihen sich entlang der Wände. Wachtposten, die vor Plünderern schützen sollen. In diesen Kartons: weitere Kartons, sauber ineinander geschachtelt, um den Platz optimal auszunutzen, und behutsam, damit kein Karton unbehaglich gegen einen anderen gepresst wird – kein Karton, ob groß oder klein, würde es sich gefallen lassen, gequetscht zu werden.

Andere Kartons in Kartons haben sich im Laufe der Jahre zu diesen Riesen gesellt; einige balancieren ziemlich kühn oben auf ihren glatten Pappdeckeln. In der Mitte des Zimmers lümmelt sich die coole Clique auf dem ehemaligen Couchtisch. Diese Schwarzen Schafe – hexagonal, pyramidal, herzförmig, sternförmig, pandaförmig (nur einer, aber einer reicht) – passen nicht in andere Kartons und widersetzen sich allen Versuchen, sie zu ordentlichen Stapeln aufzutürmen, aber sie sind die, die am meisten geliebt werden.

Nach dem Tee geht Sukhin ins Wohnzimmer und zwängt sich in den engen Spalt zwischen einem Stapel Kartons und dem Podest der Schwarzen Schafe, um mit einem Handstaubsauger vorsichtig den Staub von jedem der seltsam geformten Kartons zu entfernen. Der Panda ist der anspruchsvollste – so viele komplizierte Klappen –, aber Sukhin macht diese Arbeit ja nicht umsonst schon seit Jahren. Er ist ein Profi, schiebt jede einzelne Lasche mit der klingenartigen Schnauze des Staubsaugers behutsam auf, um dann mit raschen, gleichmäßigen Zügen von links nach rechts zu fahren. Er arbeitet wie in Trance, vergisst, wo er ist, wer er ist, sogar, was er tut.

Einige der Kartons standen schon hier, als Sukhin noch ein Kind war – der Karton, in dem der Reiskocher geliefert wurde, der mit der ersten Mikrowelle der Familie und die Cadburydose, einst gefüllt mit Schokoladeneiern, die Tante Siew ihnen zu Weihnachten geschenkt hatte, als er noch ein Junge war und gern Süßigkeiten aß. Einer der Pappwächter hat einmal die (damals) hypermoderne Waschmaschine behütet, die jahrelang der Augenstern seiner Mutter war, weil sie bedeutete, dass sie die vielen Kleider nicht mehr mit der Hand waschen musste, um sie vor der vorherigen Waschmaschine zu bewahren, einem blasslila Monster mit dem einzigen Lebenszweck, das Hookesche Gesetz bis an die äußersten Grenzen zu treiben. An einer anderen Stelle in diesem kubischen Meer: Kartons, die einst allerlei elektronische Geräte enthielten, Geschirr, Lampen, Spielzeug und viele andere längst verstorbene und verworfene Gegenstände.

Sowie er mit den Schwarzen Schafen fertig ist, geht er weiter zu einem der Stapel, die dieses Wochenende dran sind, dem, der fast bis zur Decke reicht. Wie immer arbeitet Sukhin höchst effektiv. Er teilt den Stapel in zwei Hälften, nimmt den oberen Teil herunter und stellt ihn in den engen Gang durch das Wohnzimmer, den die Kartons der Familie freundlicherweise gelassen haben. Dann macht er sich bei jedem Halbstapel einzeln ans Werk, macht sauber, sucht nach Feuchtigkeit und Schäden, bis jeder Karton für gut befunden wurde – und dann kehren alle zurück auf den Stapel, um auf die nächste Runde Streicheleinheiten zu warten. Sukhin macht sich an den nächsten ausersehenen Stapel.

Nicht alle Kartons schaffen es bis hierher, bis zu dem, was man als Dhillon-Familien-Altersheim-für-Kartons bezeichnen könnte – es gibt einen strengen Ausleseprozess. Um sich zu qualifizieren, muss jeder Karton mindestens eine der folgenden Bedingungen erfüllen:

1. Er ist groß genug, um sich nützlich zu machen, falls sich die Familie jemals zu einem Umzug entschließen sollte. ›Groß genug‹ ist dabei eine absolut willkürliche Größe, über die allein Sukhins Vater entscheidet, Dr. Jaswant Dhillon. (Die Familie ist seit dreißig Jahren nicht mehr umgezogen, aber wenn sie sich dazu entschließen sollte, wäre sie in Bezug auf Kartons sehr gut ausgestattet).

2. Es ist ein Karton, der einmal Folgendes enthielt:
   a. Etwas, das Sukhins Mutter, Doris Dhillon, als ›Meilenstein‹ in der Entwicklung elektronischer Geräte betrachtet.
   b. Irgendeine Art von Set – Doris meint, dass Dinge, die als Set eintreffen, immer in dem Karton transportiert werden müssen, in dem sie geliefert wurden, denn dieser wurde schließlich eigens zu diesem Zweck entworfen.
   c. Eine gute Erinnerung – eine vage, oft bemühte Kartonkategorie.
   d. Ein ›erstes‹ Irgendwas.
3. Es ist ein Richtig Toller Karton. Damit ein Karton in diese Kategorie eingehen darf, muss die ganze Familie darin übereinstimmen, dass es sich wirklich um einen Richtig Tollen Karton handelt. (Der Panda hat seinerzeit für Unstimmigkeiten gesorgt – Sukhin und seine Mutter waren davon begeistert, sein Vater fand ihn zu kitschig. Irgendwann haben sie es geschafft, ihn umzustimmen – gegen ein Vetorecht in Bezug auf die nächsten beiden Richtig Tollen Kartons).

Im Laufe der Jahre hat die Familie, mit sehr bescheidenem Erfolg, versucht, ihre Sammlung zu verkleinern, auszusortieren, sich vom Überschuss zu befreien. Die meisten Versuche dieser Art werden ausgelöst durch einen drohenden Verwandtenbesuch, der letzte jedoch war die Folge eines Anfalls von Heimneid, den Doris erlitten hatte, während sie sich im Wartezimmer des Zahnarztes durch *Home and Decor* hindurchblätterte. Plötzlich hatte sie sich bei einem Traum von Einrichtung in skandinavischem Chic ertappt, von sanften, poetischen Kanten und leeren Wänden. Die

Familie verbrachte ein trauriges Wochenende damit, darüber zu streiten, welche Kartons sie behalten wollte und welche der Karung-Guni-Mann bekommen sollte. Schließlich – erschöpft, erzürnt – gaben sie auf und schleiften alle Kartons zurück an ihre alten Plätze. Doris hat seither keine Einrichtungszeitschrift mehr eines Blickes gewürdigt.

Auf dem alten Plattenspieler, ein Relikt aus Doris' Single-Zeiten als Studentin im London der 1970er Jahre, läuft eine noch ältere Beatles-Platte. Sukhin merkt es selbst nicht, aber unter dem beruhigenden Einfluss der Familienkartons trällert er *Lovely Rita* mit, ein Lied, das er verabscheut.

»Bleibst du zum Essen?«

Sukhin schaltet den Staubsauger aus. »Nein, ich muss nach Chinatown. Deko für die Mitarbeierfeier besorgen.«

Das ist nicht die Antwort, die sie sich gewünscht hat, aber sie ist nicht so dumm, noch einmal zu fragen. »Das ist schön.«

»Nein, Mum, ist es nicht. Es ist eine Qual.« Sukhin krabbelt, wie ein Krebs, zwischen den Kartons hervor. Er bemerkt die schlecht verhohlene Enttäuschung seiner Mutter nicht. »Und es ist blöd. Niemand amüsiert sich auf der CNY-Party. Alle tun nur so – es ist einfach eine große Show für die Tay. Die hätte gern, dass wir alle eine große glückliche Familie sind.«

»Aber ihr seid doch auch keine *unglückliche*, oder?« Doris fragt sich zum xten Mal, warum ihr intelligenter, reizbarer Sohn unbedingt Lehrer werden wollte. Vermutlich, um seinen Vater zu ärgern.

Wie aufs Stichwort fährt draußen der Wagen ihres Mannes vor. Das automatische Tor setzt sich in Bewegung und wenige Sekunden darauf schnurrt das Auto auf der anderen Seite der Wohnzimmerwand. Plötzliche Stille, als der Motor abgedreht wird, und dann kommt Dr. Jaswant Dhillon ins Haus gestürmt und lässt einen Redeschwall los, ist schon mitten im ersten Absatz, während er sich Schuhe und Socken auszieht.

»… schrottiges ›Punjabi‹-Essen – nicht einmal annähernd, Liebling, da dürfen wir auf keinen Fall hingehen. Ich sag dir, dieser Ranjit kann echtes Punjabi nicht von diesem Feld-, Wald- und Wiesen-Budencurry unterscheiden. Zu lange im Ausland – und nicht mal in England, wo man ja manchmal richtiges indisches Essen kriegt, sondern in Schottland. Aber natürlich musste der nach Edinburgh lah, in Cambridge haben sie ihn ja nicht genommen.«

Sukhins Vater ist ein großer Mann, größer als Sukhin, der seine zierliche Frau überragt. Seine Stimme ist noch größer – voll und markant, mit der ganzen Pathetik der Geschichtenerzähler vergangener Zeiten. In einem anderen Zeitalter wäre er einer von ihnen gewesen, von den Männern, die von Dorf zu Dorf zogen und Geschichten erzählten, über Hang Tuah, Hang Jebat, Badang und all die anderen alten malaysischen Helden.

Jetzt hebt er einen kleinen, schlichten Pappkarton in die Höhe wie ein Kleinod. »Aber immerhin, das Rosen-Barfi war gar nicht schlecht – nicht zu süß, deshalb hab ich dir was davon mitgebracht. Aber iss nicht alles auf einmal, ja? Und versteck es vor mir!« Ein lautes Lachen, als er ihr den Karton in die Hand drückt. »Du weißt doch, was passiert ist, als Tante Meeras Tochter – Rina? Rani? Rathi?, irgendwas mit R, wie heißt sie doch noch gleich? – geheiratet hat und wir dieses ganze Jelebi mit nach Hause nehmen mussten.« Noch ein lautes, glückliches Lachen, begleitet von einer kleinen dramatischen Geste, einer Mischung aus so-groß-war-das und dem Standard-Winken-mit-beiden-

Armen. »Zwei Tage, und es war weg! Weg! Wochenlang konnte ich den Patienten nicht in die Augen schauen, wenn ich ihnen sagte, bitte, wenn euch eure Gesundheit lieb ist, esst nicht so viel Zucker!«

»Hallo, Pa.«

»Sukhin!« Die Anwesenheit seines Sohnes kommt für ihn unerwartet, und Jaswant braucht Zeit um warmzuwerden. Er überbrückt sie, indem er ihm ermutigende Häppchen hinwirft: »Ah, du siehst gut aus. Leistest im College gute Arbeit, da bin ich mir sicher. Schwerer Job als Lehrer heutzutage, wo die Kinder so ganz anders sind als früher.«

*Jedes Mal dieselbe Kombination von personalisiertem Nichts.* Sukhin hat sich schon oft gefragt, ob alle Ärzte diese Technik beherrschen müssen, ob es sich dabei, recht eigentlich, um die Grundlage für guten Benimm am Krankenbett handelt. *Großer Gott, mein Vater ist ein Glückskeks.*

Sukhin hört nur mit halbem Ohr zu, als sein Vater weiterredet, etwas erzählt über einen Artikel, den er irgendwo gelesen hat, über englische Literatur, die in den Schulen nach »überholten Büchern« unterrichtet werde, »aus früheren Jahrhunderten, die nichts mit unserem heutigen Leben zu tun haben.«

Vor fünf Jahren, sogar noch vor zwei Jahren, hätte das ausgereicht, um Sukhin auf die Palme zu bringen. Möglicherweise wäre er auf seinen Vater losgegangen, sogar in dem Wissen, dass der das Thema wirklich nur aus Interesse zur Sprache gebracht hatte und nicht als Provokation. Möglicherweise wäre er laut geworden, hätte sich in ein fauchendes, knurrendes Etwas verwandelt.

Aber jetzt bringt Sukhin nur ein müdes Schulterzucken zustande. Er schnappt sich die Tasche, die er vorhin auf dem Schuhregal abgelegt hat. »Ich schau bald wieder vorbei. Wenn ich mich jetzt nicht auf den Weg nach Chinatown mache, sind alle Läden zu.« Nach einer kurzen Pause: »Soll ich für Ah Mah Kekse oder irgendsowas kaufen?«

»Deine Großmutter braucht keine weitere Ermunterung – deine Tante Lillian ist ja ohnehin schon dabei, sie mit Kuchen umzubringen.«

»Jas!«, ruft seine Mutter.

»Aber es stimmt doch lah, Liebling, deine Schwester muss aufhören mit dem ewigen Gebacke. Kann sie sich kein anderes Hobby zulegen? Es ist ein Wunder, dass Bobby noch keinen Diabetes hat …«

»Wie kannst du sowas sagen?«, faucht Doris. »Ausgerechnet du! Du verdrückst doch selbst jedes Jahr haufenweise von Lillians Ananastörtchen, also tu hier bloß nicht so!«

Sukhin schlüpft aus der Haustür und durch das Tor, das er öffnet, indem er neben der Eingangstür auf einen Schalter drückt. Früher hat er sich über das automatische Tor geärgert, weil es ihn eines Schrittes in seiner Routine beraubt hatte – das Drücken auf den Schalter besaß nicht dieselbe Endgültigkeit wie der schwere, klirrende Riegel am alten Tor. Aber inzwischen kommt ihm das leise Schnurren, gefolgt von einem Klicken, des neuen Tores zupass, jetzt, da seine Abgänge im Laufe der Jahre an Dramatik eingebüßt haben. Der Junge Sukhin war einer, der mit Türen und Toren schlug, der Unflätigkeiten herausbrüllte, um zu schockieren. Der Mann Sukhin mag keinen Lärm.

Als Sukhin sich in sein Auto setzt und losfährt, bemerken seine Eltern, dass er gegangen ist.

»Warum tut er das?«, fragt Doris irritiert. Zerstreut hat sie die Schachtel mit dem Rosen-Barfi geöffnet und knabbert an einem großen Stück herum. »Nie verabschiedet er sich ordentlich.«

Dr. Jaswant schnappt sich ebenfalls eines. »Er macht mir Sorgen, weißt du.« Weil ihm klar ist, dass der Beschützerinstinkt seine Frau schneller dazu treiben wird, einen Streit vom Zaun zu brechen, als er sie mit Süßigkeiten ruhigstellen kann, fügt er rasch hinzu: »Ja, ja, er ist ein lieber Junge, guter Job, wirkt, als wäre alles ok. Aber etwas fehlt.«

»Ach, fang nicht damit an – wenn du wieder mit der Kuppelei kommst, redet er nicht mehr mit uns. Denk dran, was letztes Mal passiert ist.«

Das tut er – und isst noch ein Stück Barfi, um einen Seufzer hinunterzuschlucken. Wie kommen Barfi-lose Eltern nur über die Runden?

*An dem Tag, an dem sie sich begegnet sind, zum ersten Mal, mussten sie im kältesten Klassenzimmer der Schule eine Chemie-Stunde über sich ergehen lassen. Sie waren beide zu spät gekommen und das bedeutete, dass sie in der ersten Reihe sitzen mussten. Sie hatte den Platz direkt am Gang. Er saß zwei Plätze weiter, einen hatte er zwischen ihnen freigelassen – wie es das Protokoll für Unbekannte vorschrieb.*

*Er schlief ein. Sie nicht. Als die Stunde zu Ende war, packte sie ihn an der Schulter und schüttelte ihn. Er sprang auf, rannte aus dem Klassenzimmer und sah für den Rest des Jahres nicht mehr in ihre Richtung.*

*Noch Jahre danach musste sie an das Entsetzen in seinem Gesicht denken und lachen.*

*Noch Jahre danach trank er in der Mittagspause gewaltige Mengen Kaffee.*

# III

Sich den Wagen zuzulegen, war ein Fehler. Er fährt nicht zur Arbeit, also fühlt er sich verpflichtet, am Wochenende zu fahren. Was bedeutet, dass er das Parken an den Wochenenden in Kauf nehmen muss, ein spezieller Höllenkreis für den einheimischen Autofahrer, diese privilegierte Klasse von Singapurern, die bereit sind, mehr Geld auszugeben, als es kostet, ein Kind durch die Schule zu bringen, nur für das Vergnügen, sich nicht mit den öffentlichen Verkehrsmitteln und der Zwangsläufigkeit anderer Leute herumplagen zu müssen.

Aber vor drei Jahren, als Johan erzählt hatte, dass er mit seiner Familie zurück nach Brunei wollte, und ihm den Wagen für die Hälfte des Marktpreises anbot, hatte Sukhin sofort zugeschlagen und das Auto gekauft. Was ihm überhaupt nicht ähnlich sah, wo er doch große (oder kleine) Anschaffungen an sich niemals ohne vorherige gründliche Nachforschungen tätigte. Er hatte sich danach wochenlang schwach und dumm gefühlt, aber alles darauf geschoben, dass er damals gerade *König Salomons Schatzkammer* wiedergelesen hatte und deshalb ziemlich außer sich gewesen war und sich gefragt hatte, ob er sich wohl jemals gezwungen fühlen würde, einer Landkarte in unbekannte Wüsten und Dschungel und Gebirge zu folgen. *Viktorianische Abenteuerromane – immer aufs Neue ein verdammter Fehler.*

Zum dritten Mal durchquert er die Mosque Street, dann die Trengganu Street, auf der Suche nach einer Parklücke. Kein Glück – alle Welt ist in Chinatown unterwegs. Und vermutlich aus dem gleichen Grund wie er: um megakitschige chinesische Neujahrsdeko und lächerlich teures Knabberzeug zu erstehen, die kein Ladenbesitzer aus seinen Regalen kriegen würde, wenn nicht diese Mischung aus Sentimentalität und Verzweiflung die Leute dazu triebe, ihr sauerverdientes Geld für Dinge aus dem Fenster zu werfen, die sie nicht einmal haben wollen – alle mühen sich mit Deko ab, um es allen anderen rechtzumachen, und sie bunkern Kekse, gebratenen Seetang, Erdnusstoffee und Cashewkerne, nur um andere damit zu füttern.

Am Ende findet er weit vom Chaos von Chinatown entfernt eine Parklücke und braucht fünfzehn Minuten zu Fuß zur Hauptstraße. Als er dort ankommt, möchte Sukhin nur noch umdrehen, zu seinem Auto zurücklaufen und nach Hause fahren.

»Towkay!«

Sukhin beißt die Zähne zusammen. Er hasst es, »Towkay« genannt zu werden – klar, das soll respektvoll klingen, aber es bedeutet auch, dass jemand, der ihn so anredet, ihn für einen hält, den man weichkriegt, wenn man ihn Chef nennt. Er winkt ab.

»Towkay! Was suchen Sie?«

Sukhin starrt auf seine Füße und geht durch bis zum Ende der Straße, ohne anzuhalten oder sich irgendwas anzusehen. Er kommt sich albern vor, also macht er kehrt und nimmt die nächste Straße zurück. Hier ist noch mehr Gedränge. Widerlich. Obwohl es schon nach fünf ist, ist es noch heiß genug, um auf dem Asphalt Steaks zu braten. Die Leute machen es noch schlimmer, wie sie sich um die Regale drängen, sich aneinander vorbeiquetschen. Jemand rempelt ihn an. Sukhin starrt seinen Unterarm an, den Schweißstreifen, den der Fremde auf ihm hinterlassen hat, und möchte schreien. Er kann schon die Vorboten von Ganz Schlimmen Kopfschmerzen spüren.

~

Was der große Mann da von sich gibt, ergibt kaum einen Sinn, aber sie nickt trotzdem.

Ai Ling kennt diesen Typ. Verzweifelt, Wachs in ihren Händen. Alles schnell schnell, egal, was es kostet. Das sind ihre Lieblingskunden – viel, viel besser als die kleinen alten Damen, die jede Menge Zeit totzuschlagen haben, jeden einzelnen Artikel genauestens inspizieren und alles auf den Einkaufspreis herunterhandeln wollen.

»Was ist mit Ananas? Brauche ich eine Goldananas? Hat man die noch?« Er brabbelt vor sich hin, liest von einer handgeschriebenen Liste ab. Sie ist zerknüllt und feucht, die Schrift verläuft schon.

»Ong Lai«, verkündet sie mit großer Geste zur Ladendecke hin, unter der Hunderte von Ananasmodellen in verschiedenen Größen hängen. Karton, Plastikfolie, Krepppapier, mit Pailletten besetzt, Hochglanz, mit Glitzer – alles, was das Herz begehrt. »Welche soll es sein?«

Ihr Kunde steht eine Minute lang regungslos da und blinzelt zur Decke hinauf. Ai Ling wird klar, dass sie gar nicht erst hätte fragen sollen – bei dieser Sorte Kunde muss man sehr vorsichtig sein. Sie fühlen sich schnell überfordert – ein falscher Schritt und sie geben auf, ergreifen die Flucht.

Mit einem strahlenden Lächeln geht sie zu einem Regal und nimmt vier große, flache Schachteln heraus, von denen jede eine zusammengefaltete Ananas enthält. »Schönes Stück. Okay?«

Er nickt und sieht dankbar aus. Sie sucht noch mehr Sachen für ihn zusammen und lädt sie ihm auf die Arme – lange Ketten aus Plastikböllern, Pappfiguren der Götter des Wohlstands, zwei Dutzend leuchtendrote Filz-Karpfen, ein drei Meter langes goldenes Banner, das das Kommen des neuen Jahres ankündigt. Ai Ling überlegt, wie weit sie bei ihm gehen kann, dann beschließt sie, es zu riskieren – sie nimmt einen großen, zottligen, gelben Löwen von der Mitte eines Auslagentisches und setzt ihn oben auf den Stapel des Kunden. Der betrachtet ihn einen Moment lang verwirrt, sagt aber nichts.

»Okay. Das war's!« Ihre Arbeit ist getan – noch eines mehr, und der Mann bricht zusammen. Sie führt ihn zur Kasse, wo er widerspruchslos alles bezahlt, um dann den Laden mit drei vollgestopften Plastiktüten zu verlassen und unterwegs mit aller Welt zusammenzustoßen.

Wenn alle Kunden so wären, würde Ai Ling ihre Arbeit nicht so schrecklich finden. Sie könnte heute um eine kleine Überstundenzulage bitten – Mrs Lee wird so froh sein, wenn sie erfährt, dass der Löwe von vor zwei Jahren endlich weggegangen ist.

~

Ein leichter Regen begleitet Sukhin, als er zu seinem Wagen zurücktrottet, wobei die unhandlichen Plastiktüten in alle Richtungen ausschwenken; in ihnen befinden sich Plastik und Pappe in unkontrollierter Bewegung – *nicht die Brownsche Bewegung, die gilt nur für hängende Partikel, oder? Lieber Tat Meng fragen.* Er starrt wütend zum Himmel hoch. *Das war ja klar.* Er bleibt stehen und untersucht jede der Tüten, um sich davon zu überzeugen, dass sie fest genug zugebunden ist, um den Regen abzuhalten – nie im Leben wird er nochmal hierher zurückkommen, also *darf* dieser blöde Kram einfach nicht ruiniert werden. Und das Knabberzeug hat er total vergessen – na, Pech gehabt.

Der Regen wird heftiger. Sukhins erster Impuls ist, sich und seine Plastikschützlinge in den schnellstmöglichen Sprint zu stürzen, den er zustandebringen kann, aber das erweist sich sehr bald als schlechte Entscheidung – eine der Tüten platzt auf und ein Haufen Plastikböller ergießt sich über den Bürgersteig.

Er möchte sich nur noch auf den Boden fallen lassen und heulen, aber das wäre pure Zeitverschwendung. Er packt die Ketten aus Böllern, schlingt sie sich um den Hals, dann hebt er die beiden anderen Tüten auf und hastet in den nächsten Unterstand. Das ist ein Parkhaus mit vielen Ebenen und während Sukhin auf das Ende des Schauers wartet, wandert er ziellos durch die erste Ebene und ertappt sich bei der Überlegung, wie wirkungsvoll seelenlos das hier doch entworfen wurde – niemand würde hier länger verweilen als unbedingt nötig. Wie seine Kollegen im ganzen Land besteht es aus Beton, vom Boden bis zur Decke, ein hohler Kubus, mit Löchern zur Durchlüftung, die nie im Leben als Fenster durchgehen würden. Niemand, der in Singapur aufwächst, muss sich dafür schämen, wenn ihm die poetische Ader abgeht, denkt Sukhin, und verspürt eine plötzliche Empörung im Namen aller Schülerinnen und Schüler in sich aufwallen, die er jemals hat sagen hören: »Ich kapier das einfach nicht« – *die Römer haben Beton genommen und das Pantheon geschaffen; in Singapur schaffen wir nur immer noch mehr von diesem Zeug.*

Der Regen scheint nachzulassen und er beschließt, sich aus dem Staub zu machen.

Er jagt aus dem Gebäude und in die nächste Seitenstraße, eine lange, düstere Schlucht zwischen den Rückfronten von zwei Gebäuden, die er nicht so recht erkennt, aber immerhin bieten sie Schutz – das Dach des einen Gebäudes ragt fast über die ganze Gasse und lässt nur eine Prise Licht und Regen durch. Er weiß nicht genau, wohin diese Gasse führt, aber er sagt sich, dass er das ja erfahren wird, wenn er erst das Ende erreicht hat. Die Tüten hüpfen auf und ab, verspotten ihn, berauben jeden seiner Schritte seines potentiellen Tempos.

Ungefähr in der Mitte ist vor der geschützteren Mauer eine Art Pyramide aus Kartons aufgetürmt und versperrt fast den ganzen Durchgang. Als er versucht, sich daran vorbeizuzwängen, wirft sich eine der Tüten respektlos, brutal gegen den Kartonbau, der für einen Moment erbebt und dann zusammenbricht. Und dann findet sich Sukhin inmitten von Kartons wieder – Kartons vor ihm, Kartons hinter ihm, und ein riesiger Karton, der seinen Kopf nur haarscharf verfehlt hat, liegt neben ihm. *Na klar.* Jetzt wäre der richtige Augenblick, um loszuheulen, aber dann hört er irgendwo unter den Kartons, dicht bei der Mauer, ein gedämpftes Geräusch. *Na klar.*

Noch ein Geräusch. Die Überreste des Baus zittern ein wenig, dann taucht zwischen den Kartons eine Gestalt auf.

»Es tut mir so leid«, hört er sich sagen. »Es tut mir so leid.« In einem plötzlichen Anfall von Scham lässt er seine Tüten fallen – er hat soeben mit seinem CNY-Schund das Zuhause eines anderen Menschen zum Einsturz gebracht. Alle Wut auf den Regen und die Tüten und das seelenlose Parkhaus ist verflogen. »Lassen Sie mich Ihnen bitte helfen, alles wieder aufzubauen?« Er fängt an, die Kartons in seiner Nähe aufzuheben.

Die Gestalt macht einen Schritt auf ihn zu. Sukhin hat jetzt ein bisschen Angst, aber die Scham ist größer als die Angst. »Entschuldigung, entschuldigung. Bitte, lassen Sie mich helfen.« Er fängt an, die Kartons auf der einen Seite der Gasse aufzustapeln, sortiert sie instinktiv nach Größe und überlegt schon, wie er sie wieder zu einem Papp-Iglu zusammensetzen kann.

Ein Schurren zwischen den Kartons, als die Gestalt näher kommt.

Er schaut auf. Im Licht, das von hinten kommt, ist sie dünn und schmächtig, nichts als lange Glieder und schlottrige Kleidung. Noch ein Schritt auf ihn zu – und als er sich nach weiteren Kartons bückt, spürt er, dass sie noch näher kommt. Er besteht jetzt genau zur Hälfte aus Reue und aus Furcht und seine Stimmung kippt rasch in Richtung von Letzterer.

»Sukhin?«

Jetzt nur noch Furcht. Er wirft einen Karton nach der Gestalt und rennt, rennt, rennt.

~

Es ist nach elf und regnet noch immer, als Sukhin wieder durch die Gasse geht. Er sagt sich, dass er die Tüten mit dem Dekomaterial holen muss, aber in Wirklichkeit ist er hier, weil es ihm peinlich ist, dass er vorhin so schreckhaft war und wie eine Kakerlake davongejagt ist, weil er sich eingebildet hatte, eine wildfremde Person habe ihn beim Namen genannt, statt logisch zu handeln, also stehenzubleiben und freundlich mit dem Typen zu sprechen, der vermutlich nur Geld wollte oder so. Also ist er wieder hier

– und er muss sich selbst beweisen, dass er kein schnöder, blöder Feigling ist.

Das Papphaus vor der Wand ist wieder aufgebaut worden. Von drinnen strömt der Klang eines leise laufenden Radios – keine Musik, nur Stimmen, könnten Nachrichten sein. Draußen steht ein großer Karton für sich, ebenfalls an der Wand. Eine Kette aus Böllern hängt heraus. Sukhin stürzt darauf zu, dann zuckt er zurück.

SUKHIN – in Großbuchstaben, mit schwarzem Marker, auf der Seite des Kartons. Was zum Teufel ist hier los? Sein Herz hämmert wie besessen, aber sein Kopf ist leer – nichts in seinem Leben hat ihn auf das hier vorbereitet.

Eine Art Rascheln, hinter ihm.

*Das ist wie in einem schlechten Film.* Er fährt herum, und es ist die Gestalt von vorhin. In dem, was vom Licht der Straßenlaternen übrig ist, das die anderen Gebäude reflektieren, kann er nichts richtig erkennen, aber der Typ wirkt gelassen und unbewaffnet.

Der Typ kommt einen Schritt näher.

Es ist kein Typ.

»Ich bin es.«

Sie ist es. Sie ist es. Sie ist es.

*Sie sind jünger, und sie lebt. Sie haben sich eben einen Film angesehen, an dessen Handlung weder er noch sie in den folgenden Jahren je denken wird, und jetzt schlendern sie ziellos durch die Stadt. Es ist nach elf und später werden sie deshalb beide Ärger bekommen.*

*Er möchte ihr sagen, dass er sie liebt. Stattdessen sagt er: »Als Kind wollte ich Paläontologe werden, weil ich dachte, dass ich dann irgendwann wirklich Dinosauriern begegnen würde.« Das hat er noch nie jemandem erzählt, deshalb kommt es für ihn einer Liebeserklärung gleich.*

*Sie lacht nicht. Er nimmt zum ersten Mal ihre Hand und drückt sie.*

*Sie sagt ihm, dass sie gern ein Stein wäre, der ins Meer geworfen wird und geradewegs auf den Grund sinkt.*

## IV

»Du kannst dich hier nicht bis in alle Ewigkeit verstecken – also geh rein, schenk' der Tay ein Lächeln und bring's hinter dich.« Dennis schlüpft in Sukhins Büro und drapiert sich auf einem Stuhl, den Kopf fast am Boden, die Beine über der Stuhllehne.

»Du klingst wie einer von deinen blöden Glückskeksen.«

»Du isst sie also!« Dennis hebt einen Fetzen Papier vom Boden auf und liest: »Meer der Veränderung, keine stehende Pfütze.«

»Einer meiner Lieblinge.« Sukhin gestattet sich ein Lächeln, weigert sich aber, vom Korrigieren aufzublicken.

»Echt? Dabei bist du doch so ein Pfützentyp.«

»Formlos, nass und ruiniert einem die Schuhe? Ich kann damit leben.«

Dennis schwingt sich auf. »Dann komm schon, Pfütze – lass uns gehen. Du weißt, dass du dich um die Party nicht drücken kannst.«

Das weiß Sukhin. Der Aufsichtsrat, prominente Eltern und ausgewählte Ehemalige werden zum alljährlichen Einschleimfest der Tay eingeladen, und von den Abteilungsleitern – was leider auch Sukhin einschließt – wird erwartet, sie zu unterhalten und sich über die glorreichen Pläne für das kommende Jahr zu verbreiten, in der Hoffnung, ihnen eine Spende zu entlocken. Es ist auch die Gelegenheit für die Rektorin, sich ihren Phantasien von sich selbst als Göttin-Mentorin-Königinmutter hinzugeben und durch den Raum zu wandeln, um mit Lobesfetzen, Ermutigungskrümeln und süßlichen Versprechungen um sich zu werfen, an die sich eine Woche später niemand mehr erinnern wird. (»Sie leisten so wunderbare Arbeit in der Physik – ich weiß wirklich nicht, wie Tat Meng jemals ohne Sie ausgekommen ist!« – »Ganesh, wir müssen für den Juni eine Fortbildung in Übersee für Sie arrangieren – vielleicht irgendwo in Neuseeland, da gibt es doch wirklich interessante Meeresforschungsprojekte!« – »Was für ein Glück, dass wir Sie haben – ein so außergewöhnliches Naturtalent im Unterrichten findet man so selten!«) Bei all dem aber zu geizig, um Profis anzuheuern – das Essen wird fast ausschließlich von Mrs Chan in ihrem kleinen Stand in der Schulkantine zusammengerührt, und Sukhin denkt noch immer mit Schrecken an seinen Deko-Einkaufstrip nach Chinatown vor zwei Wochen. Was war das für ein Horror, auch wenn ihn das zu *ihr* geführt hat – nicht, dass er sich schon entschieden hätte, dass *das* etwas Gutes war.

Jinn wiederzusehen – ein solches Maß an Dramatik hat er seit Jahren nicht mehr in sein Leben gelassen. Und sie so zu sehen – es hat ihn erschüttert, sie so verändert vorzufinden. Es war nicht nur, dass sie anders aussah. Was ihn noch mehr durcheinandergebracht hat – viel mehr als die kurzen, ausgefransten Haare, ihr ausgemergeltes Gesicht und ihre Gestalt –, war ihre neue Ruhe. Jedes Wort, jede Bewegung wirkte zurückhaltend und auf das Nötigste beschränkt. Das war nicht die Frau, die ihm einmal gesagt hatte, so laut wie möglich und mitten in einer sehr vollen Bahn, er solle sich gefälligst selbst ficken, sie werde das jedenfalls niemals tun.

Na, ein bisschen Selbstbeherrschung wäre hier sicherlich nicht fehl am Platze. Es ist viel zu laut im Lehrerzimmer, sogar von hier draußen. Eine Art Pseudo-Jazz plärrt aus den Lautsprechern, weigert sich, zur Hintergrundmusik degradiert zu werden, und zwingt alle dazu, ihre Stimmen zu erheben, um sich daneben Gehör zu verschaffen. Als Sukhin den Raum betritt, wird er von einer Kakophonie von fünfzig simultan gebrüllten Gesprächen überfallen, während ein Sopransaxophon *How deep is your love* vor sich hindudelt – irgendjemandes Vorstellung von Kultur, vermutlich Kens. Die Party zeigt entmutigend wenige Anzeichen, in Auflösung begriffen zu sein, und die Tay ist nirgendwo zu sehen, was Sukhins Plan zunichtemacht, sich blicken zu lassen und innerhalb der nächsten halben Stunde wieder zu verschwinden. Während Dennis von einer Gruppe junger Lehramtsstudentinnen in Beschlag genommen wird, die wissen möchten, warum er so spät kommt, steuert Sukhin geradewegs das Buffet an und lädt sich den Teller voll. *Wer nicht gehen kann, frisst.*

»Mensch, ganz schön spät dran, was?«

»Nicht spät genug.«

Tat Meng grinst und zuckt mit den Schultern – Tat Meng kann nichts aus der Ruhe bringen; er bemerkt Sukhins finstere Miene nicht einmal. »Was soll's lah, nur einmal im Jahr. Hey, probier den Butterkuchen. Hat meine Frau gebacken.«

Er fasst Sukhin am Ellbogen und führt ihn zum Tisch mit den Desserts. Sukhin hat gar keine Lust auf Kuchen, schneidet sich aber ein Stückchen des mandelumkrusteten Werks von Tat Mengs Frau ab und nimmt einen großen, pflichtbewussten Bissen. »Sehr gut.«

Das befreit ihn von Tat Meng, der davonsegelt, um weitere Leute zum Zwangsernähren zu finden. Und der Kuchen erweist sich tatsächlich als sehr gut – als einige Kollegen versuchen, ihn in ein Gespräch zu verwickeln, dirigiert Sukhin sie zu dem Kuchen, sagt ihnen, sie müssten ihn unbedingt probieren, und taucht in der Menge unter. Dann zieht er sich in eine Ecke zurück und stopft sich mit gebratenen Nudeln voll.

Was sie wohl isst? Er kann sich nicht daran erinnern, in ihrem Kartonhaus irgendwelche Lebensmittel gesehen zu haben. Alles, an das er sich erinnert, ist eine Matte, ein Schlafsack, ein Rollkoffer und irgendeine Zeitung. Nicht, dass er meint, sie würde überall Essen herumliegen lassen. Vielleicht geht sie in Suppenküchen – gibt es in Singapur Suppenküchen? Gibt es Orte, wo Gratisessen ausgegeben wird? Er hätte sie fragen müssen, statt nur immer wieder zu nuscheln: »Lass mich dich irgendwo hinbringen«, worauf sie geantwortet hat, genau einmal: »Mir geht's gut hier.« Und er hätte sie dort nicht alleinlassen dürfen, aber das hat er getan. Er wusste nicht, was er sonst machen sollte, nachdem er ungefähr zwei Stunden bei ihr verbracht hatte, ohne den Mut aufzubringen, sie zu fragen, warum sie so lebte, wie sie lebte – den Stier bei den Hörnern zu packen war noch nie Sukhins Stärke. Wo ist das Handbuch für Idioten, das erklärt, wie man die Frau, die man einmal geliebt hat, fragt, warum sie in einer Seitengasse unter einem Haufen von Kartons haust?

»Du bist der Einzige, der sogar beim Mee Goreng Essen gut aussieht, Süßer.«

Sukhin tut, als hätte er Dennis nicht gehört, worauf der noch dichter an ihn heranrückt und ihm einen Pappbecher reicht, der mit etwas Orangem gefüllt ist. Sukhin nimmt einen Schluck und starrt Dennis an: »Da ist ja Wodka drin!«

»Vera hat eine Flasche reingeschmuggelt – du weißt schon, die mit dem asymmetrischen Kopf.«

»Der asymmetrischen Frisur.«

»Wie auch immer – die, die du vergrault hast.« Dennis macht eine unbestimmte Geste in Richtung Decke. »Spitzen-Deko.«

Das goldene »Glückliches-neues-Jahr«-Banner hängt quer über einer Reihe Schränke. In jeder der sieben Ecken des seltsam geformten Raumes baumeln zwei Böller-Girlanden von der Decke. Genau über dem Buffet prangen sechs Pappfiguren des pummeligen, grinsenden Gottes des Wohlstands in einer exakten Reihe an der Wand. Darüber schwimmen dreißig große rote Karpfen in einer ebenso exakten Reihe auf die andere Seite des Raumes Richtung Klimaanlage.

»Inspirierend. Sieht aus wie der Krieg der Klone.« Dennis schaut über den Raum hinweg zur Kaffeemaschine. »Und das da ist wirklich geradezu magisch.«

Auf der Kaffeemaschine thront, und zwar deutlich größer, als Sukhin ihn aus dem Laden in Erinnerung hatte, der gelbe Löwe in seiner ganzen plüschigen, bestickten Herrlichkeit; seine langbewimperten Glasaugen taxieren selbstzufrieden das Chaos. Er richtet sein belustigtes Grinsen auf ihn. *Wow, Sukhin,* das *ist deine Party?*

Es klingt genau wie sie, wie die Jinn, an die er sich erinnert. Sie hätte sich köstlich amüsiert über diese Party – die Arschkriecherei, die unterirdische Musik, die Klone, die alte Hexe. Sogar die neue Jinn hat gelächelt, als er die Dekoartikel aus dem Karton genommen hat, in die sie sie gelegt hatte, und ihr erzählte, wofür sie waren. Aber sie hat nichts gesagt, und weil er nicht über die Party sprechen wollte, da es ja nun wirklich wichtigere Gesprächsthemen gab, hat auch er nichts gesagt. Er hat nur einige Minuten dagestanden mit seinen Dekotüten im Arm und sich lächerlich gefühlt, dann ist er gegangen und hat gesagt, dass er wiederkommen werde.

Er ist nicht wiedergekommen. *Ich bin ein Arschloch.*

»Ich sehe sie – auf geht's, auf geht's.« Dennis packt ihn am Arm und stößt ihn vor sich her. Einen halben Raum entfernt schäkert die Tay gerade mit einem Fremden, vermutlich ein neues Mitglied des Aufsichtsrats.

Sukhin holt tief Luft. *Showtime.*

~

Das Chinesische Neujahrsfest bedeutete früher den Ausnahmezustand, tolle Tage, an denen er mit seinen Vettern und Kusinen aus Ipoh in dem alten Haus in der Rose Lane verrücktspielte, sie einander treppauf, treppab und immer wieder um den Garten herumjagten, in einem niemals endenden Fangen-Spiel, das sie Celok Duduk nannten, während sich seine Eltern und Tanten und Onkel um den Esstisch drängten, kaltes Bier und Eiscreme-Soda tranken und Black Jack und Gin Rommé spielten.

Inzwischen treten nur noch sein Onkel Desmond und dessen Frau die Fahrt von Ipoh hierher an. Tante Mary besteht darauf, dass sie viel zu alt zum Verreisen ist. Die Vettern und Kusinen sind allesamt verheiratet und er hat sie seit Jahren nicht mehr gesehen. Sukhin und Philippa, Lillians Tochter, sind als Einzige noch übrig – und er mag Philippa nicht, die ein Jahr älter ist und es immer für unter ihrer Würde gehalten hat, bei den Spielen der anderen mitzumachen. Das alte Haus ist immer noch das gleiche, aber jetzt tut er nichts, als in einer Ecke zu sitzen und zu lesen, während alle anderen trinken und Karten spielen und über

Essen reden, über Verstorbene oder im Sterben Liegende, und über steigende oder fallende Grundstückspreise spekulieren.

»Frankie sagt, ich soll noch warten – aber soll ich wirklich? Hab die Wohnung vor fünf Jahren gekauft und sofort sind die Preise abgesackt. Und jetzt steigen sie endlich wieder, aber sollte ich nicht doch noch ein bisschen warten? Meinst du, ich bin zu gierig?« Sukhins Tante Lillian seufzt und gibt eine neue Runde Karten aus.

»Ich bin hier der Gierige – diese Ananastörtchen sind so lecker wie immer. Leckerer!«

»Jaswant! Du hast genug! Das ist mindestens dein fünfzehntes!«

»Na gut – und wie wär's dann mit einem Stückchen von deinem Sugee-Kuchen, Schatz?«

»Pong!«

»Desmond, wir spielen nicht Mahjong!«

»War doch bloß'n Witz lah – ich bin nicht senil, Lillian. Reg dich ab!«

Und so weiter und so weiter und so weiter.

Sukhin gibt den Versuch auf, zu lesen, und wandert hinüber zum Couchtisch, wo die Verpflegung aufgebaut ist. Glasgefäße besetzen jeden Zentimeter der auf Hochglanz polierten Tischplatte, jedes gefüllt mit einer anderen Art von Plätzchen, Torte oder Kuchen, gebacken entweder von seiner Mutter oder Tante Lillian. Er nimmt sich ein paar Erdnussplätzchen, überzeugt sich aber zuerst davon, dass seine Mutter gerade nicht herschaut – sie würde es als Verrat betrachten, dass er Tante Lillians Plätzchen ihren vorzieht.

»Kann mal jemand die Klimaanlage hochdrehen, bitte! Ich schmelze!«

Sukhin zieht eine Grimasse. Die Klimaanlage hochdrehen, ach so! Er würde die Temperatur gern noch um ein paar Grad steigern und zusehen, wie Philippa ausflippt, die dumme Kuh. Er beruhigt sich selbst mit einem sehr großen Stück vom Sugee-Kuchen seiner Mutter.

Er reißt ein Fenster auf und macht es ganz schnell wieder zu. Draußen ist die Hölle. Sengende Sonne und nicht der leiseste Windhauch. Nichts bewegt sich im Garten seiner Großmutter – es sieht aus wie ein Foto.

In Chinatown ist es bestimmt noch heißer. Der viele Beton, keine Bäume, kaum irgendwo Schatten. Um diese Tageszeit muss die Luft in der Gasse zum Ersticken sein. Und wo bekommt sie Wasser her? Bestimmt gibt es irgendwo in der Nähe ein Klo, aber wie nah ist in der Nähe? Er kann sich nicht erinnern, wann er in der Stadt das letzte Mal einen Brunnen mit Trinkwasser gesehen hat. Zum ersten Mal in seinem Leben erscheint ihm das knausrig.

~

Ein Gespräch in der Küche.

»Kannst du nicht mal mit Sukhin reden? Der arme Kerl!«

Philippa funkelt ihre Mutter wütend an. »Was? Armer Kerl? Der ist einfach nur total verschroben lah, Mum.« Sie lugt durch den Türspalt zu ihrem Vetter hinüber, der aus dem Fenster starrt und dabei irgendwas vor sich hinmurmelt. »Siehst du? Der führt Selbstgespräche.«

»Ach komm! Manche Menschen erholen sich nie von einem gebrochenen Herzen, weißt du.«

»Großer Gott, echt Mum, das ist so lange her. Und komisch war er schon immer.«

»Ach Liebes. Der arme Kerl! Er hat eine Menge durchgemacht. Sei doch nicht so gemein.«

Doris kriegt das alles mit, ungesehen, als sie sich auf der anderen Seite der Wand noch einen Gin Tonic einschenkt. Ist es also das – ein gebrochenes Herz? Auf der gegenüberliegenden Seite des Zimmers steht ihr Sohn am Fenster, finster, vor sich hinmurmelnd. Dann fängt er ihren Blick auf, zeigt auf das Kuchenstück in seiner Hand und öffnet den Mund in gespielter Ekstase. *Unsinn. Diese Lillian guckt viel zu viele koreanische Soaps.*

~

In diesem Jahr hat seine Mutter, wie immer, bei ihren Vorbereitungen an nichts gespart – das Familienessen am Vorabend war hervorragend, die genauen Pläne für die Plätzchen und Kuchen liegen schon seit einem Monat bereit und wurden in der vergangenen Woche umgesetzt, wobei das Haus mit dem Duft von karamellisiertem Zucker, brauner Butter, Pandan, Kokosnuss und Ananas geschwängert wurde. Sie hat es nie ausgesprochen, aber Sukhin ist sicher, dass ihre wilde Entschlossenheit, wirklich jedes einzelne Gericht, jeden Nachtisch und jedes Gebäck aufzutischen, das ihre Mutter (seine uralte Ah Mah, die gerade alle anderen beim Pokern zerlegt) für ein Chinesisches Neujahrsfest für richtig und angemessen hält, sehr viel mit ihrer Ehe mit einem Mann aus dem Punjab zu tun hat. Naja, wenn die Tatsache, dass seine Mutter meint, sich selbst immer von Neuem beweisen zu müssen, bedeutet, dass es jedes Jahr selbstgebackenen Sugee-Kuchen gibt, liegt der entscheidende soziale Vorteil dieser Mischehe doch auf der Hand – viele Familienfehden wurden beigelegt (oder vermieden) durch just diesen Kuchen. Und der Kuchen an sich – ein schlagendes Argument. Sukhin beißt noch einmal hinein. Einwandfrei QED.

Er merkt, dass seine Mutter ihn beobachtet – wahrscheinlich fragt sie sich, ob ihr Kuchen die gewohnte Qualität hält. Sukhin setzt sein bestes Kuchen-Wertschätzungs-Gesicht nach Art seines Vaters auf. Nur, weil Chinesisches Neujahr ist.

Vielleicht sollte er Jinn Kuchen mitbringen. Er würde es tun, wenn er wüsste, dass sie sich freuen würde – aber was, wenn sie Kuchen inzwischen für verzichtbar hält? Sugee-Kuchen zu essen und unter einem Haufen Kartons zu hausen will für ihn irgendwie nicht zusammenpassen. Aber warum? Plötzlich verspürt Sukhin einen Stich. Er hat sich in einen von diesen schrecklichen Menschen verwandelt, die sich aufregen, wenn ein Straßenhändler einen BMW fährt, als ob Luxusautos für solche Leute in alle Ewigkeit außer Reichweite sein müssten, damit der Rest von uns mit ihnen angeben kann.

Er wird ihr Kuchen mitbringen – und sie soll selbst entscheiden, ob sie ihn will oder nicht.

*Jeden Morgen, wenn er aufwacht, wacht auch sie auf. Aber sie stellt sich schlafend, und sie liegt still da, während er vorsichtig aufsteht, sich anzieht und zum morgendlichen Joggen hinausgeht. Dann rollt sie sich auf seine Seite des Bettes und liegt dort, wo sein Körper gelegen hat, streckt sich aus in der Wärme, die er hinterlassen hat.*

*Wenn er vom Joggen zurückkehrt, wird er sie in der Küche vorfinden, geduscht und angezogen, Tee trinkend. Sie wird ihm einen Becher reichen, stark und ohne Zucker, so, wie sie ihn trinkt.*

*Im Schlafzimmer ist das Bett bereits gemacht. Alles ist zusammengefaltet, festgestopft, glattgestrichen, wie frisch bezogen. Nichts weist darauf hin, dass jemand in diesem Bett geschlafen hat.*

# V

»Die Düsterheit des Gedichts wird offensichtlicher durch den Stil des Dichters, der traurig und einsam ist.«

*Leck mich doch!* Sukhin feuert seinen Kugelschreiber an die Wand. Düsterheit? Düsterheit! Besitzt eigentlich kein Mensch mehr ein Wörterbuch? Wahrscheinlich nicht. Dieser Gedanke stimmt ihn, ja, düster. Der Stil des Dichters ist … einsam? Hielt dieser Junge – dieser Kevin Seah, laut dem Gekrakel oben auf der Seite – es allen Ernstes für akzeptabel, den Stil des Dichters als einsam zu bezeichnen, oder meinte er, der Dichter selbst sei einsam, was genauso absurd wäre? Und was, was genau versuchte Kevin überhaupt zu sagen? Es wirkte, als hätte er einfach eine Handvoll Wörter zusammengewürfelt, die vielleicht ein Gedicht beschreiben könnten, und dann aufs Beste gehofft. Sukhin lässt die Stirn auf seinen Schreibtisch sinken und holt tief Luft. *Bringt mich um, bringt mich um, bringt mich um.*

Die Götter ignorieren ihn. Nach vielleicht einer Minute setzt er sich wieder auf und beschließt, dass es Zeit ist, Feierabend zu machen. Der Kugelschreiber liegt erledigt am anderen Ende seines Büros. *Die Düsterheit des Kugelschreibers wird offensichtlicher durch den Seufzer des Lehrers, der traurig und einsam ist.*

~

Sukhin weiß nicht, dass die Aufmerksamkeit des Sicherheitsteams im Kaufhaus seit ungefähr fünfzehn Minuten auf ihn gerichtet ist.

Seit Jahren hat er schon nicht mehr so viel Zeit in einem Kaufhaus verbracht. Alle zwei Jahre, immer im März – seine Spezialzeit, um lokale Feste jeglicher Art auszuschließen und dem Singapur-weiten Halbjahresschlussverkauf zu entgehen –, opfert er einen kleinen Teil eines Nachmittags für die Erneuerung seiner Garderobe. Schon Wochen zuvor wird eine Liste mit allem angefertigt, das ersetzt werden muss: Hemden, T-Shirts, Hosen, Shorts, Unterwäsche, Socken, Schuhe, jeweils mit genauen Größen- und Mengenangaben. Auf diese Weise braucht er (hoffentlich) nur eine Stunde, um alles zusammenzusuchen, zu bezahlen und wieder zu verschwinden.

Heute jedoch ist alles anders. Sukhin hat beschlossen, Jinn, neben Sugee-Kuchen, ein paar praktische Dinge mitzubringen – Socken, Unterwäsche, einen Anorak, einige Kleidungsstücke, ein Handtuch, eine Thermosflasche. Die Socken, der Anorak, das Handtuch, die Thermosflasche – alles kein Problem. Die Kleider – er hat ein paar T-Shirts und Jogginghosen ausgesucht, vielseitig verwendbar. Das Problem ist die Unterwäsche. Er steht nun seit ungefähr einer Dreiviertelstunde in der Abteilung für Damenwäsche, studiert das Angebot und prüft Etiketten, während er in seinem Telefon Online-Bewertungen jeder der Marken checkt. Die Angestellten, alles Frauen, die ihre Hilfe angeboten haben und abgewiesen wurden, haben ihm eine Weile dabei zugesehen, wie er verschiedene BHs beäugte, und schließlich den Sicherheitsdienst auf den Plan gerufen.

Die Sicherheitsleute beobachten Sukhin über die Überwachungskamera dabei, wie er systematisch von jedem

BH-Modell jeweils eines vom Ständer nimmt, das Material befingert, das Etikett prüft und es dann zurücklegt. Er weiß nicht, dass sie überlegen, ob sie ihn ansprechen sollen; sie wissen nicht, dass er einen BH sucht, der zu hundert Prozent aus Baumwolle besteht.

Am Ende ist kein Einschreiten nötig. Er entscheidet sich für drei absurd teure BHs aus Ökobaumwolle und zwei Schachteln mit etwas, das auf dem Etikett rätselhafterweise als »Midi-Panties« bezeichnet wird und das, noch rätselhafter, offenbar vollständig aus gekämmter Baumwolle besteht. Er hat keine Ahnung, ob irgendwas davon passen wird – aber er ist fest entschlossen, Unterwäsche zu kaufen, da jeder Mensch doch Unterwäsche braucht. Es gibt nichts Praktischeres als Unterwäsche, auch wenn es Unterwäsche aus gekämmter Bio-Baumwolle ist. Ordentliche Unterwäsche. Vor Sukhins innerem Auge erscheinen Dutzende von winzigen, katzenartigen Wesen, die Kämme durch verworrene Baumwollmassen ziehen. Er hebt eine Hand zum Kopf – wann hat er sich zuletzt die Haare gekämmt?

~

Sie bietet ihm Tee aus einer Thermoskanne an. *Sie hat eine Thermoskanne.* Er wirft einen Blick auf die Papiertüte, die er ihr vorhin übergeben hat, die, die sie beiseitegelegt hat, ohne hineinzuschauen.

Sie essen Kuchen. Sukhin ist erleichtert, dass sich wenigstens hier bei ihr nichts geändert hat – mit sichtlichem Genuss verzehrt sie eine buttrige Schnitte nach der anderen, leckt sich die Finger, mit einem angedeuteten Lächeln im Gesicht, das, da ist er sich sicher, nichts damit zu tun hat, was er ihr von seiner Arbeit erzählt. Er erzählt noch eine Weile weiter, verbreitet sich über Banalitäten, fest entschlossen, auf sicherem Terrain zu bleiben. Er erzählt ihr, dass er im vierten Jahr hintereinander *Hamlet* durchnimmt und im zweiten *Wuthering Heights*. Er erzählt ihr, dass er mit dem Fahrrad zur Arbeit fährt. Er erzählt ihr, dass die Prüfungen gesammelt im März stattfinden, dass ihm schon jetzt davor graust, ungefähr siebzig Aufsätze lesen und korrigieren zu müssen, von denen die Hälfte nichts als wirres Geschwafel enthalten wird – wenn er Glück hat. Sie hört die ganze Zeit schweigend zu.

Und dann: »Fühlt es sich seltsam an?«

»Fühlt sich was seltsam an?«

»Wieder in der Schule zu sein?«

Sukhin hat seit Jahren nicht mehr darüber nachgedacht. »Nein, nicht mehr – am Anfang. Ich kam mir vor wie der Mann aus dem japanischen Märchen. Dem von dem Fischer und der Schildkröte und dem Königreich unter dem Meer. Kennst du es?«

Sie schüttelt den Kopf und streckt die Hand nach dem letzten Kuchenstück aus.

»Ein Fischer rettet eine Schildkröte – ich glaube, sie hat sich in seinem Netz verfangen – und sie führt ihn tief, tief hinab ins Wasser zu König und Königin des Meeres. Sie sind alle sehr froh darüber, dass er die Schildkröte gerettet hat – weiß nicht mehr, warum –, also wird im Schloss zu seinen Ehren ein Fest gefeiert und er darf mit der Prinzessin tanzen. Sie überredet ihn, drei Tage bei ihnen zu verbringen, und das tut er – auf jeden Fall besser als Fischen, hat er sicher gedacht.«

Nun hat er ihre volle Aufmerksamkeit – der Kuchen ist ja jetzt alle.

Er wünscht, er hätte nicht mit dieser Geschichte angefangen. Er kann sie nicht gut genug erzählen – seine Worte wirken dürr und saftlos; er weiß, er beraubt die Geschichte ihres Geheimnisses, ihrer Kraft, ihrer Schönheit, und er kommt sich dumm vor. Aber er kann nicht mittendrin aufhören – dann geriete er erst recht in Erklärungsnot.

»Die drei Tage sind vorbei, er verabschiedet sich von allen und die Schildkröte bringt ihn zurück an Land, aber jetzt kann er in dem Dorf sein Haus nicht mehr finden und er findet auch keine Spur von seiner Familie. Es wird noch schlimmer – irgendwer erzählt ihm, dass hundert Jahre vergangen sind, nicht nur drei Tage, während er sich unter Wasser herumgetrieben hat. Alle, die er gekannt hat, sind tot und er ist ganz allein an einem fremden Ort, der gar kein fremder Ort ist. Also geht er zurück an den Strand und setzt sich ans Meer und wartet.«

Er verstummt, weil ihm einfällt, wie sehr ihn als Kind dieses Ende verstört hat.

Sie sieht ihn erwartungsvoll an. Ihm wird klar, dass er so schlecht erzählt hat, dass sie nicht begreift, dass die Geschichte zu Ende ist. Verlegen zwingt er sich zum Weitermachen: »Und so endet es. Ziemlich gemein von der Schildkröte, hab ich immer gedacht. Findest du nicht? Da rettet dich so ein Typ und du beschließt, ihm sein Leben wegzunehmen – oder vielleicht wusste die Schildkröte das nicht. Wissen wir denn, wie Schildkröten Zeit auffassen? Vielleicht haben sie einen vollständig anderen Zeitbegriff. Schildkröten leben sehr lange – auf der Schmetterlingsfarm in Penang hab ich eine Schildkröte gesehen, die angeblich dreihundert Jahre alt war.« *Oh Gott, was für ein Gestammel.* Sukhin zwingt sich dazu, den Mund zu halten.

Er gießt sich Tee nach. Der Tee kommt aus dem Heiligen-Zahn-Tempel weiter unten in der Straße, erzählt ihm Jinn – die Mönche geben ihr so viel Tee, wie sie möchte.

Die Tasse ist ein winziges Plastikdings, das weniger als ein Drittel eines Bechers fasst. Jinn trinkt aus einer kleinen Schale – er fragt nicht, warum; er vermutet, dass sie ihm ihre einzige Tasse gegeben hat.

»Und jetzt fühlst du dich nicht mehr wie ein Fischer aus einem alten japanischen Märchen?«

»Nicht jeden Tag.«

Selbst der Fischer, betrogen um hundert Jahre, musste sich ja wohl irgendwann zusammenreißen und weitermachen. Sukhin, betrogen um nichts – er weiß, dass er seine eigene Schildkröte ist, er hatte darum gebeten, an sein altes College geschickt zu werden –, hat sich schon längst damit ausgesöhnt, die meisten seiner Tage an einem fremden Ort verbringen zu müssen, der gar kein fremder Ort ist. Wo er alle Gänge und Gebäude kennt, aber doch so oft die Klassenzimmer verwechselt, weil sein instinktives Navigieren durch das College in der Zeit erstarrt ist, noch nach fast zehn Jahren dort als Lehrer. Genauso, wie er jedes Mal, wenn er dort vorbeikommt, im größten Blumenkübel im Foyer nachsieht, weil Jinn und Melissa dort immer seine Sachen versteckt haben. Oder wie er jedes Mal die Schritte beschleunigt, wenn er an der Turnhalle vorbeikommt, weil die ihn selbst mit ihren neuen Geräten und der Klimaanlage und dem glänzenden weißen Boden noch immer an die Rugbyjungs erinnert, die ihn und Renyi einmal an die Bananenbäume am Hinterausgang gefesselt haben.

»Ich war nie mehr da«, sagt sie.

Das überrascht ihn. *Aber du hast da doch immer glücklich gewirkt.* Das liegt ihm auf der Zunge, aber er beschließt, nichts zu sagen. Es hätte keinen Zweck und Sukhin mag es nicht, wenn etwas keinen Zweck hat. Sie sitzen sich eine

Weile schweigend gegenüber und dann fragt er, ob sie mehr Kuchen möchte, wenn er das nächste Mal kommt.

~

»Dieses Jahr, genauso wie letztes, konzentrieren wir uns auf *Hamlet* und *To the Lighthouse* für die Erst- und *Wuthering Heights* und *The Doll's House* für die Zweitsemester. Für die, die Lyrik wählen, haben wir Marvell, Pope und die üblichen Sonette.«

Niemand hört zu. Niemand tut, als hörte er zu. Nicht Natalie, seine stellvertretende Abteilungsleiterin, die damit beschäftigt ist, sich überschneidende Kreise in ihr Notizbuch zu zeichnen. Nicht einmal Dennis, der als geschäftsführender Leiter der Mathematik-Abteilung an der Besprechung teilnimmt, weil Alice im Mutterschaftsurlaub ist.

Im Zimmer gibt es keine Fenster, und keine Bilder.

Sukhin macht weiter in dem monotonen Singsang, den er sich eigens für diese monatlichen abteilungsübergreifenden Meetings angeeignet hat. »Dieses Jahr, genauso wie letztes Jahr, übernehme ich *Hamlet* und *Wuthering Heights*, während Natalie für *To the Lighthouse* und *The Doll's House* zuständig ist. Lynnette, Iain und Hanis übernehmen jeweils zwei Texte. Natalie und ich werden die Lyrik aufteilen.«

Natalie schaut kurz von ihrer Zeichnerei auf und lächelt.

Die einzige Tür des Besprechungszimmers befindet sich von Sukhin aus gesehen am anderen Ende des Raums. Keine Chance, ungesehen das Zimmer zu verlassen.

Mr Leong, der Konrektor, schaut auf seine Uhr, dann auf Sukhin. Notizbuch aufgeschlagen, Kugelschreiber in der Hand – aber Sukhin hat nicht den Eindruck, dass er irgendwas notiert hat. »Irgendwelche Veränderungen im Lehrplan?«

»Nein.«

»Irgendwelche Veränderungen im Kursplan?«

»Nein.«

»Irgendwelche Lehr- oder Hilfsmittel zu beantragen?«

»Nein.«

»Irgendwelche Zuschüsse vom Ministerium zu beantragen?«

»Nein.«

»Studienreise?«

»Nein.«

»Okay. Der nächste – Mathe.«

Sukhin unterdrückt einen Seufzer und schnappt sich einen Curry Puff aus einer Schachtel in der Mitte des Tisches. Er ist köstlich – knuspriger Blätterteig um einen Kern aus einer gecurryten Kartoffelköstlichkeit. Die Curry Puffs, die extra in einem Laden in Holland Village bestellt werden, sind sein einziger Trost bei diesen lächerlichen Sitzungen. Wie lange wird diese noch dauern? Es ist fast vier – und er lechzt nach einem Drink.

Dennis langweilt sich und die anderen. Er spricht zu dem Stück Tischplatte vor sich. In seinem kurzen Durchlauf durch die Pläne der Mathematik-Abteilung für dieses Jahr benutzt er kein einziges Adjektiv, dafür das Wort ›Mathematik‹ in jedem Satz. Am Ende fasst er zusammen: »Nach unserem Plan soll dieser Plan der Plan für dieses Jahr sein.«

Sukhin isst noch einen Curry Puff.

~

Endlich, was zu trinken. Ein kaltes Pint in einer Bar nur einen fünf Minuten-Sprint vom College entfernt. Und sie sind wirklich gesprintet, mit klappernden Ledersohlen auf dem Pflaster. Die Bar ist noch leer – das einzig Gute am Lehrerleben ist, dass man vor fünf mit dem Trinken anfangen kann.

»Ich hatte da drin das Gefühl, ich müsste sterben. Ist das immer so schlimm?«

»Immer.«

»Wie war ich?«

»Wirklich schrecklich. Der Plan für den Plan? Wow.«

»Am Anfang hätte ich fast Süßer zu ihm gesagt, echt jetzt.«

»Pah.«

»Du musst nicht gleich eifersüchtig werden – ich bin nur ehrlich.«

»Pah.«

»Bitte, Süßer. Du musst wirklich mal an deinem Wortschatz arbeiten. Schließlich bist du Englischlehrer.«

~

»In einer halben Stunde bin ich wieder da.«

»Lass dir Zeit – ich hab ein Buch dabei.«

Sukhin und Jinn haben inzwischen eine Routine entwickelt – es ist ihm fast unheimlich, wie leicht und schnell das vonstattengegangen ist, aber das hält ihn nicht davon ab, ihr zu folgen. Er besucht sie jetzt alle zwei Tage. Er fährt nach dem Unterricht mit dem Rad nach Hause, macht Tee und füllt ihn in die Thermosflasche, die er für sie gekauft hat (der Tee aus dem Tempel schmeckt ihm nicht), dann fährt er nach Chinatown. Sie reden eine Weile – meistens erzählt er von seinem Tag –, dann wartet er in ihrem Kartonhaus, während sie in einem nahe gelegenen Yogastudio duschen geht, wo sich die Tür zur Feuertreppe von außen öffnen lässt.

»Nicht sehr sinnvoll«, sagt er, als sie es ihm erzählt. »Dann kann doch jeder rein.«

»Keiner geht davon aus, dass sich irgendwer in ein Yogastudio schleicht. Nicht in Singapur.« Sie feixt. »Mich bemerkt nie jemand.«

»Naja, du bist ja auch nicht der archetypische Penner.«

Sie sieht wirklich nicht so aus. Oder vielleicht doch? Sukhin kann es nicht mehr sagen – sie ist die einzige Obdachlose, die er je gekannt hat. Nichts an ihr – nicht die ewigen Jogginghosen und T-Shirts, nicht ihr hageres, ungeschminktes Gesicht, nicht einmal der kaum vorhandene, unregelmäßige Haarschnitt – zeugt auf irgendeine Weise von ihrer Obdachlosigkeit. Niemand, der ihr auf der Straße begegnet, würde denken: Ganz klar, diese Frau haust in einer Gasse unter einem Haufen Kartons. Jemand wie Dennis würde vielleicht eine spöttische Bemerkung über ihre Frisur oder die Jogginghose fallen lassen, aber das wär's dann auch schon. *Ach, Süße, gib dir doch mal ein bisschen Mühe – Sportklamotten müssen nicht hässlich sein.*

Er muss sich gewaltig zusammennehmen, um nicht herumzustöbern, während sie weg ist. Er möchte wissen, so unbedingt, was geführt hat zu … alldem hier, und vielleicht steckt die Antwort irgendwo in dem Rollkoffer oder in dem kleinen Bücherstapel daneben oder unter der Matte. Sie hat kein Telefon – sonst würde er sich versucht fühlen, auch darin herumzuschnüffeln. Das verstört Sukhin – er hat sich nie für einen Schnüffler-Typ gehalten, noch nie zuvor hat er auch nur den geringsten

Drang verspürt, sich anderer Leute Sachen anzusehen, geschweige denn sie zu durchsuchen. Aber jetzt vergeht er fast vor Neugier, und ganz sicher, ganz sicher steckt hier drin – irgendwo – eine plausible Erklärung für Jinn die Vagabundin.

Vor einer Woche hat er endlich den Mut aufgebracht zu fragen:

»Wie lange schon?« Kein Vorgeplänkel, es war, wie die Falltür zwischen seinem Gehirn und seinem Mund anzuheben und einfach alles, was dort drin war, hinauspurzeln zu lassen.

Jinn hat nicht die Begriffsstutzige gespielt – zum Glück. Er hätte die Frage nicht wiederholen können – oder, schlimmer noch, umformulieren. *Das nichtsesshafte Leben – wie lange gibst du dich dem schon hin?* Oder: *Wann hast du zuletzt die Geborgenheit einer dauerhaften Behausung genossen?*

»Fünf Jahre, elf Monate, neunzehn Tage.« Sie brauchte nicht darüber nachzudenken. Und lieferte keine weitere Erklärung.

Er wusste nicht, was er erwartet hatte, doch darauf war er nicht vorbereitet gewesen. Fast sechs Jahre. Er konnte kein Wort herausbringen, aber er verortete diese neue Information rasch in seinem eigenen System. Während er letztes Jahr eine Woche zum Fischen in Sabah gewesen war; während er im Jahr zuvor zum Abteilungsleiter befördert worden war; vor drei Jahren, während seine Eltern hinter seinem Rücken alles in Bewegung gesetzt hatten, um ihn zu verheiraten; vor vier Jahren, während er sich bei dem Versuch, die Glühbirne im Badezimmer auszuwechseln, den Knöchel gebrochen hatte, weil er von der Trittleiter gefallen war – hatte sie so gelebt. Was hatte er vor fünf Jahren, elf Monaten und neunzehn Tagen gemacht? Vermutlich Aufsätze korrigiert. Sich über Aufsätze aufgeregt. Gelesen. Tee getrunken. Während sie … Gassen begutachtet hatte. Kartons gesammelt. Ihr Leben zusammengelegt und es ordentlich in einem Koffer verstaut hatte, um es leichter mit sich herumtragen zu können.

»Was liest du?«

Sie ist wieder da und er schaut von dem Buch auf, das er nicht liest. Ihre frischgewaschenen Haare sehen fluffig aus, stehen praktisch zu Berge und stinken nach dem billigen Zitronenshampoo, das sie im Yogastudio verwenden. Sie hat ein frisches T-Shirt angezogen. Er hat sie nicht gefragt, wie sie wäscht, aber er vermutet, dass sie wäscht, während sie duscht, und dann die Sachen auf dem nahe gelegenen Parkplatz aufhängt – so würde er es machen.

Sie nimmt das Buch, schaut auf das Cover und gibt es ihm mit einem Grinsen im Gesicht zurück. »Greene? *The Heart of the Matter*? Angeber.«

Er lacht, und zwar vor allem vor Erleichterung. Bei jedem ihrer Treffen wünscht er sich nichts als ein weiteres Zeichen dafür, dass sie ist, wer sie ist, dass sie nicht gestört ist, dass sie weiß, was sie tut, auch wenn er es nicht weiß, dass er nicht auf irgendeine Weise zum Komplizen irgendeines abscheulichen Plans wird, durch eine Zombie-Apokalypse, die aus irgendeinem bizarren Grund mit dem Klon seiner Exfreundin beginnt, das Ende der Welt herbeizuführen.

Sie packt ihre Sachen in den Rollkoffer – Matroschka-Stil: Tasse in Schale in Anorakkapuze, Thermosflasche in Hohlraum in zusammengerollter Matte – und sie gehen spazieren. Auch das gehört zu ihrer neuen Routine: ein Mann, eine Frau und ein großer Koffer, die dem Gassengewirr folgen, einen Abstecher über die Hauptstraßen machen, vorbei an Läden und Leuten und Straßenhändlern. Darauf warten, dass die Ampel umspringt. Die Straße überqueren. Sie finden den kleinen, unscheinbaren Pfad inmitten einer Ladenzeile, der zum Duxton Plain Park führt, und sie folgen ihm: der Mann, die Frau, der große Koffer.

Wer immer dieses Gebiet Park genannt hat, hatte entweder gewaltige Pläne oder Wahnvorstellungen – Sukhin fragt sich, warum überhaupt irgendwer das Bedürfnis verspürt hat, ihm einen Namen zu geben. Es ist nicht viel mehr als ein gepflasterter Weg unter Bäumen auf beiden Seiten – aber vielleicht wurde hier die für einen Fußweg vorgeschriebene Baummenge überschritten oder einer Verordnung über das notwendige Baum-zu-Pflaster-Verhältnis nicht Genüge getan, weshalb die Fläche Park genannt oder vernichtet werden musste? Doch Park oder nicht, hier, direkt neben dem Chaos der Hauptstraßen, ist es plötzlich und überraschenderweise still. Jinn hat eine Lieblingsbank – dort liest sie, wenn sie allein ist, dort lesen sie beide, wenn Sukhin dabei ist.

Er möchte wissen, was er ihr sonst noch mitbringen kann – Bücher, Essen, Werkzeug? Mehr Unterwäsche aus gekämmter Baumwolle?

Sie schaut von ihrem Buch auf und runzelt die Stirn. »Den Koh-i-Noor.«

Er bringt ihr Pfirsiche mit.

~

Drei Wochen später setzt sich Kevin Seah zu seiner allerersten Prüfung in englischer Literatur in einen eiskalten

Hörsaal und sieht davon ab, in seinem Aufsatz über *Hamlet* das Wort ›Düsterheit‹ zu benutzen.

Sukhin liest den Aufsatz am nächsten Tag, in Jinns Kartonhütte. Er zeigt ihn ihr. »Der Düsterheitsknabe.«

Sie liest die ersten paar Absätze vor. »Sehr ernst. Ziemlich wie meine alten Lit-Aufsätze, findest du nicht?«

Kevin bekommt ein B – die beste Note, die er jemals von Mr Dhillon erhalten wird, der beschließt, nie wieder in der Nähe der Frau und ihrer Kartons Prüfungen zu korrigieren. Beides zusammen greift ganz offensichtlich seinen Verstand an.

*Die Frau nippt auf dem Balkon an ihrem Tee und fragt sich, ob der Tod sie auf irgendeine Weise verändern wird. Für lange Zeit war er alles, worauf sie sich gefreut hatte.*

*Bis jetzt, nichts. Sie erwacht mit demselben Gefühl, sie schläft mit demselben Gefühl ein. Tot zu sein hat nichts Leichtes oder Ausgelassenes. Sie ist ein bisschen überrascht. Sie hatte eine Art Erhebung erwartet, eine Veränderung im emotionalen Gewicht oder Gehalt. Eine unerträgliche* Leichtigkeit des Seins? *Sie lächelt. Na, vielleicht. Der Roman hat ihr gefallen.*

*Sie steht auf und schaut hinaus auf das Viertel. Es hat sich nicht verändert. Träge, still und reglos am späten Nachmittag, bis auf den Wind in den Bäumen. Demnächst wird der Klavierunterricht anfangen und die Stille wird zerrissen werden vom Übungsgeklimper unwilliger Kinder, die unermüdlich kleine Bröckelchen klassischer Stücke wiederkäuen. Noch später werden Busse vorfahren und die müde, erschöpfte Horde aussteigen lassen, die sich nach Hause sehnt. Einige von ihnen noch voller Elan, andere solide und gesetzt.*

*Die Frau sitzt stundenlang auf dem Balkon und schaut. Die Menschen gehen alle an ihr vorüber, niemand sieht sie schauen.*

*Die Welt scheint von ihrem Tod vollkommen unberührt zu sein.*

# VI

Es war wirklich nicht Seethals Schuld gewesen. Sie war in Ordnung – sie redete nicht zu viel, sie war nicht dumm und sie schien den Lehrerberuf allen Ernstes für eine feine Sache zu halten.

Sie hatten sich beim Sangeet seines Cousins Gurmit kennengelernt. Die unbehagliche Frau, die am Desserttisch herumlungert, sich Jelebi in allerlei Formationen auf den Teller lädt und versucht, jeglichem Gespräch auszuweichen. Der unbehagliche Mann, der am Teespender herumlungert, viel zu süßen Tee trinkt und versucht, jeglichem Gespräch auszuweichen. Der Desserttisch befand sich neben dem Teespender und irgendwann stellte sie eine vorwitzige Tante (ihre) einander vor. Sie sprachen über Tee, dann über Jelebi, und über den Raum hinweg tauschten anderthalb Punjabi-Elternpaare wissende Blicke aus und lächelten. Es hätte eine nette Anekdote ergeben, wenn er sie geheiratet hätte (auf einer Hochzeit kennengelernt, über Tee und Jelebi zusammengefunden, wirklich eine reizende Geschichte) – aber das wäre der einzige Grund gewesen, und Sukhin war längst über das Alter hinaus, in dem man etwas um einer Anekdote willen tut.

Am Ende des Abends wussten Sukhins Eltern, wie alt Seethal war (siebenundzwanzig – perfekt), womit sie ihren Lebensunterhalt verdiente (irgendwas mit Versicherungen – klang brauchbar), ob sie einen Freund hatte (nein – sehr gut), womit ihre Eltern ihren Lebensunterhalt verdienten (Zahnarzt – gut, Hausfrau – sehr gut) und ob sie schon einmal verlobt gewesen war (nein – sehr gut). Und Seethals Eltern wussten dasselbe über Sukhin, mit Bonuspunkten für sie, weil sie herausgefunden hatten, dass er soeben zum stellvertretenden Abteilungsleiter befördert worden war, dass er sich eine eigene Wohnung gekauft und als Teenager eine Zahnspange getragen hatte. Nummern wurden ausgetauscht – nicht die von Sukhin und Seethal, sondern die ihrer Mütter – durch eine weitere vorwitzige Tante (Sukhins – die Brautmutter, eine weitere Pointe für die Anekdote).

Als sie nach Hause kamen, sprachen Sukhins Eltern über den Hochzeitstermin (August wäre nett, nicht zu heiß oder verregnet – aber nicht am Wochenende des Nationalfeiertags), die Gäste (nicht Onkel Milan, der sich auf Gurmits Sangeet betrunken hatte) und die Größe der Kinder (Seethal konnte nicht größer als einssechzig sein).

Als Sukhin nach Hause kam, fühlte er sich unsagbar aufgebläht und fragte sich, warum er den ganzen zuckersüßen Tee getrunken hatte. Wütend über sich selbst ging er ins Bett und erwachte mit einer äußerst vagen Erinnerung an den Abend.

»Ruf sie an.« Die Nummer stand auf einem Notizzettel aus der Praxis seines Vaters, eine Woche nach Gurmits Hochzeitsessen, bei dem er Seethal auf dem Weg zur Herrentoilette einmal Hallo zugeraunt hatte. Ein einziges verdammtes Hallo.

Sukhin war nicht ohne Grund ein halber Punjabi – er wusste genau, was es bedeutete, wenn einem Sohn die Telefonnummer einer Frau in die Hand gedrückt wurde, begleitet von diesen drei schicksalhaften Wörtern. Er faltete den Zettel zusammen und steckte ihn in die Tasche, in dem

Wissen, dass er, wenn er es nicht täte, in den nächsten Stunden das Gejammer seiner Mutter ertragen müsste, dass sie niemals Enkelkinder haben würde.

Eine Woche verging. Er rief sie nicht an; er hatte nicht vor, sie anzurufen.

»Vielleicht ruft sie dich an, Sukhin«, sagte sein Vater. »Das ist doch wohl in Ordnung, oder? Moderne Zeiten – wer sagt denn, dass immer der Junge das Mädchen anrufen muss? Ich hab' ihrer Mutter gesagt, dass du viel zu tun hast; sie sagt, sie wird Seethal deine Nummer geben, und dann könnt ihr das über WhatsApp machen. Ganz einfach.« Er hatte offenbar bei dieser ominösen Affäre das Amt des Verhandlungsführers übernommen.

Sie saßen zu dritt im Haus seiner Eltern beim Essen. Sie sahen verschmitzt und selbstzufrieden drein. Sukhin hatte Lust, seinen Namen zu ändern und nie wieder ein Wort mit ihnen zu sprechen. *Über WhatsApp machen*, na klar.

Drei Tage später schrieb ihm Seethal:

*Hi Sukhin, wie gez? Seethal hier.*

Eine Frau, die nicht einmal »geht es« ausschreiben konnte – was sollte ihn reiten, sowas zu heiraten? Unvorstellbar. Aber er antwortete, es hatte doch keinen Sinn, unhöflich zu sein, vermutlich hatten ihre Eltern sie dazu gedrängt und da war ihr sein Mitgefühl sicher. Wochen vergingen. Ihre Mitteilungen wurden länger und freundlicher, seine nicht.

»Es ist völlig in Ordnung, dich mit ihr zu treffen«, sagte seine Mutter eines Tages, völlig aus dem Zusammenhang. Sie hatte sich gerade darüber ausgelassen, ob die Anschaffung einer Brotbackmaschine sinnvoll sein könnte. »Lad sie doch mal zum Essen ein.«

Das tat er – einerseits, um den anderen den Mund zu stopfen, andererseits, weil er sich fragte, ob es nicht vielleicht doch einen Versuch wert wäre, die Sache weiter zu verfolgen. Mit ihm und Jinn war es aus. Schon seit Jahren. Er sollte sich wenigstens ansehen, was – naja, wen – es da draußen noch gab. Es war nicht so, dass er auf ihre Rückkehr gewartet hätte – er kannte sie gut genug, um zu wissen, dass sie nicht zurückkommen würde. Gut möglich, dass sie inzwischen mit einem selbstgefälligen Anwalt oder Banker verheiratet war oder, schlimmer noch, einem reichen Hipster.

Sie wisse nicht, was sie wolle, hatte sie ihm gesagt, aber jedenfalls nicht *das hier.* Es war im Kino gewesen, wo sie gerade das Programm studiert hatten. Es gab nichts, was er wirklich hätte sehen wollen, und er war den ganzen Abend lang stiller gewesen als sonst – er hatte eine lange Woche hinter sich und musste noch einen Essay schreiben. Es war sein erstes Semester am National Institute of Education und er fand es schrecklich. Das Pensum war langweilig, die anderen Lehramtsstudierenden waren Hohlköpfe, die zwei Stunden Fahrt morgens und abends machten ihn fertig – wer hätte gedacht, dass in einem sich bewegenden Zug zu sitzen dermaßen geisttötend sein könnte?

In den letzten Monaten hatte er verschiedene Versionen ihres Widerwillens gegenüber einem nicht näher bezeichneten »das hier« gehört. *Es muss mehr geben als das hier. Das hier ist einfach lächerlich. Ich habe etwas Besseres verdient als das hier.* Sukhin hatte nicht weiter darüber nachgedacht. Ihre Hassliebe zu ihrem Job machte sie launisch, hatte er gefolgert. Sie schien dauernd zwischen Verachtung und offenem Neid zu schwanken, und das musste ermüdend sein.

Jinn hatte das vergangene Jahr und noch etwas länger damit verbracht, für eine Event-Agentur zu arbeiten, die einer Freundin ihrer Mutter gehörte, ein Unternehmen, dessen einzige Aufgabe darin bestand, Partys für sehr gelangweilte, sehr reiche Leute zu organisieren. Für den fünften Geburtstag eines Kindes hatte sie zwei Swimmingpools mit Gummibärchen füllen lassen. Für eine Horde von Achtzehnjährigen hatte sie eine Burlesque-Show in einem Privatjet organisiert. Erst kürzlich hatte sie für einen runden Hochzeitstag dreißig Kisten Wein aus dem Jahr besorgt, in dem das Paar geheiratet hatte, von dem Weinberg in Burgund, wo die beiden sich kennengelernt hatten.

Er spielte den Begriffsstutzigen. »Wir brauchen uns keinen Film anzusehen.«

Sie ging in die Luft. Nicht die wütende Gift-und-Galle-Nummer, die sie sonst an den Tag legte – er hatte sich an ihre Neigung zu dramatischen Gefühlsausbrüchen gewöhnt, diesmal jedoch war sie einfach verstummt. Ihre Augen sandten Blitze, ihre Lippen bewegten sich, ein Muskel in ihrer Wange zuckte, aber sie gab keinen Ton von sich. Ihm fiel nichts ein, was er hätte sagen, nichts, das die Spannung hätte auflösen können, ohne wie eine Plattitüde zu klingen, und ihr Schweigen brachte das Lachen der sie umgebenden Menschenmenge zum Anschwellen und verwandelte die Diskussion über irgendeinen billigen Thriller, das Gekicher über Ryan Gosling, die ganze allgemeine Unentschlossenheit und den Stumpfsinn des Cineplex-Foyers, die ganze Leutehaftigkeit der Leute, in ein einziges Meer aus nervtötender, aufreibender Spannung.

»Ich will das hier nicht mehr.« Leise, kaum mehr als ein Flüstern.

Er weigerte sich zu fragen, was sie meinte, aber ihm war klar, dass er zu einem Teil von *das hier* geworden war.

Sie ging weg. Er ging nicht hinter ihr her. Als er am nächsten Tag anrief, drückte sie den Anruf weg. Er rief nicht wieder an.

Drei Wochen später traf ein Karton bei ihm ein. Sorgfältig zugeklebt, auf einer Seite mit schwarzem Marker: SUKHIN. Er öffnete ihn nicht. Als er fünf Jahre später aus- und in seine eigene Wohnung zog, ließ er den Karton im Haus seiner Eltern stehen, unter dem Couchtisch, wo die Richtig Tollen Kartons ihren Platz hatten.

Das Essen mit Seethal war nicht schrecklich. Sie war höflich; er war höflich. Er hörte interessiert zu, wie sie über Versicherungen sprach; sie sagte, Lehrer würden nicht genügend geschätzt und das sei eine Schande. Aber es war auch nicht gut. Sie hatte nichts übrig für Poesie, er hatte nichts übrig für Töpferei. Sie las Selbsthilfe-Bücher, er hatte keine Freunde, die das taten. Sie begriff nicht, warum er es nicht mit vegetarischem Leben versuchen wollte, er wand sich innerlich, als sie sich zum Nachtisch einen Bio-Soja Latte bestellte statt Kuchen.

»Ich mag keinen Kuchen«, sagte sie, als er ihr etwas von seinem Zitronenkuchen anbot.

»Du magst keinen Kuchen?« Sukhin ärgerte sich über seinen eigenen ungläubigen Tonfall. Er versuchte zwar nicht, sie zu beeindrucken, aber er wollte auch nicht – alles, nur das nicht! – wie irgend so ein Spinner wirken, der andere nach ihren Nachtischvorlieben beurteilte. Selbst wenn er so einer war. Und was gab es an Kuchen eigentlich auszusetzen? Diese unausgesprochene Frage hing mehrere Minuten lang in der Luft – für Sukhin. Stirnrunzelnd verzehrte er den Rest seines Zitronenkuchens, während seine Gedanken einen Sprung machten von Kuchen als Nachtisch zu Kuchen als einer Art Bindeglied zwischen

Menschen. *Seinen* Menschen jedenfalls – offenbar gab es tatsächlich Menschen, die nicht begriffen, wozu Kuchen gut war, die das einfach nicht begriffen und deshalb niemals Zutritt zur Kuchengemeinschaft haben, niemals seine Menschen sein würden.

Seethal, der seine Veränderung in Haltung und Aufmerksamkeit sofort aufgefallen war, versuchte es mit einer Erklärung. »Ich bin einfach kein richtiger Nachtischmensch«, sagte sie versöhnlich und hatte dabei wohl den Tee und den Jelebi und die halbgaren Witze ganz vergessen, die sie gemacht hatte.

Sukhin hatte sie nicht vergessen. Er stürzte sich sofort auf diesen himmelschreienden Widerspruch. »Aber diese ganzen Jelebis auf Gurmits Hochzeit …«

»Meiner Mutter zuliebe. Ich kann das Zeug nicht ausstehen.« Sie schnitt eine Grimasse. Er auch.

Er schrieb ihr nicht wieder und schwor sich, mit Frauen künftig über Kuchen zu sprechen, ehe er auch nur im Entferntesten etwas in Betracht ziehen würde, das nach einem Date aussehen könnte.

Seine Eltern säuselten und klagten, nachdem ihre Mutter mehrfach seinen Vater angerufen hatte, um die Familie zum Tee einzuladen. Tee! Einer der vielen Euphemismen für Vor-Verlobungs-Gespräche. Sukhin weigerte sich, sich zu verloben.

Und damit war die Sache wirklich aus dem Ruder gelaufen. Seine Tante und sein Onkel luden Seethals Familie zu ihrem alljährlichen Grillfest ein, und Sukhin wurde abkommandiert, um Paprika-Halloumi-Champignonspießchen zu grillen, während ihre Mutter zusah. »Du bist so umsichtig, Sukhin – kein Wunder, dass du Lehrer geworden bist!« Er wurde zu allen möglichen Hochzeiten mitgeschleift, und dann: »Ist das nicht Seethal?« Sein Vater winkte und er wurde zu ihr hinübergeschleppt und dort allein gelassen, um ein Anti-Gespräch zu führen, bei dem sie abwechselnd völlig willkürliche Bemerkungen fallen ließen, die keine Antwort erforderten und das Gegenüber nicht interessierten. Ihr schien das nichts auszumachen, was die Situation noch verschärfte – jede Begegnung mit ihr, das wusste er, lief darauf hinaus, genug Punkte (oder Stunden oder was auch immer in diesem System zählte) anzusammeln, damit ihre Eltern auf einer Verlobung bestehen könnten. Seethal schien das widerspruchslos akzeptiert zu haben, weshalb sie nun zum Feind zählte.

Sukhin entschied sich für die logischste Lösung, die ihm einfiel – er benahm sich wie ein komplettes Arschloch. Als Exitstrategie.

Wann immer er Seethal bei einer Hochzeit oder einem Fest sah, machte er auf dem Absatz kehrt und zog ab, wobei er versuchte, auf dem Weg mindestens einen Stuhl umzustoßen. Als seine Tante fragte, ob die Sache mit Seethal gut laufe (»So ein nettes Mädchen, und hat ein bisschen Ähnlichkeit mit Madhuri Dixit, nicht wahr? Du weißt schon, dieser Hindi-Filmstar, hmmm, vielleicht bist du zu jung, um sie zu kennen.«), bedachte er sie mit einem langen, kalten Starren und verließ abrupt den Raum, zum Entsetzen seiner beschämten Eltern.

Sein Vater kam ihm nachgeeilt. »Sukhin! Sei nicht so unverschämt zu Tante Malkit!«

Er stellte sich taub – eine ziemliche Leistung; vermutlich hatten die Nachbarn zwei Stockwerke unter ihnen Dr. Jaswants Gebrüll gehört. Sukhin setzte sich in sein Auto, schlug so laut wie möglich die Tür zu und fuhr davon.

Tante Lillian und Onkel Bobby wurden mit dem großen Finale beehrt. Tante Lillian hatte eine Ananastorte mitgebracht, nach einem Rezept, das sie einem Konditormeister im Ruhestand entlockt hatte. Sukhins Mutter, die nicht ins Hintertreffen geraten wollte, hatte drei Stunden in die Herstellung von Kaya und Scones investiert. Sie saßen in Doris' Küche und tratschten, und das taten sie noch immer, als Sukhin vorbeischaute. Er brühte sich einen großen Becher Tee auf und wollte sich gerade zu ihnen setzen, als Tante Lillian versehentlich die Sache ins Rollen brachte.

»Das ist alles so aufregend, Sukhin«, hob sie an, während sie ein Scone mit Butter bestrich. »Ich habe eben Seide aus Shanghai bestellt, für mein Kleid – ich will ja nicht bis zur letzten Minute warten! Dein Vater sagt, er rechnet in zwei Monaten mit dem Verlobungsfest, und ein ordentliches Cheongsam braucht dreißig Tage, du weißt schon, mit Anprobieren und allem.«

Er bedachte seine Eltern nacheinander mit einem grimmigen Blick. Seine Mutter saß nur da mit zusammengekniffenen Lippen und flackerndem Blick, sein Vater aß weiter an seinem Kuchen und weigerte sich, von seinem Teller aufzublicken.

»Was für eine kranke Phantasie lebt ihr da eigentlich aus?«, fauchte Sukhin. »Was verdammt nochmal ist in euch gefahren? Das ist nicht euer Leben!« Er funkelte seinen Vater wütend an. »Wenn du so unbedingt eine Hochzeit willst, kannst du sie ja heiraten!«

Er riss die Arme hoch – Sukhin ist wirklich der Sohn seines Vaters, wenn er wütend ist – und vergaß dabei den Becher, den er noch immer in der Hand hielt. Einen Bogen aus brühwarmem Tee hinterlassend, segelte er auf die

Tischmitte zu und zersprang dort in wütende kleine Porzellanscherben, die sich sofort auf Torte und Scones stürzten, in die Kaya-Schüssel und in jede einzelne Kaffeetasse auf dem Tisch.

Er lachte ihnen in die entsetzten Gesichter und hörte erst auf zu lachen, als er das Haus verlassen hatte und losfuhr.

Eines Abends, als er Jinn in ihre Gasse zurückbegleitet, erzählt er ihr von Seethal.

»Dummkopf. Du wärst vielleicht glücklich geworden, weißt du.«

»Nein.«

Sie gehen eine Weile schweigend weiter.

»Sie war so anders – als du.« Das bereut er, sowie er es gesagt hat.

»Unsinn. Sie hat dich über einem Bio-Soja Latte verloren.«

Die Türklingel geht, als er gerade die Wäsche machen will.

»Heyyyyy.«

Dennis, durch die Tür. Er klingelt nochmal. Sukhin überlegt, ob er tun soll, als sei er nicht zu Hause.

»Aufmachen, Süßer – ich hab nachgesehen, dein Auto steht da. Du bist zu Hause.«

Durch den Türspion besteht Dennis vor allem aus Kopf und Schultern, die sich zur Tür vorbeugen. Außerdem besteht er vor allem aus knalligem Orange, bereit, um sich in irgendeinem Fitnessstudio der Neonarmee anzuschließen. Er versetzt dem Klingelknopf einen weiteren Hieb. Auf der anderen Seite der Tür verdreht Sukhin die Augen. Nein. Er wird die Tür nicht öffnen.

Dennis ändert seine Taktik – vier scharfe Schläge gegen die hölzerne Tür, gefolgt von der Klingel, dann weitere vier Schläge, dann wieder die Klingel.

»Süßer, ich fang gleich an zu kreischen.«

*Großer Gott, Dennis.* Sukhin löst die Sicherheitskette, zieht die Tür auf. »Was willst du?«

»Wo sind deine Manieren? Hast du einen Schluck Kaffee?«

»Ich trinke keinen Kaffee.«

»Was auch immer – dann eben Wasser. Du musst mir was anbieten.«

Inzwischen steht Dennis in der Küche, reißt wahllos eine Schranktür nach der anderen auf und lugt hinein. Er öffnet den Kühlschrank und mustert mit zusammengekniffenen Augen den Inhalt. »Milch. Bist du nicht laktoseintolerant?«

»Nein.«

Dennis kennt sich in der Wohnung gut aus – vor zwei Jahren hat Sukhin ihn widerstrebend drei Wochen lang in der Rolle des selbsteingeladenen Logiergastes ertragen, während Dennis seine eigene Wohnung neu streichen ließ (es hatten zuerst zwei Wochen sein sollen, der Aufenthalt hatte sich dann aber verlängert, weil die Dämpfe »schlicht zu viel waren, Süßer«.) Dennis hatte es einfach nicht geschafft, sich aus Sukhins Angelegenheiten herauszuhalten – er hatte die Schränke umgeräumt, die abgewetzten Läufer ersetzt, Sukhins alte Kleidung weggeworfen, Möbel bestellt.

*Das* hatte bei der Arbeit zu einer heftigen Szene geführt.

Sukhin saß im Lehrerzimmer und sah die Unterrichtspläne von zwei Referendaren durch, wobei er sich alle

Mühe gab, nicht herablassend oder gelangweilt zu klingen, während der Rest der Englischabteilung versuchte, nicht zu kichern. Wer war nicht schon einmal zum Objekt von Sukhins schlecht verhohlener Verachtung geworden? »Was für ein Besserwisser. Als Schüler muss er unerträglich gewesen sein«, raunte einer der jüngeren Lehrer, der sich hatte anhören müssen, er solle »nach Hause gehen und *Fifty Shades of Grey* lesen«, nachdem ihm eine anzügliche Stelle bei Marvell entgangen war.

Dennis kam mit einem Einrichtungskatalog daher. »Zuckerschnäuzchen, tolle Neuigkeiten – die haben das Sofa in Pfauenblau und können morgen liefern.«

»Was für ein Sofa?«

»Das hier«, verkündete Dennis und schlug den Katalog bei einer Seite mit einem Eselsohr auf. Unglaublich, dachte Sukhin, im wahrsten Sinne des Wortes – in etwas, das aussah wie eine blühende Lichtung, mit einem Sonnenstrahl, der über eine der Lehnen fiel, fläzte sich ein Sofa, locker, lässig, eine Waldnymphe aus poliertem Holz mit blaugrüner Polsterung und einer teuren Patina. Ein Eichhörnchen und irgendein anderes Waldtier starrten von einem überhängenden Ast auf es herab.

»Ich brauche kein Sofa.«

Dennis stieß einen ungeduldigen Seufzer aus. »Du hast zwei Stühle und so ein großes Kissendings. Du brauchst ein Sofa.«

Sukhin stand auf. Er musste seine Zähne mit Gewalt auseinanderreißen, um es sagen zu können: »Ich will kein Sofa.«

»Na, ich kaufe es dir – es kommt morgen. Sei doch nicht so kompliziert, Sukhin.« Dennis klappte den Katalog ordentlich zu, dann drehte er sich um, um zu gehen. Suhkin starrte ihm hinterher. Diese Unbekümmertheit. Diese unglaubliche Dickfelligkeit.

»Dennis, ich will kein Sofa.« Vielleicht ein bisschen zu laut – obwohl alle aus der Englischabteilung und die meisten Geschichtslehrer inzwischen ohnehin unverhohlen herglotzten.

Dennis hatte tatsächlich die Nerven, ein überraschtes Gesicht zu machen, als wäre das Sofa eine Art gemeinsames Lebensziel und Sukhin würde gerade Jahre sorgfältiger Planung in Schutt und Asche legen. Sukhin kam die Galle hoch. Er streckte die Hand aus, packte Dennis an der Schulter und riss ihn herum. Als er noch einen Schritt auf ihn zutrat, kam ihm der unpassende Gedanke, dass Dennis der Größere von ihnen und zudem besser gebaut war und im antiken Griechenland auch als der bessere Mann gegolten hätte – *kalos kagathos*, gutaussehend und deshalb auch ein guter Mensch.

Es war vermutlich dieser Gedanke, der ihm den Rest gab. *Kalos kagathos* – ja, leck mich doch kreuzweise!

»Ich will kein Scheiß Sofa!« Die Physikabteilung im Nebenzimmer würde später aussagen, das laut und deutlich gehört zu haben. »Sogar Susan hat es mitgekriegt«, sagte Tat Meng, der da gerade mit seiner Frau telefoniert hatte.

Noch immer mit der Hand um Dennis' Schulter, versetzte Sukhin ihm einen Stoß – nicht heftig, aber ausreichend, um ihn einen Schritt zurücktreten zu lassen. Dennis funkelte ihn wütend an, dann stampfte er davon. Aber gleich darauf war er wieder da. Er schnappte sich Sukhins *Hamlet*-Ausgabe – ein vergilbendes Relikt aus Sukhins eigener Zeit am Junior College, auf dessen Einband mit schwarzem Marker SUKHIN geschrieben stand – und schleuderte sie mit theatralischer Geste durch den Raum, aber nicht einmal er hatte damit gerechnet, dass die Bindung mitten im Flug den Geist aufgeben und ein Seiten-Regen über dem englischen Lehrkörper niedergehen würde.

Die Menge hielt den Atem an, aufgerissene Augen, Gesichter zum Papiersturm erhoben.

Sukhin spürte, wie eine Seite auf seinem Kopf landete, und hob die Hand, um sie zu fassen zu kriegen. Er las – laut, ohne es zu wollen: »Ich bin nur toll bei Nordnordwest; wenn der Wind südlich ist, kann ich einen Falken von einem Reiher unterscheiden.«

Er fuhr sich mit einer Hand übers Gesicht. Dennis hatte den Mund zu einem O aufgerissen, seine Brust hob und senkte sich, er hatte eine Hand schützend vor die Kehle gehoben. »Tut mir leid, tut mir leid, es tut mir ja so leid.«

Sukhin starrte an Dennis vorbei auf die Seiten, die jetzt den Boden bedeckten. Er wollte Dennis packen und fertigmachen, aber er konnte sich nicht bewegen. Es schellte zur Stunde. Einige der anderen Lehrer sammelten ihre Papiere und Bücher zusammen und trotteten langsam hinaus, wobei sie sich Mühe gaben, nicht auf die verstreuten Seiten zu treten. Sukhin zog sich schweigend vom Schauplatz zurück, fuhr mit dem Rad zum East Coast Park und verbrachte den Rest des Nachmittags damit, an der Küste entlangzuwandern. Als er endlich nach Hause kam, hatte Dennis Pasta mit Venusmuscheln gekocht und ihr Mahl wurde begleitet von dem bedrückenden, brütenden Schweigen, das sich einstellt, wenn sich eine Seite einwandfrei und unwiderlegbar im Unrecht befindet, während der anderen einwandfrei und unwiderlegbar Unrecht getan wurde.

Das Sofa kam am nächsten Tag. Es war da, als Sukhin nach Hause kam, es thronte im Wohnzimmer, leibhaftig, pfauenfarben und genauso prachtvoll, wie der Katalog es versprochen hatte. Auf ihm lag sein *Hamlet*, wieder zusammengefügt und neu gebunden, mit SUKHIN und allem. Dennis war in der Küche und wühlte lärmend im Kühlschrank herum. »Ich mache einen Salat, Schatzi – wir werden uns ein kleines Picknick auf diesem phantastischen Sofa gönnen. Wo stehen deine Weingläser?«

Das nämliche Sofa – der einzige Gegenstand in Sukhins Wohnung, der nicht grau oder gräulich ist – wird jetzt von seinem Spender genau unter die Lupe genommen, seine Nase kaum mehr als zwei Zentimeter vom Stoff entfernt. Ein Stirnrunzeln, ein »hmm«. Dennis geht ins Schlafzimmer und inspiziert beide Kissen, dann hebt er die Bettdecke hoch. »Hast du kürzlich das Bett frisch bezogen?«

»Vorige Woche – nicht, dass dich das was anginge.«

Sukhin sieht zu, wie Dennis den Kleiderschrank aufmacht und seine Hemden durchwühlt. »Was zum Teufel suchst du eigentlich?« Er ist selbst überrascht, dass er eher verwirrt als verärgert ist. Sollte das schon die beginnende Altersmilde sein?

Dennis geht weiter zur Schublade mit der Unterwäsche. »Wo ist sie?«

Sukhin kann es nicht fassen. »Was?«

Dennis richtet sich auf und verschränkt die Arme. »Du hast die Treffen des Astronomieclubs verpasst und gehst seit drei Monaten jeden Tag vor vier. Jeden Tag.«

»Work-Life-Balance, Dennis. Noch nie davon gehört?« Er dreht sich um. Dennis schließt die Schublade und folgt ihm ins Wohnzimmer.

»Und du hast abgenommen.«

»Ich laufe.«

»Aha. Du läufst. Und bei den Prüfungen hast du dreizehn As vergeben. Im Oktober waren es sechs.« Dennis lächelt triumphierend. »Das muss Liebe sein.«

»Ich mache Sport, damit ich mit achtzig kein hilfloser Kloß bin. Und vielleicht haben die Kids Fortschritte gemacht.« Moment mal. Woher weiß Dennis, wie viele As er bei den Literaturprüfungen vergeben hat? »Stalkst du mich? Ich weiß nicht einmal, wie ich das nennen soll – woher weißt du das von den As?«

»Man nennt es Datenbank, Schatzi – du trägst doch all deine Noten in eine Tabelle ein, oder? Was glaubst du, wo die landet? Für ein cleveres Kerlchen kannst du manchmal ganz schön dumm sein.«

Sukhin lässt sich auf das Sofa sinken und seufzt. Was machen andere Leute mit aufdringlichen, krankhaft neugierigen Freunden? Es muss Leute geben, die das mögen – es gibt solche, die nach Aufmerksamkeit gieren, und solche, die danach gieren, sie zu verteilen. Verdammtes Tinder – warum gibt es keine App, die diese Leute verkuppelt? Das würde ihm (und vermutlich gibt es andere wie ihn) so viel Zeit und Energie sparen. Vielleicht, wenn sich alle Menschen, die verzweifelt in Ruhe gelassen werden wollen, zusammentäten, um diese App zu finanzieren …

»Ich sehe, du streitest nicht ab, dass es irgendwo eine Frau gibt. Nur nicht *hier.*«

»Ich habe nicht die geringste Ahnung, wie du auf diese Idee kommst. Und was suchst du eigentlich? Lippenstiftflecken?« Sukhin ordnet langsam einen Bücherstapel neben dem Sofa neu, in der Hoffnung, gelangweilt zu wirken.

Dennis fängt an, auf und ab zu laufen – zur Küche, zurück ins Wohnzimmer, wieder zur Küche. »Ich kann einfach nicht verstehen, warum du mich anlügst«, jammert er. Sukhin sortiert weiter Bücher, stapelt sie zu zwei genau gleich hohen Türmen auf, dann zu vier gleich hohen. *Ruhig bleiben – irgendwann wird er aufgeben.*

»Aha!«

Sukhin fährt hoch. *Gott, nein. Nein, nein, nein, nein.*

Dennis kniet in der Küche neben der Waschmaschine und hebt einen blassblauen BH in die Höhe. Dessen blassgrüne Schwester ist ihm halb aus der Trommel gefolgt und hängt jetzt träge über der Tür. Wenn Dennis neugierig genug wäre, um nachzusehen, würde er feststellen, dass am Rand beider Büstenhalter in winzigen, wirklich winzigen Buchstaben »100 % gekämmte Baumwolle aus ökologischem Anbau« steht.

»Mein lieber Mr Dhillon, bitte, lassen Sie sich Zeit. Ich hab den ganzen Tag.«

*Nach der Schule ließen sie oft auf der großen, weiten Wiese bei der Bucht Drachen steigen. Sie liebte die Wiese, weil sie so grün war – Gras, Gras und noch mehr Gras, so weit das Auge reichte. Er liebte sie wegen der Drachen. Er baute viele von ihnen, vor allem, weil ihm das Bauen so viel Spaß machte, und manchmal, weil er ihr mit etwas Witzigem oder Törichtem, das sie dem Wind übergeben konnte, eine Freude machen wollte. Ihr Liebling war eine Ananas, der erste und hässlichste seiner Drachen. Er hat nie verstanden, warum.*

*Nach ihrer Trennung, als sie niemanden mehr hatte, der Drachen für sie baute, ging sie oft zu der großen, weiten Wiese, um anderen beim Drachensteigenlassen zuzusehen.*

*Ihn sah sie nie wieder dort.*

# VII

Er kann sie nirgends finden. Ihr Koffer ist verschwunden und das Karton-Gebäude ist leer. Sukhin betrachtet dieses große, sperrige Ding, das von den geheimnisvollen vereinten Kräften von Glück und Schwerkraft aufrecht- und zusammengehalten wird, inzwischen als Jinns Haus. Ein Haus kann so ungefähr alles sein, denkt er, solange jemand bereit ist, darin zu leben. Oder darunter – ihm fällt ein, wie er als Kind für einige Wochen den Esstisch seiner Mutter in ein Haus verwandelt und darauf bestanden hat, alle seine Mahlzeiten darunter einzunehmen, umgeben von seinem Spielzeug und seinen Büchern. Sein Vater hatte abwechselnd gedroht und gebettelt, aber am Ende wurde Sukhin von einer Kakerlake vertrieben, die vorbeigeschaut hatte, um nach Krümeln Ausschau zu halten (es konnte doch wohl nicht sein, dass sie gekommen war, um ihn unter dem Tisch hervorzujagen).

*Sie ist nur auf dem Klo. Jeder muss doch mal.*

Während er auf Jinns Rückkehr wartet, inspiziert er die Kartons. Einige sehen schon ein bisschen ramponiert aus – Zeit, sie durch neue zu ersetzen. Er fragt sich, ob er darauf bestehen sollte, sie zu irgendeiner Notunterkunft zu fahren, oder zu sich, alles, nur nicht draußen in einer selbstgebastelten Feuerfalle. Er möchte schon länger mit ihr über ihr Wohnarrangement sprechen, aber bisher hat er weder den Mut aufgebracht noch eine gute Gelegenheit dazu gefunden – die alte Jinn wäre sauer, und er will der neuen Jinn keinen Vorwand liefern, zu verschwinden.

*Wo zum Teufel steckt sie?*

Er wartet noch eine Viertelstunde, worauf er versucht, nicht in Panik zu geraten, aber trotzdem in Panik gerät. Wo kann sie nur stecken? Naja, im Grunde ungefähr überall. Er beschließt, eine Möglichkeit zu finden, ihr einen Tracker anzuheften. Oder Leute dafür zu bezahlen, sie rund um die Uhr zu überwachen. Oder ihr ein Telefon zu besorgen.

An einem der Kartons an der Innenseite ihres Hauses klebt ein Zettel.

»S – 53 Kerbau Road, 16 Uhr. J.«

Er ist erleichtert. Aber es ist 15.47 Uhr.

Ohne weiter zu überlegen, stürzt er zu seinem Auto und fährt wie ein Besessener von Chinatown nach Little India, wobei er sich vorkommt wie in der Parodie eines Werbefilms der Singapurer Tourismus-Agentur.

*Wenn Sie alle Sicherheitsbedenken fahren lassen und keinen Gedanken an Fußgänger verschwenden, können Sie die einhundertsechsundachtzig Jahre alte Jamae-Moschee – man beachte die Kombination von südindischer und neoklassischer Architektur – und den jüngeren Buddhazahn-Reliquien-Tempel – man beachte, wie der Tang-Stil dieses Bauwerks von der dominanten südchinesischen Typologie der buddhistischen Tempel in Singapur abweicht – in weniger als drei Minuten besichtigen. Treten Sie während der darauf folgenden zehn Minuten das Gaspedal weiter durch, jagen Sie durch die Eu Tong Sen Street, dann durch die Hill Street – zu Ihrer Rechten blitzt in Weiß die armenische Kirche auf, geweiht im Jahre 1836, was sie zur ältesten Kirche in Singapur macht – und schneiden sie die Orchard Road, dann die Selegie Road. Schießen Sie über die Kreuzung und auf die Serangoon Road. Jetzt sehen Sie das Tekka Centre vorüberjagen, dann den Sri Veeramakaliamman Tempel – angeblich hat die Göttin Kali, für die dieser Tempel errichtet wurde, dafür gesorgt, dass er die japanischen Luftangriffe im Zweiten Weltkrieg überlebt hat. Scharf links in die Race Course Lane, dann entlang der Race Course Road, Heimat des berühmten Banana Leaf Apollo, wo die Mahlzeiten noch immer auf, richtig, Bananenblättern serviert werden. Scheren Sie nun ein in die Kerbau Road, parken Sie dort und bewundern Sie dann die vielfarbige Fassade der einstigen Residenz des ehemaligen Süßigkeitentycoons Tan Teng Niah – wieso auch nicht, Sie sind ohnehin fünf Minuten zu spät, und was bedeuten schon einige weitere Minuten, um wieder zu Atem zu kommen, wenn Sie diese Fahrt lebend überstanden haben?*

Sie ist dort, wo sie ihn hinbestellt hat, und wirkt nicht überrascht ihn zu sehen. Sie sieht auch nicht sonderlich erfreut aus, worüber er enttäuscht ist.

»Hier lang.«

Er folgt ihr durch eine Gasse, an deren Ende das Tekka Centre vor ihnen auftaucht. Der Markt macht Schluss für heute und die Marktleute sind damit beschäftigt, Waren und Ausrüstung zusammenzupacken und ihre Stände zu putzen. Einige schieben Karren voller Gemüse und Obst zu einer riesigen Mülltonne am Straßenrand. Die Tonne, die ungefähr die Ausmaße eines großen Lastwagens hat, quillt bereits über vor Ausschuss, weshalb die Marktleute schon damit begonnen haben, den Rest in Kartons zu stopfen, die daneben stehen. Einige kippen den Inhalt ihrer Schubkarren einfach auf die Straße. Eine kleine, nicht weiter auffällige Gruppe von Menschen durchwühlt die Müllhaufen neben der Tonne.

»Die retten das Gemüse, damit es verteilt werden kann, statt hier zu verrotten«, erzählt Jinn Sukhin, und heute helfe sie beim Sammeln. Sie nimmt zwei Säcke von einem Stapel auf der Straße und reicht ihm einen. »Nimm alles, was dir noch essbar erscheint, so wie das hier.« Sie zeigt ihm einen verdreckten Kohlkopf. »Wenn du die äußeren Blätter wegzupfst, ist der völlig in Ordnung.« Sie steckt den Kohlkopf in ihren Sack. »Und eine Möhre ist so gut wie nicht totzukriegen.«

Er hebt eine Möhre auf und mustert sie. Es ist ein ziemlich hässliches Exemplar – krumm und knorrig, nichts, was er sich im Supermarkt aussuchen würde –, ansonsten aber unversehrt. Er steckt sie vorsichtig in seinen Sack, zusammen mit zwei weiteren hässlichen Möhren und einer böse aussehenden Kartoffel. Einiges in dem Haufen, den er durchsucht, ist rettungslos verloren, aber vieles ist einfach nur mickrig oder hässlich, weggeworfen, weil eine krumme Gurke oder eine Möhre mit gegabeltem Schwanz einfach nicht sexy ist.

Jinn und die anderen sind schneller als er. Sie arbeiten mehr als zwei Stunden, damit sie ganz sicher nichts übersehen. Einige Marktleute händigen ihnen ihren Abfall jetzt direkt aus, ohne den Umweg über die Tonne. Von Passanten werden sie offen angestarrt. Einige werden unverschämt. (»Ihhh! Als ob man das noch essen könnte!« – »Habt ihr alle nichts anderes zu tun, häh?«) Andere bleiben stehen und fragen, was sie hier machen, und einer – ein großer, schlaksiger Mann, der sich beim Durchsieben der Müllhaufen pudelwohl zu fühlen scheint – erklärt, dass sie versuchen, die Abfallmenge zu reduzieren. Er spricht gelassen, höflich und ohne Umschweife. Er zeigt einen Teil der Beute, öffnet für die Schaulustigen einen

Sack. Die anderen arbeiten schweigend. Während er Jinn so ansieht, begreift Sukhin, dass sie das nicht zum ersten Mal macht – sie hat ein Gespür dafür entwickelt, welches Gemüse eine genauere Betrachtung wert ist und welches nicht, welche Teile sie auf Beschädigungen hin untersuchen muss, welches Ausmaß an Beschädigungen noch akzeptabel ist – und ihm geht auf, dass sie offenbar auf diese Weise einen Teil ihrer Nahrungsmittel besorgt. *Na, ein Rätsel gelöst. Fortschritt.* Aber bei der Vorstellung, wie sie im Abfall nach Essen wühlt, fühlt er Wut in sich aufsteigen und Unbehagen – und er fühlt sich schuldig. Doch Sukhin gelingt es, all dies ziemlich schnell und effektiv in missionarischen Eifer umzuwandeln, indem er sich wild entschlossen auf den nächsten Haufen stürzt, um so viel Obst und Gemüse wie möglich vor dem schändlichen, stinkenden Tod zu retten. »Ulysses« von Tennyson blitzt in seinem Kopf auf.

*Der Tod schließt alles ab. Doch etwas, vor dem Ende,*
*Ein Werk in edlem Geist, kann man doch tun …*

In der Nachmittagshitze, auf dem dampfenden Asphalt, unterzieht er zahllose Möhren und Kartoffeln und Auberginen und Ananas und Kakis einer sorgfältigen, pedantischen Untersuchung. Es hat ziemliche Ähnlichkeit mit der Durchsicht von Hausarbeiten, geht Sukhin jetzt auf – ein Exemplar nach dem anderen begutachten und dabei verzweifelt versuchen, offen an die Sache heranzugehen, verzweifelt hoffend, etwas Verheißungsvolles zu finden, und dabei die ganze Zeit gegen die aufsteigende Übelkeit ankämpfend.

~

»Ist das nicht dein Lit-Lehrer?«

»Nein, Mum. Und das heißt Tutor – ich bin jetzt im Junior College.« Ihre Tochter schreibt gerade eine Nachricht an eine Klassenkameradin und hält es nicht für der Mühe wert, aufzublicken.

»Ich sag's dir, Prema, das ist er – schau!«

Prema schaut – und bereut nicht mehr, dass sie sich von ihrer Mutter hat überreden lassen, nach dem Unterricht Punjabi-Kleider shoppen zu gehen. Es ist wirklich Mr Dhillon, der da auf dem Tekka Market neben einer Mülltonne hockt und einen Haufen Gemüse durchwühlt, das irgendwer weggeworfen hat. Mr Dhillon containert?

»Will er dieses Zeug wirklich essen?« Sie verzieht das Gesicht. »Und er hat sich nicht mal umgezogen. Wow – containern bei dieser Hitze, in Hemd und Hose.« Prema, hin- und hergerissen zwischen Ekel und Achtung, macht ein Foto.

»Aufhören!« Ihre Mutter schlägt nach ihrem Telefon.

»Verdammt!« Das Foto ist unscharf; es sieht aus wie Mr Dhillon, aber ganz sicher kann man nicht sein. »Verdammter Mist!«

»Bitte nicht in diesem Tonfall, Prema. Komm, wir gehen. Nicht, dass dich der arme Mann noch sieht.« Sie schüttelt den Kopf. *Meine Güte, werden Lehrer so schlecht bezahlt?* Als sie jung war, wurden Lehrer als Stützen der Gesellschaft betrachtet. Kein Lehrer hätte es gewagt, im Müll nach Essen zu suchen, keine Gemeinde hätte so etwas zugelassen. Sie seufzt. *Ob seine Mutter das weiß?*

~

Sie stehen in einer fremden Küche und Jinn erteilt Anweisungen. Kühl und gelassen, mit einer natürlichen Autorität, die allen das Gefühl vermittelt, dass ihr das Amt der Küchenchefin in die Wiege gelegt wurde, obwohl Sukhin sehr wohl weiß, dass ihre Familie eine Haushälterin hatte und Jinn nicht einmal Wasser hätte heißmachen dürfen. Ruhig und bedächtig bittet sie einen soeben eingetroffenen Mann, Möhren klein zu schneiden, und einen anderen, Paprika zu würfeln. Sukhin, dem Jinn das Säubern und in Scheiben Schneiden von Lotuswurzeln aufgetragen hat, ist nur einer ihrer sieben Küchenhilfen. Die Frau neben ihm befreit gerade an die dreißig Zwiebeln von ihren Schalen.

Der Mann, der auf dem Markt mit den Passanten gesprochen hat, kommt mit einem großen Korb in die Küche gestürmt. »X, das haben die Leute aus dem Supermarkt gerade abgegeben.« Er strahlt Jinn an, hält ihr den Korb zur Inspektion hin.

Sie nimmt eine Lauchstange raus. Sie ist schon etwas gelblich, ansonsten scheint daran aber nicht viel auszusetzen zu sein. Im Korb liegen noch mehr Lauchstangen, die ihre beste Zeit schon hinter sich haben, alle in unterschiedlichen Stadien des Verfalls. Jinn legt sie ehrerbietig auf die Anrichte. Sie lächelt, dasselbe Lächeln wie wenn sie kurz davor ist, sich über einen Kuchen herzumachen – ein winziges, leises Lächeln der Vorfreude. »Wunderbar, Kim Seng. Wenn du den Korb zurückbringst, sag Yasin, dass wir sehr dankbar sind.«

Sie streckt einen langen, dünnen Arm in Richtung des Mannes aus, der die Paprika würfelt. »Gopal, wenn du fertig bist, kannst du den Lauch schneiden? Dünn, aber nicht zu dünn.«

Ein eifriges Nicken. »Okay, X, kein Problem.«

Jinn kommt herüber, um zu schauen, wie weit Sukhin

ist. »Nennen die dich X«, fragt er gedämpft, »oder Ex? E-X?«

Sie hebt eine Augenbraue. »Wie in der Vorsilbe? Oder wie Verflossene? Du kannst mich Ex nennen, wenn du möchtest.«

»Schön. X also. Der Buchstabe. Nicht gerade originell.«

»Niemand versucht hier, originell zu sein, Sukhin.«

Auf diese Weise zur Ordnung gerufen, macht er sich wieder an seine Arbeit, während sie ihre Runde durch die Küche fortsetzt, mit den anderen Freiwilligen redet, kleine Korrekturen vornimmt. Keine Kaiserin in Seide und Indigo hatte jemals beflissenere, hingebungsvollere Untertanen – Sukhin bemerkt, wie sich ihr alle unterordnen, wie sie sofort in Habachtstellung gehen, wenn sie in ihre Richtung blickt, wie sie ihr spärliches Lob aufsaugen. Unglaublich. Das Mädchen, das einmal vor Wut tobend seine Bücher in der ganzen Schule versteckt hat, ist jetzt die gelassene Patin dieser geheimen Suppenküchenoperation.

Naja, der *scheinbar* geheimen Suppenküchenoperation. Um sie nicht in Verlegenheit zu bringen (und um sich selbst vor zu viel Wissen zu bewahren), hat Sukhin keine Fragen gestellt. Bisher weiß er nur, dass sie das auf dem Tekka Market geborgene Gemüse in dieses Shophouse in der Rowell Road gebracht haben, gleich neben etwas, das aussieht wie ein Bordell – oder irgendein anderes Unternehmen, bei dem es um Frauen und Stundensätze geht. Sie sind über den Hinterhof in eine große, erstaunlich gut ausgestattete Küche gelangt, wo noch andere dazukamen, die auch gerettetes Obst, Gemüse und Konserven aus Supermärkten und verschiedenen Läden aus dem Viertel bei sich hatten. Jinn hat ihn niemandem vorgestellt, begrüßt aber alle mit Namen.

»X. Alles fertig.«

Endlich, das Gemüse ist zerkleinert und wartet auf sie. In der Küche wird es still, als sie ein letztes Mal die Zutaten überprüft. Sie zählt die Zwiebeln, mustert den Lauch, wirft einen Blick auf die Tomaten, betrachtet die Konservendosen. Sie nimmt ein Stück blauen Ingwer, der von trockenen Stellen befreit wurde. »Lasst uns irgendwas Cooles damit machen – Thai-Ingwer kriegen wir doch sonst nie!«

Sie sieht aus, als versuche sie, sich an etwas zu erinnern. Niemand drängt sie.

Ein Lächeln. Sie nickt in die Runde. »Okay – ich weiß, was wir machen. Lina, kannst du das hier mörsern?« Sie reicht einer Frau alle Stücke des geretteten blauen Ingwers. »Zusammen mit denen.« Sie gibt ihr etwas gerettete Kurkumawurzel und Knoblauch.

Sie dreht sich zu Kim Seng um. »Lass uns den Lauch grillen. Zuerst musst du ihn blanchieren. Weißt du, wie das geht?«

Eines nach dem anderen werden die Gerichte ausgewählt, die Aufgaben verteilt. Sukhin hat keine Ahnung, wo oder wann sie kochen gelernt hat oder ob das alles hier nur eine große Show ist und sie nur bisher niemand durchschaut hat. Keine Zeit für Mutmaßungen – er muss Gopal helfen, Knoblauchreis zu kochen.

~

Während Kim Seng auf dem Barebones-Grill, den ein ehemaliger Saté-Händler der guten Sache gespendet hat, den Lauch grillt, sieht er zu, wie X Lina und Weixiong beibringt, vegetarisches Soto zu machen, mit Dosen-Champignons, Kartoffeln, Möhren und Sellerie statt Huhn. Er ist stolz und ehrfürchtig zugleich. So anmutig, so zurückhaltend, aber sie lässt keinen Zweifel daran, dass sie hier das Sagen hat. Eine richtige Frau, wie seine selige Mutter. *Und ich habe sie gefunden; ich war das!*

Er erzählt diese Geschichte zu gern; er erzählt sie jedem neuen Freiwilligen und lässt keine Gelegenheit aus, um sie für den Rest des Teams zu wiederholen. Wie er sie gefunden hat, als sie in der Mülltonne dieser Bäckerei in der Keong Saik Road nach weggeworfenem Brot suchte, wie er wusste, dass es dort keines gab – er hatte bereits nachgesehen. Wie er ihr etwas von dem Obst anbot, das er vorher vom Tekka mitgenommen hatte, wie er ihr von der Gruppe von Essensrettern erzählte, die er gegründet hatte, wie sie zwei Tage darauf auf dem Tekka aufgetaucht war, rechtzeitig, um der Gruppe bei der Jagd zu helfen. Wie sie die Idee gehabt hatte, das Essen irgendwo in der Nähe zuzubereiten, so dass auch größere Teile und übler zugerichtetes oder überreifes Obst und Gemüse noch zu retten wären. Was bedeutete, dass sie mehr Essen mit mehr Menschen teilen könnten – es gab oft mehr, als die Retter selbst verdrücken konnten.

Und danach hatte das eine das andere ergeben.

Gopals Bruder hatte ihnen das Shophouse in der Rowell Road angeboten – perfekt, nur zehn Minuten zu Fuß vom Markt entfernt. Er hatte das ehemalige Café übernommen und nutzte die drei Shophouse-Etagen zum Anbau von feinem Biogemüse, das er für horrende Summen an Edel-Restaurants verkaufte, die sich damit brüsten wollten, regionale Produzenten zu unterstützen (sich aber nicht dazu herablassen wollten, in ihren Gerichten echtes Gemüse aus der Region zu verarbeiten). Gopals überaus geschäftstüchtiger Bruder Raj liefert ihnen als elegante Lösung essbare Blumen und Microgreens, die im penibel kontrollierten Mikro-Klima unter künstlichem UV-Licht heranreifen, und zwar im Herzen Singapurs. (Kim Seng glaubt verstanden zu haben, dass es sich bei diesen Microgreens um winzige Rüben, Porreestangen, Erbsen und Möhren handelt, und Raj hat erklärt, dass »die Reichen zu Extremen« neigten, »ihre Autos wollen sie so groß, ihr Gemüse so klein wie möglich.«) Viel wichtiger war allerdings, dass Raj die Bemühungen seines kleinen Bruders um Wohltätigkeit unterstützen wollte, und das war die Geburtsstunde der Freiküche. »Sollen doch die Reichen dafür blechen«, hat er gesagt und angeboten, die Kosten für Strom und Wasser zu übernehmen. Raj ist der zweite Held der Gruppe, neben X.

X, die die Küche vom ersten Tag an geleitet hat, die allen neuen Freiwilligen beibringt, wie man das Essen, das sie geborgen haben, säubert und zubereitet, wie man es haltbar macht, um es am nächsten Tag aufzuwärmen, zusammen mit neuen Zutaten, wenn welche da sind.

X, die dafür sorgt, dass alles, was sie kochen, fein und lecker ist, nicht nur irgendwas Zusammengewürfeltes, das in den Topf geschmissen wurde. X war es auch, die auf richtigem Besteck und Tellern bestanden hat. »Kein Plastikscheiß!«, hatte sie geknurrt und dieses eine Mal doch die Beherrschung verloren.

X, die jetzt neben ihm steht und ihm erzählt, dass der Lauch umwerfend riecht. Das tut er – wer hätte gedacht, dass einfaches Olivenöl, Knoblauch, Salz und Pfeffer aus Lauch etwas Zauberhaftes machen können?

X, die selbst zauberhaft ist. Deren Namen niemand kennt, aber vielleicht ist das Teil des Zaubers?

~

»Wer ist das?«

»Der Neue? Ist zusammen mit X gekommen. Er war auch mit uns auf dem Tekka.«

Lina weiß noch immer nicht, was sie von X halten soll, selbst nach einem Jahr. X sieht aus, als könnte sie ihre Tochter sein, was Lina ein bisschen mehr wurmt als nötig – aber das ist ihr nicht bewusst. Doch, X ist eine gute Köchin. Doch, sie hat alles im Griff. Doch, sie ist kreativ. Aber warum tut sie das alles? Sie hat offenbar eine gute Erziehung genossen – ihre Stimme hat diesen verräterischen Klang von ›guter Schule‹, ihr Englisch ist hervorragend – was also macht sie hier, wenn sie doch irgendwo arbeiten könnte, oder sich einen Job suchen? Und findet es sonst niemand seltsam, dass sie ihnen ihren Namen nicht nennen will? Und warum benehmen sich all diese erwachsenen Männer in ihrer Nähe wie Kinder, so erpicht darauf, ihr zu gefallen? So dumm. Die Frau ist ja nicht einmal hübsch – seht euch doch nur mal ihre Haare an! Sieht aus, als ob ihr jemand eine Heckenschere an den Kopf geworfen hätte!

*Welche Mutter würde zulassen, dass ihre Tochter so herumläuft?*

Das macht Lina wütend, aber sie zeigt es nicht, und sie verliert nie ein schlechtes Wort über X. Warum Energie vergeuden? Sie gibt Tomaten und Möhren in die Suppe und schielt, während sie den Topf im Auge behält, zu dem Fremden hinüber, der gerade damit beschäftigt ist, eine Wassermelone zu zerteilen. *Ach je, so ungeschickt mit dem Messer!* Sie zuckt zusammen, als ihm das Messer ausrutscht und er sich fast schneidet. Ehrlich, einige Männer in dieser Küche sind nichts als wandelnde Unfälle in spe.

Er legt das Messer hin, krempelt die Ärmel hoch und bekleckert seine Manschetten mit Wassermelonensaft.

Sie schüttelt den Kopf. Lieber wieder zurück zu ihrem Kochtopf. Sie rührt einmal um. Riecht schon wirklich gut, dieses Soto.

Ein Klappern zu ihrer Linken – der Mann hat es geschafft, das Messer auf den Boden fallen zu lassen. Als er sich bückt, um es aufzuheben, sieht Lina seine Schuhe – schwarzes Leder, poliert – und seine Hose – geplättet, mit Bügelfalte. Seine Haare sind kurz, ordentlich, aber nicht gestylt. Vielleicht irgendeine Art von Verkäufer? Jedenfalls kein Koch.

~

Weitere Leute treffen ein. Zuerst nimmt Sukhin an, dass sie essen wollen, aber bald begreift er, dass sie ebenfalls zum Helfen kommen, und die meisten haben Klappstühle und Klapptische mitgebracht. Einige lassen sie stehen und verschwinden wieder, nachdem sie die Gruppe in der Küche begrüßt haben, andere bleiben, um beim Aufstellen zu helfen. Sukhin stellt den Behälter, den er mit Wassermelonenscheiben gefüllt hat, in den Kühlschrank und geht auf die Straße hinaus, um den anderen zuzusehen.

Sehr schnell, im eingespielten Rhythmus, werden Tische und Stühle – ein buntes Gemisch von Größen, Farben, Stilen – nebeneinander aufgebaut in einer Reihe, die sich durch die halbe Gasse zieht. Sukhin zählt fünfzehn Tische, ungefähr sechzig Stühle. Teelichte und Kerzen werden auf die Tische gestellt und angezündet, tauchen alles in ein warmes Licht, und plötzlich treten das zusammengewürfelte Besteck, die zusammengewürfelten Tische, das zusammengewürfelte Alles in den Hintergrund. Das Küchenteam beginnt, das Essen hinauszutragen, und Sukhin packt eilig mit an. Einige der später Gekommenen haben selbstgekochtes Essen mitgebracht – unter dem wilden Gemisch aus Gaben erspäht Sukhin Kueh, Lasagne und irgendeinen Kuchen.

Aus tragbaren Boxen erklingt Doris Days *Perhaps Perhaps Perhaps*.

Das muss die hauseigene Version des Essensgongs sein. Von beiden Seiten der Gasse kommen Leute, um ihre Plätze an den Tischen einzunehmen. Die meisten von ihnen sind älter, ärmlich gekleidet, wirken erschöpft. Sie kommen allein, aber einige von ihnen grüßen einander. Einige sind Bauarbeiter, vermutlich aus Bangladesch und China. Andere sind schwieriger einzuordnen – mittleren Alters, nicht ganz so heruntergekommen, eher teilnahmslos als erschöpft. Nachdem allen aufgetischt wurde, nehmen einige der Rettungsköche zwischen ihnen Platz, um die Mahlzeit mit ihnen zu teilen, während die anderen in der Küche essen. Keiner spricht, aber es ist ein entspanntes, geselliges Schweigen. Die Musik – jetzt Nat King Coles *Mona Lisa* – verklärt das Ganze ein bisschen, aber das scheint niemanden zu stören.

Sukhin und Jinn essen in der Küche, nebeneinander stehend. Sie sieht müde aus. Er möchte ihr so viele Fragen stellen, reißt sich aber zusammen. Es wird ihn nicht umbringen, noch einen weiteren Tag im Dunkeln zu tappen.

~

»Danke, Sukhin. Du weißt, dass du das nicht zu tun brauchst.«

Er nimmt ihr die Tasche ab. »Alles gut. Ich hab dir doch gesagt, dass es mir nichts ausmacht.«

Sie seufzt. »Schön. Aber ich kann es auch allein.«

Sukhin unterdrückt erfolgreich den Drang, die Augen zu verdrehen. »Ja, natürlich. Aber lass mich, okay?«

Die Anti-Prinzessin betritt ihre Kartonburg. Der Mann, der nicht ihr Prinz ist, geht von dannen, mit dem Gefühl, dass ihm die Kronjuwelen eines Königreichs anvertraut wurden, statt einer schäbigen Tüte mit schmutzigen Kleidern.

Ist das Liebe? Er hofft, nicht. Aber er hat gelernt, dankbar für den Schongang an seiner Waschmaschine zu sein – und er hat Weichspüler gekauft.

*Die Frau steht vor einem Laden, den sie nicht mehr wiedererkennt. Sie kann nicht hineinschauen – die gesamte Ladenfront wird jetzt von einem Schaufenster eingenommen. Darin ist alles voller Glasregale mit unzähligen Reihen von Kuchen und Gebäck vor einer glänzenden Holztäfelung. Die Tür ist aus Rauchglas, es ist unmöglich, hindurchzusehen, und ein Schild bittet die Kundschaft höflich, zu klingeln, wenn sie bedient werden möchte.*

*Die Kuchen – noch so viel großartiger als in ihrer Erinnerung. Und so wunderschön, aber sie kann sich nicht vorstellen, einen von ihnen zu essen.*

*Die Frau bleibt sehr lange vor dem Laden stehen, dann geht sie und kehrt niemals wieder.*

## VIII

Er wird es tun.

Er hat sich einen Gin Tonic eingeschenkt, obwohl es kaum zwei Uhr nachmittags ist. Draußen ist es sonnig und wolkenlos und alle bleiben drinnen, um der Hitze zu entfliehen. Seine Kleider trocknen auf dem Balkon – heute die Weißwäsche. Die Klimaanlage läuft, er hat ein Radiohead-Album aufgelegt und durch die Wand hört er das leise Geräusch des nachbarlichen Staubsaugers. Es ist ein Sonntag wie jeder andere, nur dass er das eben nicht ist – es ist Der Tag, An Dem Er Sie Googeln Wird.

Er hat natürlich schon häufiger daran gedacht. Zu oft. Aber immer wieder hat er es geschafft, es entweder aufzuschieben (das ist ziemlich einfach) oder sich einzureden, es handle sich um etwas leicht Anrüchiges (nicht ganz so einfach; Sukhin ist eigentlich gar nicht der moralische Typ, am wenigsten, wenn es um ihn selbst geht). Er kennt natürlich den wahren Grund – er ist wie gelähmt vor Angst vor dem, was er herausfinden könnte. Aber es ist nun schon sechs Monate her, dass sie wieder in seinem Leben aufgetaucht ist, sechs Monate, in denen er sich warumwaswerwannwowie-Fragen stellt, sechs Monate, in denen er darauf wartet, dass sie es ihm erzählt. Bisher konnte er nur in Erfahrung bringen, abgesehen von dem, was er im ersten Monat oder so herausgefunden hat, dass sie in dem mehrstöckigen Parkhaus übernachtet, wenn es zu stark regnet, dass sie sich mindestens zweimal die Woche den Essensretter-Leuten anschließt (er weiß noch immer nicht, wie die sich nennen) und gerade ein Exemplar von *Paradise Lost* liest, das sie in einem Altpapiercontainer gefunden hat. Keinen einzigen Krümel darüber, wie sie vorher gelebt hat, rein gar nichts über das Zusammenspiel der Umstände, das sie zu dem hier gebracht haben könnte.

Sein erster Gedanke war gewesen, dass sie auf der Flucht war. Hatte sie jemanden umgebracht? Millionen veruntreut? Sich an irgendeinem ominösen Terror-Komplott beteiligt? Theatralisch, albern, aber absolut im Bereich des Möglichen.

Dann kam ihm plötzlich der Gedanke, dass sie vielleicht vor irgendwas Schrecklichem weglief, das zu Hause auf sie wartete – einem brutalen Ehemann? Niemals – da wäre die Beteiligung an einem Terror-Komplott für ihn noch glaubhafter. Also, Massenmord im Dienste eines höheren Ziels, ja; Misshandlungsopfer, nein. Andererseits: War das nicht Teil des Problems, dass man eben nie wissen konnte, wer zum Opfer werden könnte oder würde? Oder wer zu einem brutalen Psycho werden könnte oder würde, wenn wir schon dabei sind. Er wusste noch, wie seine Tante Malkit seinen Eltern von einer alten Freundin vom Zahnmedizinstudium erzählt hatte (»Sie war so ein braves Mädchen, hat immer nur gelernt, nie in die Disco, hat am Wochenende freiwillig Dienst im Waisenhaus gemacht«), deren Mann nach fünfzehn Jahren Ehe Klage wegen physischer und psychischer Misshandlung gegen sie eingereicht hatte. »Sie hat ihn mit dem Gartenschlauch verprügelt, könnt ihr euch das vorstellen?« Tante Malkit hatte sich zutiefst entsetzt angehört, aber irgendwas in ihrer Stimme, ein Unterton eines

Untertons, hatte doch eher nach Schadenfreude geklungen als nach Mitgefühl, so dass Sukhin sich gefragt hatte, was sie wirklich entsetzt hatte, die Schläge oder der Gartenschlauch.

War es eine Geldfrage? Er hatte von Leuten gehört, die Arbeit und Wohnung verloren hatten und nicht wieder auf die Beine kamen. Zuerst hatte er gedacht, das müsse es gewesen sein – nicht ganz so dramatisch wie Veruntreuung oder Terrorismus, aber es würde ihre Zurückhaltung erklären. Schon immer zu stolz, um um Hilfe zu bitten; unvorstellbar, dass sie irgendwen um Geld oder ein Dach über dem Kopf bat. Aber Jinn, das clevere kleine Biest, fand immer einen Ausweg, konnte mit Menschen umgehen – sie hätte etwas gefunden, oder etwas oder jemand hätte sie gefunden. Nein, *das, das* alles, was immer *das* sein mag, zeugt davon, dass sie nichts finden will. Jinn 2.0 hat freiwillig den Stecker gezogen.

Die wenigen zaghaften, sorgsam erwogenen Fragen, die Sukhin zu stellen gewagt hat, haben kein brauchbares Ergebnis erbracht.

»Versucht irgendwer, dich zu finden?«

»Ich hoffe nicht. Aber vielleicht.«

»Hoffst du, dass sie dich finden werden?«

»Ich hoffe, dass es noch mehr von dem Bananenkuchen gibt.«

»Warum ziehst du nicht zu mir?«

»Wieso, hast du schönere Kartons?«

»Hättest du gern etwas zu tun?«

»Ich habe eine Menge zu tun. Gibt es etwas, das ich für dich tun soll?«

»Nein. Nichts Besonderes.«

»Gut. Sag mir Bescheid, wenn es etwas gibt.«

Er gibt Jinns vollständigen Namen ins Suchfeld ein und wartet. Google schleudert ihm über zwölftausend Treffer entgegen. Zwölftausend! Was zum Henker! Und gleich am Anfang wird klar, dass es da draußen mindestens drei weitere Frauen gibt, die genauso heißen wie sie.

»Jinn Hwa.« Sie streckte ihm die Hand entgegen – ziemlich förmlich, dachte er. Er schüttelte sie und nuschelte dabei seinen Namen. Das war bei irgendeiner Schulaufführung, wahrscheinlich dem alljährlichen Theaterfestival. Sukhin weiß nicht mehr, wer sie einander vorgestellt oder warum sich überhaupt irgendwer diese Mühe gemacht hat, aber er weiß noch, dass er während der gesamten Vorstellung neben ihr saß und jedes Mal verwundert war, wenn sie über irgendwas lachte, weil er rein gar nichts auf der Bühne witzig fand. Aber ohne es zu wollen, achtete er mehr auf ihr Lachen als auf irgendetwas anderes in dem überfüllten Saal und am nächsten Tag spukte es ihm immer noch im Kopf herum – das laute, ungehemmte, unmädchenhafte Gegacker, auf das er während seines gesamten letzten Junior-College-Jahres auf dem Gang lauschen würde, wenn er von einem Kurs zum nächsten ging.

Sukhin schüttelt den Kopf bei dieser Erinnerung, hin- und hergerissen zwischen dem Wunsch, sich über sein siebzehn Jahre altes Selbst lustig zu machen, und alles noch einmal zu erleben. In der Bibliothek *Hamlet* lesen, in der Hoffnung, dass sie plötzlich hereinkommt; auf dem Gang herumhängen, in der Hoffnung, ihr über den Weg zu laufen; das Foyer absuchen, die Kantine, den Hof, den Basketballplatz, jedes Mal, wenn er dort vorbeikam, in der Hoffnung, sie zu sehen. Und dann, wenn er durch irgendeinen glücklichen Zufall mit ihr zusammenstieß, wortlos davonstürzen.

Himmel, noch einmal siebzehn sein! Ohne anderen Ballast als die gelesenen Bücher und ein paar Hänseleien von den Rugbyjungs. Keine erdrückenden Sorgen – Moment mal, war das wirklich so? Es ist leicht, mit fünfunddreißig die Mühen eines Siebzehnjährigen abzutun, aber was ermächtigt den Fünfunddreißigjährigen überhaupt dazu, sich über den Siebzehnjährigen zu stellen? Nicht viel, was Sukhin betrifft – der fünfunddreißigjährige Sukhin ist nicht einmal größer.

Er macht sich noch einen Gin Tonic, dünner als den ersten. Zwölftausend Treffer, mindestens drei Jinns – er wird hier doch etwas mehr Hirn reinstecken müssen, als er gedacht hatte.

Was weiß er jetzt wirklich, das er mit siebzehn nicht gewusst hat? Seine Gedanken wandern wieder und wieder zurück zu dieser Frage. Achtzehn Jahre seit dem Junior College – hat er etwas Nützliches dazugelernt? Naja, vielleicht. Der Teenager Sukhin hätte nicht im Traum daran gedacht, Lehrer zu werden, und, ein Lob für so viel Selbsterkenntnis – er wäre ein furchtbar schlechter Lehrer gewesen. Er hat Jahre gebraucht, um sich das einzugestehen. Er hat Jahre gebraucht, um herauszufinden, was für ihn in einem Klassenzimmer funktioniert, wie er den Rhythmus einer Unterrichtsstunde bestimmen und aufrechterhalten kann, wie er mit den desinteressierten Kids und den Strebern fertig wird, wie er es schafft, nicht zu seinen Schuhen zu sprechen. Er windet sich bei der Erinnerung, die ungebeten, aber glasklar vor ihm auftaucht, an seine erste Unterrichtsstunde als Referendar.

»Also, ist es jetzt eine Urne oder eine Frau?«, meldete sich plötzlich der Schüler, der seit Anfang der Stunde nur aus dem Fenster geschaut hatte, zu Wort.

Ehe Sukhin antworten konnte, fauchte ein Mädchen in der ersten Reihe: »Urne, Blödmann. Noch nie was von Personifizierung gehört?«

»Und warum redet er mit der Urne?«

Hier hatte Sukhin eingehakt. »Ja, gute Frage, Alex – warum? Warum spricht der Dichter nicht einfach zu seinen Lesern?«

Alex zögerte, aber nur für eine Sekunde, bevor er sich vorwagte: »Weil Urnen nicht widersprechen?«

Das Mädchen brach in verächtliches Gelächter aus. Sukhin verspürte das dringende Bedürfnis, ihr eine zu scheuern – Edwina? Erina? Erica? Er kann sich jetzt nicht an ihren Namen erinnern, aber nach all den Jahren sieht er noch immer ihr selbstzufriedenes Gesicht vor sich. Er holte tief Luft, dankbar, dass keiner von den älteren Lehrern bei dieser Unterrichtsstunde zuschaute.

»Das ist gar nicht so dumm, Alex.« Sukhin versuchte, ermutigend zu lächeln, was ihm jedoch nicht gelang. »Was macht es also für einen Unterschied, dass die Urne nicht widerspricht? Sehen wir uns doch mal …«

»Sind Sie auf seiner Seite, weil er ein Typ ist?«

»Was?«

Sie ließ sich nicht abschrecken, nicht dieses Mädchen. »Sind Sie auf seiner Seite, weil er ein Typ ist?«

Sukhin war dermaßen perplex, dass er den Fehler machte, sich zu verteidigen. »Ich bin auf keiner Seite. Wenn wir in Betracht ziehen …«

»Dass Urnen nicht widersprechen? Das hat er gesagt. Sollen wir allen Ernstes darüber diskutieren?«

Sukhin starrte sie wütend an. »Ja. Ja, das sollen wir, denn …«

»Denn Sie sagen das und Sie sind ein Mann?«

Er hätte Ingenieurswissenschaften studieren sollen. Oder Betriebswirtschaft. Paläontologie – ach, Paläontologie wäre es gewesen!

Er stürzte zum Pult, wo seine Notizen lagen. Darin gab es nichts, das ihm helfen würde, mit dieser Situation fertigzuwerden, aber er sehnte sich verzweifelt nach etwas, an dem er sich festhalten könnte. Irgendetwas, das ihn daran hindern würde, sich die Hände vors Gesicht zu schlagen und rückwärts aus dem Raum zu laufen.

»Das hat nichts damit zu tun, dass irgendwer hier ein Mann ist«, sagte er. Fest und freundlich, hoffte er.

»Der Dichter ist ein Mann, oder?« Jemand anderes. Blöde Frage, aber Gott sei Dank.

»Ja. Keats war ein Mann.« Immerhin einfach. Und nur noch zehn Minuten bis zum Ende der Stunde.

»Nehmen wir nur männliche Dichter durch?« Wieder Edwina-Erina-Erica, mit zusammengekniffenen Augen.

»Nein!« Sukhin war entsetzt, als er merkte, wie schrill seine Stimme klang. »Tatsächlich werden wir in der nächsten Stunde …«

Er tritt einen Schritt vor und hält seine Notizen umklammert. Edwina-Erina-Erica sieht aus, als wäre sie bereit zum Zuschnappen. Das Schicksal greift ein: Ein plötzlicher, heftiger Schmerz jagt ihm das Bein hinauf.

»Mr Dhillon! Mr Dhillon, fehlt Ihnen was?« Nicht Edwina-Erina-Erica oder Alex.

Ja, allerdings. Er lag zusammengekrümmt auf dem Boden, sein Knöchel auf spektakuläre Weise verdreht. Die ungezügelte, unselige, kollektive Wucht eines lockeren Schnürsenkels und einer kleinen Vertiefung im Betonboden des Klassenzimmers. Sukhin wurde vom Schwindel überwältigt. Er versuchte, aufzustehen, aber ohne Erfolg.

*Wenn ich jetzt ohnmächtig werde, werde ich das nicht überleben.*

Er wurde ohnmächtig.

Aber er hat es überlebt, obwohl es ihn bis jetzt, als Leiter der Englischabteilung, graust, wenn er an diesen Vorfall denkt. Sukhin kann sich nicht entscheiden, ob er bei einem Verbrechen ungeschoren davongekommen oder ihm zum Opfer gefallen ist. Wie hat er es bloß geschafft, nicht nur einen Job zu behalten, in dem er seiner Meinung nach nie gut gewesen ist, sondern schließlich irgendwie auch noch als Leitwolf zu enden? Er hat die ganze Zeit über nur versucht, zu überleben – ganz zu schweigen davon, dass er irgendjemanden hätte ausstechen oder ausbooten wollen oder was auch immer. Was bringt eine logisch denkende, umsichtige höhere Gewalt dazu, einen Mann, der schon die Vorstellung hasst, zu Menschen zu sprechen – von denen Teenager die abschreckendsten, hemmungslosesten Vertreter sind –, dazu zu verdonnern, die meisten seiner wachen Stunden damit zu verbringen, genau das zu tun, noch dazu mit dem ausdrücklichen Ziel, Wissen zu vermitteln, und dem unausdrücklichen Ziel, auch noch die größten Kohlköpfe zu erreichen? Welche Art von perversem Kosmos hat es so eingerichtet, dass er auch noch gut darin ist – oder dass er zumindest den Ruf hat, gut darin zu sein –, und gleichzeitig die Elemente so angeordnet, dass diesem Mann vor jeder einzelnen Minute bange ist, dass er mit jeder einzelnen Minute hadert, ständig zwischen Paralyse und Nirwana schwebt?

Okay. Noch ein Glas. Und jetzt zu den zwölftausend Treffern und vier Jinns.

Bei keiner der Jinns auf der ersten Seite scheint es sich um seine zu handeln. Eine ist nicht einmal eine Person – sondern ein Schreibwarenladen irgendwo in Johor. Sicherheitshalber sieht Sukhin sich trotzdem die Website an. Hoffnungslos dilettantisch, das Menü aufgebaut wie ein Taschenrechner, und nirgendwo auch nur der kleinste Hinweis auf eine Person namens Jinn. Gut – eine weniger. Sukhin passt die Suche an, um den Schreibwarenladen auszuschließen. Fast zehntausend Treffer. Gut – um die zweitausend weniger.

Die Jinn, die jetzt ganz oben erscheint, ist eine sehr aktive – Twitterin? Sagt man das so? Tweeterin? – mit dem Nutzernamen @jinnjinnlovesjinnjinn. *Verdammte Pest, wie alt bist du, dreizehn? Wieso glaubst du, dass es irgendwen interessiert, wie du über irgendwas denkst?*

Er liest ihren jüngsten Tweet, der ungefähr fünf Minuten alt ist:

»Könnte vor Hunger sterben, aber McDonald's liefert nicht weil Regen. Häh? Alle kein Schirm oder was? So mieser Service. Puh!«

Und genau vierzehn Minuten davor, eine eher kryptische Botschaft an jemand Bestimmten, aber der ganzen Welt hingeknallt:

»Immer so. Nie fragen, was ich will, immer nur machen, dann fragen, warum ich immer so ausflippe. Mich einfach für selbstverständlich halten.«

Bevor er sich daran hindern kann, hat er schon den Rest der Seite überflogen.

»Behauptet ich bin fett und kann dann in dem von mir geklauten Kleid nicht atmen. Kann sterben.«

»Versucht meine Diät zu sabotieren, sagt kann Avocado essen. 300 Kalo! Muss jetzt ne Stunde laufen. Fuck U, bitch.«

Ein Wunder, dass in ihrem Nutzernamen keine Fehler sind.

Sie hat 7.582 Follower. Und 32.473 Tweets, von ebenso vielen Schwachköpfen aufgesaugt. Vor zwei Wochen hat Sukhin bemerkt, acht Monate nach Semesterbeginn, dass mehr als die Hälfte seiner Zweitsemester keinen einzigen der Pflichttexte für die Prüfung fertiggelesen hatte.

*Diese Generation – nein, die Welt – ist verloren.*

Und das ist auch seine Wäsche – hat sie geschrieben, dass es regnet? Er schaut raus. Ja, tut es. Zum Teufel mit diesem Wechselbalgwetter!

Noch eine Variation bei der Suche. Lebwohl @jinnjinnlovesjinnjinn; diesmal sucht Sukhin nur nach Bildern – das müsste den ganzen Twittermüll rausfiltern. Und dann sieht er es, ungefähr auf halber Höhe der Trefferseite, eingequetscht zwischen Fotos von lächelnden Frauen in Kostümchen, einer überraschenden Menge an Grundrissen und technischen Zeichnungen von Röhren und Fenstern, Skizzen und Illustrationen für irgendeine Anime-Produktion – ein Foto von Jinn. Er erkennt sie nicht sofort, sein erster Gedanke ist nur, dass diese Frau ihm bekannt vorkommt. Aber sie ist es, ohne das leiseste Lächeln irgendwo ins Ungewisse starrend, in ihrer Miene eine winzige Andeutung von Gelassenheit. Der Hintergrund ist verschwommen, aber es sieht aus wie eine Außenaufnahme – Sonnenlicht hat die typischen Schatten unter ihren Augen und Wangenknochen weichgezeichnet, ihrer Blässe den Hauch eines Leuchtens geschenkt.

Ein bisschen weiter unten ist noch ein weiteres Foto – einwandfrei das, aus dem das erste Bild rausgeschnitten wurde. Vier Frauen: eine Braut und drei Brautjungfern, Jinn steht ganz links, neben der Braut, und sie ist die Einzige, die nicht lächelt. Die Braut hält eine von Jinns Händen an ihre Brust gepresst, anstelle des Straußes, der bei einer der anderen Brautjungfern gelandet ist. Sie beugt sich ein wenig zu Jinn hinüber, die diese Geste nicht erwidert, sondern nachsichtig und entspannt wirkt. Sukhin geht auf, dass es sich bei der Braut um Jinns ältere Schwester handeln muss, an deren Namen er sich gerade nicht erinnern kann. Xing Hwa? Ling Hwa? Er klickt das Foto an und wird zu einer Art Fotodatenbank weitergeleitet, wo er sich einloggen oder ein Konto eröffnen soll. Nope.

Also zurück zum ersten Foto. Der Link führt ihn zu einer Seite mit Lokalnachrichten und automatisch poppt eine Werbeanzeige auf: »Nichts verpassen! Holen Sie sich die neuesten Nachrichten und Updates für nur $ 0,99 am Tag!« *Verpiss dich!* Jetzt weiß er wieder, warum er das Nachrichtenlesen aufgegeben hat, abgesehen vom unterirdischen Stil.

Aber er hätte es wohl doch nicht aufgeben sollen – wie konnte ihm das hier entgehen? Der Artikel ist sechs Jahre alt, kurz, vollkommen sachlich. Jinn wird seit Tagen vermisst. Die Polizei hat ihre Wohnung durchsucht – kein Hinweis auf einen Einbruch; Pass und weitere Dokumente in einer Schublade gefunden, Brieftasche fehlte.

»Teo wurde am Mittwochabend von ihrer Schwester Teo Ping Hwa als vermisst gemeldet. Zu diesem Zeitpunkt war sie schon seit einer Woche weder von Freunden noch von Verwandten gesehen worden.

Der genaue Zeitpunkt ihres Verschwindens ist nicht bekannt. Auf Fragen der Polizei berichteten die übrigen Hausbewohner, die ganze Woche über nichts Verdächtiges gehört oder gesehen zu haben.

Sachdienliche Auskünfte nimmt jede Polizeidienststelle entgegen.«

Oben auf der Seite ist dieses Foto von ihr, beschnitten, um ihre Schwester und die beiden anderen Brautjungfern zu entfernen. Es ist dasselbe Foto, aber für Sukhin hat sich ihre Miene verändert – alle Ruhe ist daraus gewichen und hat einer berechnenden Spannung Platz gemacht, wie beim Kater seiner Großmutter, wenn er zwischen den Blumen sitzt und einen Vogel beobachtet, der ihn noch nicht bemerkt hat.

~

»Du hast einen Zettel hinterlassen.«

Sie sind im Park und Sukhin tut seit einer Stunde so, als würde er lesen.

Sie schlägt *Paradise Lost* zu, ohne die Seite zu markieren, und wirft ihm einen langen Blick zu. Er muss sich dazu zwingen, ihr in die Augen zu schauen, und ihm ist nur zu bewusst, dass er zuletzt als Teenager so aufgeregt war. Es ist, als würde sich eine Klammer um seine Kehle und seine Brust und sein Gehirn schließen – es fällt ihm schwer, zu sprechen, zu atmen, zu denken. Zum Teufel mit dieser Frau! Plötzlich ist er wütend. Was in aller Welt macht sie hier eigentlich, was will sie damit beweisen und warum ist sie hier? Weiß sie überhaupt, was sie tut? Weiß er es? Na, diese Frage kann er beantworten – nein, nein, das weiß er nicht.

»Stimmt.« Vollkommen gelassen.

»Was stand drauf?«

Sie sagt nichts, schaut aber auch nicht weg. Am Ende tut er es. Welches Recht hat er, eine Antwort von ihr zu verlangen? Wer ist er für sie, sie für ihn? Zwei Menschen, die eine Bank in einem Park teilen. Zwei Menschen, die früher einmal ein College geteilt haben, eine Handvoll

Freunde, ein Lehrbuch der Wirtschaftskunde, eine Decke, ein paar Hundert Küsse – vielleicht. Zwei Menschen, die miteinander über Kinder und Karriere und Träume und andere Dinge sprachen, als sie noch nicht genug wussten, um nicht darüber zu sprechen. Zwei Menschen auf einer Bank in einem Park, der eigentlich keiner ist.

»Vergiss es. Ist schon gut. Du brauchst es mir nicht zu sagen.« Sukhin greift wieder zu seinem Buch und fragt sich, was er hier macht. Warum kommt er immer wieder hierher zurück, zu ihr? Aus Bequemlichkeit? Aber Bequemlichkeit würde doch eigentlich heißen, eben nicht zurückzukommen, da es ja eben der Akt des Zurückkehrens ist, der ihn den bequemeren Pfad verlassen lässt. Falls sie nicht der bequemere Pfad ist. Gott. Wie lächerlich das alles ist. Sukhin könnte sich selbst ohrfeigen.

Ihre Hand auf seiner Schulter. »Sukhin. Gehen wir ein Stück.«

Sie gehen. Es ist fast sechs, aber weil die Singapurer Zeit eine dicke fette Lüge ist, um dem Land eine Stunde Handelszeit mit Japan und Hong Kong zu erkaufen, ist es noch hell und die Sonne wird erst in einer Stunde untergehen. Sie gehen. Langsam und schweigend, durch den langgezogenen, schnurgeraden Park, vorbei an den Rückseiten der Läden, die die Fronten dem Getöse der Hauptstraße zuwenden, vorbei an den Gassen, die den Blick freigeben auf die Küchen der Schickimicki-Lokale an der Keong Saik Road. Zwei junge Mädchen treten aus der Hintertür eines Cafés in den Park und blicken sich verwirrt um. Eine Gruppe von rauchenden Küchenangestellten aus einem nahe gelegenen Restaurant lungert in der Nähe einer Mülltonne herum.

Einer von ihnen erkennt Jinn. »Ey, Freund oder was?«

»Nein. Sklave.«

Gelächter. Sie winkt im Vorübergehen. Sukhin weicht allen Blicken aus.

Sie gehen. Durch die Unterführung unter der Neil Road hindurch, hinaus aus Chinatown und weiter nach Tanjong Pagar. Vorbei an der Rückseite einer weiteren Reihe von Läden. Der gepflasterte Weg ist jetzt viel breiter und Kinder aus einem nahe gelegenen Wohnblock rennen johlend auf und ab. Am Ende des Weges gibt es einen kleinen Spielplatz mit den üblichen phantasielosen Plastikteilen – eine kurze Rutschbahn, einige Tiere auf großen Sprungfedern, eine Wippe. Dort sind noch mehr Kinder.

»Halt, halt. Wir müssen umkehren oder anhalten.« Sukhin kneift die Augen zu, aber natürlich kann er die kleinen Monster noch immer hören.

»Okay. Lass uns anhalten.«

Sie stehen für viele Minuten still. Die Sonne geht unter. Wie aufs Stichwort fängt sie an zu erzählen, von dem Zettel und warum sie ihn geschrieben hat und wo sie ihn hinterlassen hat und für wen er bestimmt war. Sie zitiert den Text aus dem Gedächtnis. Sie erzählt ruhig, aber stockend – mal purzeln die Sätze aus ihr heraus, dann kommt eine Weile nichts, dann wieder ein Ausbruch, wie eine verbale Morsenachricht. Der Text ist kurz und furchtbar. Sukhins Herz hämmert und er hört nicht mehr zu.

Sie stehen vor der Rückseite eines Antiquitätengeschäfts. Das Haus ist dunkel und schmuddelig und alt und über ihnen hängt ein Balkon, der vollgestopft ist mit einem Haufen Möbel, einer Musikbox, irgendeinem großen ausgestopften Tier.

» … es musste klar sein, dass es aus freiem Willen geschah und die Möglichkeit des Todes einschloss …«

Ein riesiges, handgeschriebenes Plakat hängt am Balkongeländer. Rote Buchstaben, sauber und noch in der heraufziehenden Dämmerung perfekt lesbar:

Wir kaufen Gerümpel und verkaufen Antiquitäten
Manche Narren kaufen, andere Narren verkaufen

Im letzten Licht des Tages nimmt der Himmel eine schimmernde, tiefblaue Färbung an. Die Straßenlaternen sind noch nicht eingeschaltet. Die Kinder sind alle verschwunden.

»Ich wollte nicht mehr zu alldem gehören. Ich konnte es nicht mehr ertragen.« Eine Pause. »Ich möchte nicht mehr sprechen.«

Er nimmt ihre Hand und drückt sie. Nicht die Geste eines Liebhabers, eher eine Art Tadel. Dummerchen. Wann hat er je versucht, sie zum Reden zu bringen, wenn sie nicht wollte?

~

»Also. Willst du mir von ihr erzählen?«

»Nein, Dennis. Immer noch nein.«

»Gekämmte Baumwolle. Bio. Muss ganz schön etepetete sein.«

»Halt die Klappe, Dennis.«

»Du bist so heiß, wenn du wütend wirst. Sagt sie dir auch, dass du heiß bist?«

*Die Frau ist im Badezimmer und schaut in den Spiegel. Ihre Haare sind jetzt so viel länger. Sie sagt es ihm, in ihrer Stimme schwingt ehrliche Überraschung mit. Sie hört die Überraschung in ihrer Stimme und lacht.*

*Der Mann ist im Schlafzimmer. Er kann sie von dort aus sehen, wie er da im Bett sitzt, lesend, auf sie wartend. Er lacht nicht. Er will wissen, ob er sie zu einem Friseur bringen soll, oder wer immer ihr die Haare schneidet.*

*Sie schneidet sie selbst, erzählt sie ihm. Es fühlte sich richtig an, sie selbst zu schneiden, bisher, bevor sich die Locken eingeschlichen haben. So hat sie sich im Spiegel nicht sofort erkannt. So hat sie ihre Augen, ihre Gesichter, ihre Haare nicht gesehen.*

*Er sieht zu, wie sie an ihren Haaren zupft und sie betrachtet, wie sie ihren Kopf hin und her dreht. Er weiß noch, wie lang sie waren, als sie beide jünger waren. Sie hatte Vom Winde verweht gelesen und wollte so lange Haare haben wie Scarlett O'Hara, um sie um Rhett Butlers Hals zu wickeln.*

*Du spinnst, sagte er damals zu ihr.*

*Jetzt wünscht er, sie würde sich ihre Haare wieder lang wachsen lassen und er würde sie sich um den Hals wickeln.*

# IX

Die beste aller Zeiten, die schlimmste aller Zeiten. Allüberall: Weisheit, Dummheit, Glaube, Zweifel, Licht, Dunkelheit, Hoffnung, Verzweiflung.

Prüfungszeit.

Sukhin kann sich im College nirgendwo sehen lassen, ohne von Schülern in unterschiedlichen Stadien der Panik belagert zu werden. Sein Büro bietet keine Sicherheit mehr – da suchen sie ihn zu allererst. Dennis hat es übernommen – kein Mathe-II-Student verirrt sich je zu den Geisteswissenschaften, also ist er hier sicher, so lange er die Hauptgänge meidet. Sukhin ist damit an Dennis' Schreibtisch in der Mathematik-Abteilung verwiesen, was ziemlich gut funktioniert – kaum einer von Sukhins Schülern würde sich in diesen Teil des Lehrerzimmers wagen, aus Angst, ihr Mathetutor könnte sie abfangen und die unerledigten Hausaufgaben der letzten sechs Monate von ihnen verlangen. Was Sukhin nicht weiß, ist, dass eine kleine, findige Gruppe von Schülern sehr wohl weiß, wo er ist, jedoch noch auf den richtigen Moment wartet – sie planen einen regelrechten Überfall, der in wenigen Tagen gestartet werden soll, wenn sie alle ordentlich gebüffelt haben.

Er hastet aus dem Lehrerzimmer, vorsichtshalber über den am wenigsten frequentierten Ausgang, dann die Hintertreppe runter. Es ist drei Uhr. Zu spät fürs Mittagessen, zu früh für Tee. Perfekt.

Mrs Chan steht mit seiner Tasse Tee parat – er hat sie vor fünf Minuten vom Telefon auf Dennis' Schreibtisch aus angerufen. Sukhin würde am liebsten seinen Tee schnappen und davonstürzen, aber wie immer nötigt sie ihn, sie in eine kleine Plauderei zu verwickeln. Wenn Mrs Chan keinen so guten Tee machte und nicht so entgegenkommend wäre, würde Sukhin ihr diese kleinen Übergriffe nicht gestatten – er redet nie mit dem Mann vom Buchladen des Junior Colleges, der ihm einmal einen kaputten Kugelschreiber verkauft hat und ihm sein Geld nicht zurückgeben wollte.

»Sie haben abgenommen, Mr Dhillon.« Sie fixiert seine Schultern, seinen Bauch. Er rechnet fast damit, dass sie ihn dazu bringen wird, sich um sich selbst zu drehen.

Er versichert ihr, dass er durchaus nicht abgenommen hat, und tritt einen Schritt zurück, um das Gespräch aktiv für beendet zu erklären.

»All diese Kinder, so ein Stress. Und Sie? Die Lehrer auch sehr im Stress?«

Allerdings. »Die Kinder sind wirklich stressig, Mrs Chan.« *Die Kinder sind so verdammt bedürftig.*

»Als Sie letztes Mal jung waren, waren Sie auch stressig.«

Touché. Wider Willen ist Sukhin belustigt. Er macht eine Verbeugung, was seine Teeherrin verwirrt. »Ich mache mich wieder an die Arbeit. Bis morgen früh.«

Mrs Chan schafft es, noch einen letzten Schuss abzufeuern, ehe er sich außer Reichweite begeben kann: »Nicht so viel Stress machen. Und Sie können nicht nur Tee trinken, müssen auch Wasser trinken, okay?«

Die Teepause, sogar das belanglose Geplauder mit Mrs Chan, ist eine willkommene Ablenkung. Sukhin hat einen ganz besonders miesen Tag. Er muss eine ganze Prüfung neu gestalten, weil die Referendarin glaubt, dass sie möglicherweise zu deutlich hat durchblicken lassen, welcher Auszug aus *Wuthering Heights* nächste Woche im 19. Jahrhundert-Teil drankommen wird.

»Sie hatten solche Angst und ich wollte ihnen nur das Gefühl geben, dass es zu schaffen ist. Es tut mir so, so leid. Ich bin so eine Idiotin!« Sie hatte ihn am Morgen an Dennis' Schreibtisch aufgespürt und eine ganze halbe Stunde lang vollgeheult, während Sukhin auf die Uhr geschaut und sich gefragt hatte, wieviel Mitgefühl er eigentlich aufbringen musste, in Anbetracht des Ausmaßes an Unannehmlichkeiten, das sie verursacht hatte.

»Lynnette, es ist okay.« *Nein, ist es nicht. Aber ich muss mich an die Arbeit machen. Arbeit, die du mir beschert hast.*

»Ich bin so eine Idiotin.« *Ja.*

»Bitte, beruhige dich. Jeder macht doch mal einen Fehler.« *Deiner ist nur blöder und ein größerer Zeitfresser als die meisten anderen.*

Und an diesem Morgen hat er nach dem Joggen achtunddreißigeinhalb Minuten zur Arbeit gebraucht. Er hatte seine Zeit lange nicht mehr gestoppt. Das letzte Mal war zwei Wochen vor seinem Geburtstag gewesen, und da hatte er die siebenunddreißig Minuten gehalten, seine Zeit über die letzten drei Jahre, seit er angefangen hat, mit dem Rad zur Arbeit zu fahren. Und jetzt schafft er es nicht mehr, unter achtunddreißig zu bleiben. An diesem Morgen war er ernsthaft versucht, das Rasieren ausfallen zu lassen, um zu sehen, ob das die Sache wettmachte – aber das wäre dann doch zu jämmerlich gewesen. Und er weiß, dass er nicht länger zum Duschen oder zum Anziehen braucht – das sagt ihm die Uhr in seinem Badezimmer. Also ist es die

Fahrt mit dem Rad, für die er eine Minute – anderthalb Minuten – länger braucht – verdammt!

Ist es das, was mit fünfunddreißig passiert? Was kommt als nächstes? Schlimmer noch: Was ist schon passiert oder gestorben oder hat versagt, ohne dass er es bemerkt hat?

Sukhin stellt den Pappbecher mit dem Tee ab und verzieht das Gesicht. Renchun, Dennis' Tischnachbar, sieht ihn und hebt die Augenbrauen.

»Alles in Ordnung?«

»Muss das Prüfungsthema für nächste Woche neu fassen. Gott.«

Renchun macht große Augen. »Ach je. Was ist passiert?«

Sukhin erzählt es ihm und gibt sich alle Mühe, dabei nicht fies zu klingen. Aber er gibt sich keine Mühe, seinen Ärger zu verbergen. Warum sollte er? Mit fünfunddreißig, im Angesicht eines rapide fortschreitenden physischen Verfalls, hat er ja wohl das Recht, sich über vollkommene Verblödung zu ärgern, so lange er sie nicht vollkommene Verblödung nennt? Und diese vollkommen verblödete Lynnette hat ihm eine Extraschicht eingebrockt, was bedeutet, dass er zu spät kommen wird – und er muss noch bei seiner Mutter den Mokkakuchen abholen, ehe er zu Jinn geht.

~

»Wow, Lynnette, das hast du ja wirklich toll gemacht.«

»Was denn?«

»Sukhin erzählt in der ganzen Matheabteilung herum, wie du die Litprüfung versaut hast.«

»Aber er hat mir doch gesagt, es wär' okay!«

»Naja, ist es nicht. Diyana sagt, Sukhin sagt, dass er nie wieder einen Referendar in die Nähe seiner Prüfungsfragen lassen wird.«

»Ich hab' das wirklich, wirklich nicht absichtlich gemacht. Soll ich nochmal mit ihm reden?«

»Machst du Witze? Wir sprechen von Sukhin. Ich glaube, du solltest dich für den Rest der Woche einfach totstellen.«

~

»Hör auf! In der Bibliothek darf man nicht essen.«

Jinn hat den in Alufolie gewickelten Mokkakuchen auf ihrem Schoß liegen und schmuggelt ein Stück aus dem Riss, den sie in die Folie gemacht hat. »Klar doch.«

Er runzelt die Stirn. »Dann wird doch alles klebrig.«

»Ich rühr dich nicht an.«

Es regnet und sie haben beschlossen, sich auf der Suche nach einem ordentlichen Dach über dem Kopf aus Chinatown hinauszuwagen, in die Tiefen der National Library statt in ihr übliches Regentags-Café in der Keong Saik Road. Sukhin beugt sich über sein mit Notizen übersätes Exemplar von *Wuthering Heights*, auf der Suche nach einem Ausschnitt, der den ersetzen kann, den er eigentlich für die Prüfung ausgewählt hatte. *Diese dusselige Lynnette.*

Warum musste es überhaupt eine von diesen drögen Interpretationsfragen sein? Warum sich diese Mühe machen? Vielleicht zehn seiner Erstsemester werden in der Lage sein, sich in jeder x-beliebigen Prüfung zu jedem x-beliebigen Text einen strukturierten Aufsatz zu überlegen und zu Papier zu bringen; die meisten werden sich bis Mitte nächsten Jahres irgendwie durchwursteln und dann auf wundersame Weise ihre Prüfung bestehen – bei jedem Jahrgang, den er je gehabt hat, ist es dasselbe. Wenn er nur stattdessen ein Quiz ansetzen könnte, wie die, die sein

Russisch-Professor an der Uni immer wieder mal veranstaltet hat.

Welche Farbe haben Heathcliffs Augen?

Zu welcher Jahreszeit begegnet die Erzählerstimme Heathcliff und seiner Familie zum ersten Mal?

Wie heißt die Hündin, die im ersten Kapitel gerade Junge geworfen hat?

Neben ihm isst Jinn noch ein Stück Kuchen, vertieft in eine Ausgabe des *Singapore Tatler.* Das Titelbild zeigt ein Paar auf einem Sofa in einem so luxuriösen Appartement, dass es beinahe obszön wirkt. Beide ganz in Schwarz, mit Pilotenbrillen um den Hals, schlicht und markant vor den weichen Beigetönen und den fließenden Stoffen des übrigen Bildes. Ohne es zu wollen, begeben sich Sukhins Gedanken auf die Reise. Was für eine Szene wird hier aufgeführt?

*Hey, Schatz, wollen wir uns in modernistische Pseudo-Fliegerkluft werfen und fernsehen?*

*Super Idee – lass mich nur schnell die Windmaschine anwerfen und die Vorhänge wechseln. Wird höchste Zeit, dass wir hier mal Leder vor gebleichtem Leinen sehen.*

»Kuchen?« Nur die Hälfte ist noch übrig.

»Nein. Alles für dich.«

Später, als sie aufsteht, um sich ein bisschen die Beine zu vertreten, greift Sukhin nach der Zeitschrift. Die Schlagzeile auf dem Cover lautet: »Powertrip: Carey und Ching erobern die Welt!« Er hätte nie gedacht, dass Jinn Klatsch- und Tratschzeitschriften liest. Bedeutet das, dass ihr Zweifel an ihrem Vagabundinnendasein kommen, dass sie gern in blühendere Zeiten zurückkehren würde? Ihrer Familie ist ausgesprochen gutbetucht, das weiß er – großes, geschmackvolles Haus in einer alteingesessenen Reiche-Leute-Gegend, ruhig, teure Möbel, beide Mädchen verwöhnt mit exotischen Hobbys und Sprachunterricht. Es muss brutal für sie sein, auf der Straße zu leben, nach Jahrzehnten eines Lebens, in dem eine kalte Dusche als Körperverletzung gegolten hätte, und der Reiz des Neuen ist doch sicher längst verflogen. Er weiß, dass er ungerecht ist – er weiß, dass sie nicht von etwas so Banalem wie Abenteuerlust oder dem Bedürfnis angetrieben wird, das Leben auf der anderen Seite kennenzulernen, dass es hier nicht um einen schlichten Selbstfindungstrip geht (*Fasten, Beten, Lieben?*) – aber irgendwo klafft hier eine weite logische Lücke. Bzw. es handelt sich wohl eher um einen ganzen Batzen fehlender Informationen.

»*… Ich kann mit niemandem reden, weil ich nur schreckliche Dinge sagen würde. Ich muss gehen. Ich komme nicht zurück – verlass dich darauf. Verzeih mir mein Tun.*«

Die Erinnerung an ihre Wiedergabe des Zettels überfällt ihn fast jeden Tag wie aus dem Nichts, aber sie ist nie vollständig. Manchmal hört er nur den Anfang, manchmal, wie jetzt, das Ende. Aber seine Gedanken bleiben immer an demselben Punkt hängen: Warum alles und alle verlassen, wenn du es doch einfach alles hättest ignorieren können? Und das ist für ihn dann das Stichwort zu der Frage, wann das alles ein Ende nehmen wird – irgendwann wird ihr aufgehen, dass es nicht nötig war, wegzugehen, und dann wird sie zurückkehren zu was immer von ihrem Leben übrig ist und ihre Wäsche selbst waschen und sich ihren eigenen Kuchen besorgen.

Auf Seite 72 wird eine doppelseitige Reportage dominiert vom Foto einer Frau in einem knallroten Kleid, die auf einem Tisch hockt, inmitten von Kuchen und Gebäck in allen möglichen Formen, Größen, Farben und Texturen. Über dem Foto steht: »Königin der Torten«, ein breites, strahlendes, glückliches Lächeln im Gesicht – das ihm bekannt vorkommt. Warum? Sukhin liest den Teaser.

»›Niemals vor dem Absprung zögern‹, sagt unsere Unternehmerin des Jahres. Bei ihr hat das offensichtlich funktioniert – in nur zwei Jahren hat die Ex-Juristin-Jetzt-Konditorin Teo Ping Hwa eine alte Familienkonditorei in die Boutique-Patisserie *Advocakes and Solicitarts* verwandelt, wo Monate im Voraus bestellt werden muss, selbst von Royals auf Staatsbesuch. Sue Selvarajah spricht mit ihr über Risiken, Familien und das perfekte Pandan-Biskuit.«

So sieht also Jinns Schwester aus, wenn jemand anders sie perfekt frisiert und angekleidet hat – wie jemand anders. Sogar das Muttermal auf ihrer linken Wange wurde wegretuschiert.

Er überfliegt den Artikel – ein ganzer Haufen von schwachsinnigen Details über Kleider, ein paar Daten zu ihrem früheren Leben als Juristin, mehr Kleidungs-Geschwätz, ein kurzer Abriss zu ihrer Entscheidung, die Bäckerei ihrer Großmutter in Tiong Bahru in eine Patisserie umzuwandeln, eine Anekdote über die Prinzessin von Brunei, die keine Salzkaramellkokoscremetorte bekommen konnte, etwas über die Familie. Aha.

»Teo lehnt es höflich ab, über das fünf Jahre zurückliegende Verschwinden ihrer Schwester zu sprechen, verrät jedoch, dass die Familie ihr Bestes tut, um darüber hinwegzukommen. ›Es hat uns enger zusammengeschweißt, auf unerwartete Weise‹, sagt sie. ›Und mein Mann war die ganze Zeit über mein Fels in der Brandung.‹«

Gefolgt von allerlei Unsinn über Work-Life-Balance, ein paar beliebigen Tipps zur Gewinnung von Pandan-Saft, dann ein nichtssagender, formelhafter Abschluss.

Sukhin sieht sich das Cover an – die Ausgabe ist ein Jahr alt, also wird das meiste wohl noch stimmen. Aber so viel Geschwafel! Das Wesentliche hätte man in einem einzigen Absatz sagen können. *Eines Tages wird einer meiner Studenten so etwas schreiben und ich werde es sehen und mich verantwortlich fühlen.* Damit ist er wieder bei den Prüfungen, bei Brontë – die Kids werden es einfach schlucken und einen Aufsatz schreiben müssen, zu ihrem eigenen Schutz.

Eine halbe Stunde später, nachdem er sich entschieden hat, welchen Auszug er für die Prüfung verwenden will, klappt Sukhin sein Buch zu, streckt sich und überlegt, wo sie wohl sein mag. Er kennt ihre Neigung, einfach abzuhauen – schließlich haben sie sich darüber angefreundet.

Das gackernde Mädchen von der Aufführung stand im Theaterraum und sprach mit Rashid, dem Hauptdarsteller. Sukhin half mit den Kulissen, er arbeitete an einer Vorrichtung, um einen Papierregen von der Bühnendecke niedergehen zu lassen. Er legte still sein Werkzeug beiseite und überlegte, ob er gehen sollte. Er wusste nicht, warum er sich überlegte, zu gehen – tatsächlich war ihm bewusst, dass es dafür keinen logischen Grund gab, aber gleichzeitig fühlte es sich wie die vernünftigste Lösung an.

Zu spät. Rashid war bereits mit ihr auf dem Weg zu ihm; offenbar wollte er ihr die Kulissen zeigen. Eine krude Mischung aus Aufregung und Unentschlossenheit ließ Sukhin an Ort und Stelle verharren. Zu seinem Erstaunen erkannte sie ihn.

»Hallo, du bist das.«

»Ja. Ich glaube, ich habe voriges Jahr bei der Aufführung neben dir gesessen.«

»Nein, nein. Das war in der Chemievorlesung – du bist eingeschlafen und ich hab dich geweckt.« Sie lachte.

»Ich glaub', ich hab dir einen ordentlichen Schrecken eingejagt.«

Oh! Sie war das gewesen? Wieder fuhr Sukhin der Schreck in die Glieder. »Machst du hier bei der Aufführung mit?«

»Ich weiß nicht. Vielleicht. Bin ja grade erst gekommen. Ich müsste eigentlich im Biosaal sein, aber es hat mich so angeödet.«

Die Vorrichtung wurde zu ihrer beider Projekt, der Regenmaschine.

Draußen vor der Bibliothek regnet es wirklich. Sintflutartig. Tropisch. Die Art von Regen, über die die Plantagenbesitzer in den Cameron Highlands zur Kolonialzeit nach Hause geschrieben haben müssen. *In Malaya, Liebste, ist der Regen anders. Regenschirme sind dem Monsun nicht gewachsen, und wir sitzen schon seit drei Tagen zu Hause fest. Alles ist nass.* Bestimmt gibt es sowas Ähnliches in irgendeiner Erzählung von Somerset Maugham.

Jinn sitzt auf den Treppenstufen am Rand des Innenhofes der Bibliothek, einem überdachten Freiluftbereich, der sich vom Haupteingang zu einer Art Bühne hinzieht. Sie schaut dem Regen zu. Sukhin setzt sich neben sie. Die Tropfen laufen ihr übers Gesicht und ihre Haare sind nass, aber ihre Augen blitzen vergnügt.

»Gehen wir?« Er würde gern vorschlagen, irgendwo essen zu gehen, aber bisher wollte sie das nie, also sagt er nichts.

Sie nickt. »Dann los.«

Ein solcher Regen erschwert alles in Singapur. Der Verkehr verlangsamt sich zu einem Kriechen, nein, zu einem Kriechversuch. Fußgänger bewegen sich in Zeitlupe, weichen Pfützen aus, kämpfen mit Regenschirmen und rutschigen Gehsteigen. Nie mehr als zwei Meter Sicht. Erhitzte Gemüter. Ewige Warteschlangen. Die Welt ist grimmig und nass und trübe und kalt.

Der Parkplatz in der Nähe von Chinatown ist fast voll und er braucht über zwanzig Minuten, um eine Parklücke zu finden. Stumm und mit finsterem Blick nimmt er ihren Koffer aus dem Kofferraum. Auf dem Weg zu ihrer Gasse hält sie seinen großen schwarzen Schirm über sie beide, der Koffer gerät auf dem glatten Gehweg immer wieder ins Schleudern.

»Scheiße.«

Sie sagt nichts. Ihre Mine ist gelassen, während sie mit beiden Händen den Schirm umklammert, damit ihn der unermüdlich an ihm zerrende Wind nicht davonfegt.

Das Kartonhaus ist ein durchnässter Matschhaufen. Die Regenrinne am vorspringenden Dach ist teilweise eingebrochen und das überschießende Wasser hat einen Teil des Hauses ertränkt. Das meiste von dem, was noch steht, ist nichts als ein nasser, formloser Klumpen, der Rest wurde aufgeweicht und vom Wind zerfetzt.

Sie stehen ganz still da; sie treten nicht näher an die Trümmer heran und keiner von beiden weiß etwas zu sagen. In Sukhins Kopf schwirren lauter blödsinnige Platitüden herum; er schluckt sie hinunter. Jinn wirkt beschäftigt; sie beobachtet eine Kakerlake, die hinter dem Kartonklumpen die Wand hochkriecht.

»Du kommst mit mir nach Hause.«

Sukhin ist überrascht, wie entschieden er klingt, und noch mehr, weil sie sich so schnell geschlagen gibt.

~

Familienrat. Sukhin gibt sich alle Mühe, freundlich zu bleiben.

»Ist das ein Schulprojekt?«

Er wünschte, er hätte sie gar nicht erst um Erlaubnis gefragt. »Nein, Mum, kein Schulprojekt. Aber meine Bekannte braucht ein paar Kartons – sie zieht gerade um.« *Stimmt ja auch irgendwie.*

»Und was ist, wenn wir mal umziehen müssen?« Dr. Jaswant betrachtet ihre Kartonsammlung noch immer als Umzugslager.

Sukhin gestattet es sich, einmal die Augen zu verdrehen. »Wir wohnen hier, seit ich vier war, Pa. Habt ihr ernsthaft vor, umzuziehen?«

»Nein – aber es geht darum, vorbereitet zu sein. Für alle Fälle.«

Doris spürt, dass ihr Sohn kurz davor ist, die Geduld zu verlieren und zu gehen. Sie wirft ihrem Mann einen scharfen Blick zu. »Wieviele Kartons braucht deine Bekannte denn?«

»Nur ein paar – die hier müssten reichen.«

Sukhin hat um die dreißig Kartons in verschiedenen Größen beiseite gestellt – seine Idee für ihr neues Haus verlangt ein gewisses Maß an Flexibilität.

»Ach! So viele! Ich dachte, du wärst dabei, sie abzustauben!«

»War ich auch, Mum – ich kann ihr doch keine staubigen Kartons bringen.«

Doris überlegt, wer diese Frau wohl sein mag. Sie kann sich nicht erinnern, wann Sukhin zuletzt irgendwelche Bekannten erwähnt hat, geschweige denn eine Bekannte. Hat er eine Freundin? Oder interessiert er sich wenigstens für eine? Wie aufregend! Sie muss ihr Bestes tun, um der Sache auf die Sprünge zu helfen.

»Natürlich, natürlich – mach schon, nimm die Kartons für deine Bekannte.«

»Vielleicht nicht den vom Staubsauger, der hat gerade die passende Größe für …« Aber Dr. Jaswant wird durch einen weiteren, drohenderen Blick seiner Frau zum Schweigen gebracht.

»Nimm ruhig den Staubsaugerkarton, Sukhin.«

~

»Vielleicht Punggol.«

Jinn steht am Küchenfenster und schaut hinaus. Es gibt nicht viel zu sehen – hinten raus blickt Sukhins Wohnung auf den Gartenschuppen und die Fahrradständer.

Sukhin ist gerade von der Arbeit nach Hause gekommen und selbst nach drei Tagen bringt es ihn immer noch durcheinander, sie hier vorzufinden. Er stellt seine Tasche neben dem Sofa ab und geht in die Küche. »Punggol? Wir können uns ja nach dem Essen dort mal umsehen.«

Er würde sie ja bitten, zu bleiben, aber schon seit sie angekommen ist, redet sie darüber, wo sie als nächstes wohnen könnte, und er weiß nicht, wie er es anstellen soll, die Frage anzusprechen, ob sie mit ihm zusammenleben will. Nicht, dass er die Sache wirklich gründlich durchdacht hätte – aber er möchte gern. Möchte gern, schafft es aber einfach nicht, das Wagnis einzugehen und zu sagen: »Vergiss Punggol, Jinn. Bleib einfach hier.«

Stattdessen, nachdem er nachgesehen hat, wie man von seiner Wohnung aus am besten nach Punggol kommt, konzentriert sich Sukhin darauf, für's Abendessen Kartoffeln zu schälen. Er wird einen schönen Auflauf für sie machen. Blumenkohl, Kartoffeln und jede Menge Käse und Paprika.

Der Höhepunkt der Woche war die überaus reelle Chance, das blödsinnigste Gespräch, das sie jemals führen würden, ein für allemal hinter sich gebracht zu haben.

Sie wollte auf dem Sofa schlafen. Nie im Leben. Es würde das Sofa ruinieren, erklärte er ihr. Aber dann wollte sie ihre Matte im Schlafzimmer ausrollen und dort schlafen. Kommt nicht in Frage, erklärte er ihr. Er wollte nicht, dass sie zwischen den Bücherstapeln schlief, die er auf dem Boden aufgetürmt hat, oder irgendwo in der Nähe des unfertigen 3D-Puzzles vom Guggenheim – er hat zwei Monate gebraucht, um so weit zu kommen, dass es anfängt, nach einem Gebäude auszusehen.

»Soll das heißen, dass ich bei dir schlafen soll?«

»Nein!« Zum Teufel mit dieser Frau. Er hätte sie einfach auf dem Sofa schlafen lassen sollen. »Ja. Das wäre einfach praktischer. Platz ist genug. Und es ist ein Bett.« Er wusste nicht, was er sonst noch sagen sollte. »Ich kann dich in ein Hotel bringen, wenn du möchtest.«

»Das würde sehr viel Geld kosten.«

»Es muss ja kein Luxushotel sein. Und natürlich würde ich bezahlen.«

»Ich will nicht, dass du mir ein Hotel bezahlst.«

Und so drehten sie sich immer weiter im Kreis. Als Jinn sich endlich geschlagen gab und zustimmte, dass es die logischste Lösung wäre, wenn sie bei ihm schliefe, war er viel zu erschöpft, um ihre Wortwahl auch nur im Geringsten amüsant zu finden. Vor lauter Erleichterung, dass dieses Gespräch endlich beendet war, hat er ihr sogar die rechte Seite des Bettes überlassen, seine Seite, und jetzt ist es unmöglich, das Thema Tausch anzusprechen, ohne komisch und kleinkariert zu klingen.

Er hat vergessen, wie es ist, mit jemandem das Bett zu

teilen. Es ist ein Albtraum. Er schläft in der Hoffnung ein, dass er nicht um sich schlagen oder sie treten wird, und beim Aufwachen fragt er sich, ob er es getan hat. Mitten in der Nacht wacht er frierend auf, weil sie ihm die Decken geklaut hat, und er muss sie ihr sanft wieder abluchsen, so sanft, dass er schreien könnte. Er schläft wieder ein in der Hoffnung, dass *sie* nicht um sich schlagen und *ihn* treten wird. Sie tut es. Es ist, wie eine Ziege im Bett zu haben – er erinnert sich, das schon vor Jahren gedacht zu haben. *Immer noch derselbe klauenfüßige Terror im Schlafzimmer, mein Mädchen.*

»Warum lächelst du?«

»Ich mag Auflauf.«

»Ah, du machst dieses Blumenkohldings? Ich auch!«

Als er heute Morgen aufgewacht ist, lag sie ganz nah bei ihm, ihre Nase nur Zentimeter von seiner entfernt, den Kopf in den Zwischenraum zwischen ihren beiden Kissen geschmiegt. Wie seltsam, wie irreal, dass sie hier war, in diesem Bett, in seinem Bett, in diesem Zuhause, das er sich selbst geschaffen hatte, um allein sein zu können. Wie seltsam, dass er sie hier bei sich haben wollte. Er dachte an die Jahre zwischen ihnen damals und ihnen jetzt, alle überblendet von diesem Moment, und er musste nach Luft schnappen.

Er schiebt die Auflaufform in den Backofen und stellt den Küchenwecker. Fünfundvierzig Minuten, dann ist das Essen fertig.

*Im Schlafzimmer des Mannes gab es immer einen Satz Schubladen. Jetzt gibt es zwei.*

*Der zweite ist für die Sachen der Frau. Es überrascht sie, dass sie genug besitzt, um zwei der vier Schubladen zu füllen.*

*Der Mann ist nicht überrascht. Schließlich hat er sie gefüllt, bedächtig, heimlich. Er ist es, der im Laufe der Zeit jedes einzelne Teil sorgfältig ausgewählt und so einsortiert hat, dass nichts herausragt, dass eines sich anfühlt und aussieht wie das andere, obwohl keine zwei Teile identisch sind.*

*Der Mann ist überaus zufrieden mit sich selbst.*

# X

Die Schüler kennen jetzt kein Pardon mehr bei ihrer Jagd nach Aufklärung – sie nehmen alles, was die Lehrer ihnen in den Rachen werfen, willkürliche Häppchen zu jeglichem Thema, Schlaf- und Ernährungstipps sowie Hinweise zum optimalen Kugelschreiber, die stetig wiederholte Beschwörung, nicht nach den Fragen zu suchen, und »die Fragen zu beantworten, die gestellt werden, nicht die Fragen, die ihr gern gehört hättet«; das alles saugen sie begierig auf, um es dann ausnahmslos geflissentlich zu ignorieren.

Hilda und Rohan, die schon seit zwanzig Minuten vor dem Lehrerzimmer warten, um Sukhin auf dem Weg zur Kantine abzufangen, wo er seinen Nachmittagstee abholen will, kritzeln fieberhaft in ihre Notizhefte: »Polonius nicht vergessen. Und Horatio.«

Sukhin verzieht den Mund zu einem grimmigen Lächeln. Er hat das im Unterricht so ungefähr hundert Mal gesagt und jetzt, jetzt, zwei Tage vor der verdammten Prüfung, schreiben sie es auf.

»Auf welchen Akt sollen wir uns konzentrieren, Mr Dhillon?« Hildas Stimme ist nur mehr ein dünnes, gequältes Flüstern. Ein Flüsterchen. Sie wappnet sich für eine Abfuhr, will aber trotzdem die Hoffnung nicht aufgeben, dass Mr Dhillon sich erweichen lassen wird, dass sie ihm leidtut, dass er etwas sagen wird, das ihnen einen Hinweis darauf gibt, in welche Richtung die Frage gehen wird. Rohan hat darauf bestanden, dass sie die Fragen stellt. (»Mr Dhillon sieht aus wie einer, der mit weinenden Mädchen nicht fertigwird.«)

Er seufzt. *Das wird jetzt eine Weile dauern.* »Die sind alle wichtig. Ihr müsst über das Stück als Ganzes nachdenken – was jeder Akt über jede Person verrät, welche Muster sich ergeben, wenn ihr alle Akte nebeneinander betrachtet. Das ist Shakespeare; alles ist auf clevere Art und Weise miteinander verknüpft, weil er es eben kann. Nehmt zum Beispiel Akt III, 3. Szene …«

Er gestattet Hilda und Rohan, ihn auf dem Weg zu seinem Tee zu begleiten, und sie setzen sich zu ihm, während er trinkt. Weitere Schüler kommen dazu, und dann noch weitere, und bevor er es richtig merkt, ist Sukhin dabei, eine improvisierte Vorlesung über Erhabenheit und Moral in *Hamlet* zu halten.

In einer anderen Ecke der Kantine, neben einem Mädchen, das aussieht, als würde es gleich in Tränen ausbrechen, ist Dennis dabei, ihre verzweifelten Ausführungen zu einem Problem durchzusehen, das er der Klasse vor zwei Monaten als Hausaufgabe aufgegeben hat.

Ihre Blicke begegnen einander und Dennis schneidet eine Grimasse. Sukhin fletscht die Zähne.

Prüfungszeit. Treibt die Lehrer zweimal im Jahr in den Wahnsinn, seit institutionalisierte Bildungsvermittlung auf dem Programm steht.

Aber jetzt ist sie auch die perfekte Ausrede, um Jinn bei sich zu behalten, den Umzug nach Punggol rauszuschieben.

»Ich helfe dir beim Umzug«, hat er gestern zu ihr gesagt und dabei versucht, so beiläufig und liebenswürdig zu klingen wie nur möglich, »aber gib mir noch ein paar Wochen. Die Schüler sind am Durchdrehen, ich bin am Durchdrehen – und dann muss ich die Arbeiten korrigieren. Zwei Wochen, okay? Inzwischen kannst du dich ruhig an meinen Büchern bedienen. Tob dich aus.«

Jinn widerspricht nicht – er hat den Verdacht, dass sie es gar nicht so schlimm findet, wieder ein festes Dach über dem Kopf zu haben. Und die Bücher versüßen ihr den Handel sicher noch: Die ganze Wand auf der einen Seite der Wohnung, von der Decke bis zum Boden, und so viel wie möglich von der Schlafzimmerwand wird eingenommen von Bücherregalen; sein Arbeitszimmer ist ein riesiges Bücherregal aus dreieinhalb Wänden (er hat das Fenster ausgelassen, war aber ernsthaft versucht, es einzubeziehen). Der Gang, der die Küche vom Arbeitszimmer trennt, ist ein einziges großes Bücherregal (Sukhin stellt es sich gerne als zu einem Gang umfunktioniertes Bücherregal vor), unterbrochen nur durch die Notwendigkeit einer Tür zum Arbeitszimmer. Selbst auf dem Balkon gibt es ein Bücherregal; in der Küche gibt es zwei – warum Platz vergeuden? Seine Mutter ist kein Fan seiner Vorstellung von Innenarchitektur; sie hat ihn schon viel zu oft gefragt, wo er all die Familienfotos hinstellen will, und »was ist mit den Fotos der Kinder nach ihrem Abschluss?« Fotos? Fotos *der Kinder*? Sukhins Bücher, die jeden Winkel in jedem Bücherregal besetzen, die damit begonnen haben, auf die Möbel überzugreifen, und einen Überfall auf das Sofa planen, sind die einzigen Freunde, die er sich selbst ausgesucht hat. Es ist ein nie versiegender Quell des Trostes für ihn, dass jedes Buch, das er jemals sein Eigen nennen durfte, jedes einzelne Exemplar, hier mit ihm lebt.

Jetzt, wo auch Jinn hier ist, fühlt sich Sukhin oft überwältigt. Wovon, weiß er auch nicht so genau.

Aber er mag es, sie um sich zu haben. Selbst wenn sie die Marmeladendeckel verwechselt und er an diesem Morgen den Orangendeckel auf dem Aprikosenglas gefunden hat.

~

Sie beobachtet ihn.

Beim Kochen. Beim Wäsche Sortieren. Beim Abstauben der Schallplatten und der Bücherregale. Beim Staubsaugen und Wischen und Desinfizieren des Küchenbodens mit Zitronensaft. Beim Lesen. Während er vorgibt zu arbeiten und dabei an ein Buch denkt, das er gerne weiterlesen möchte. Beim Schuhe Anziehen, ehe er zur Arbeit aufbricht. Beim Schuhe Ausziehen und zurück ins Regal Stellen, wenn er zurückkommt.

Sie beobachtet ihn ganz offen, ohne sich die Mühe zu machen, ihre Neugier zu verbergen. Er versucht, sie nicht anzusehen – wenn ihn etwas noch mehr durcheinanderbringt als zu wissen, dass sie ihn beobachtet, ist es, sie dabei zu beobachten, wie sie ihn beobachtet.

Sie tut es wieder, jetzt gerade.

Es ist Sonntagabend und er bügelt seine Kleider für die kommende Woche. Sukhin bügelt wirklich gern – er sieht gern dabei zu, wie die Knitterfalten verschwinden, die Säume geglättet werden, alle Falten perfekt aufeinander zu liegen kommen.

Seit sie nach dem Abendessen abgeräumt haben, sitzt Jinn mit einem seiner Bücher am Küchentisch. Sie hat sich einen Tee gemacht und nippt daran, während sie ihm beim Bügeln zusieht, das Buch hat sie mit dem Gesicht nach unten auf den Tisch gelegt, damit sie die Seite wiederfindet. Ihr forschender Blick gibt ihm das Gefühl, etwas sagen zu müssen, einen Witz zu erzählen, Bügeltipps weiterzugeben. Außerdem drängt es ihn sie zu bitten, verdammt noch mal ein Lesezeichen zu benutzen.

»Du bist sehr ordentlich.«

»Es gefällt mir so.«

»Du bist ordentlicher als ich mich erinnere.«

Sie widmet sich wieder dem Buch. Er widmet sich wieder seiner schwarzen Bügelfalten-Hose und fragt sich, an was genau sie sich erinnert.

~

»Mum, brauche ich frische Krebse?« Sukhin steht in der Delikatessenabteilung des Supermarktes und mustert die Reihen von eingedosten Meeresfrüchten, das Telefon ans Ohr gepresst. »Oder geht auch aus der Dose?«

»Hallo?« Doris ist ein bisschen außer Atem – sie war gerade oben, als das Telefon geklingelt hat. Sukhin und ihr Mann haben ihr oft gesagt, nimm es doch mit, es ist ein *Mobil*telefon, aber aus alter Gewohnheit lässt sie es immer noch auf der Küchenanrichte liegen, neben den Kochbüchern, wo das alte Telefon gestanden hat. Sie meint, etwas von Krebsen verstanden zu haben, aber es ist Sukhin, wie soll sie da sicher sein.

Sukhin knirscht mit den Zähnen. »Das Krebsfleisch. Muss es frisches sein?«

Doris schüttelt den Kopf. Wie schafft er es nur, jemandem irgendetwas beizubringen? Wo er dauernd nur dieses zusammenhangslose Zeugs von sich gibt. »Was für Krebsfleisch? Was willst du kochen?«

»Bakwan Kepiting, Mum. Was glaubst du, warum ich dich am Sonntag um das Rezept gebeten habe?«

Ach stimmt, und er hat alles in sein Notizbuch geschrieben und sie genötigt, alles noch einmal zu wiederholen, während ihr Abendessen kalt wurde.

»Frische Krebse, frische Krebse. Nur frische Krebse.«

»Okay, das geht also gar nicht mit Dosen-Krebs? Auf keinen Fall?« Sukhin greift nach einer Dose Alaska-Krebsfleisch und prüft die Zutatenliste: Alaska-Krebs. Wirkt doch ganz vertrauenerweckend.

Sie befinden sich jetzt auf ihrem Territorium. Es wird Zeit, ihn zur Ordnung zu rufen. »Sukhin. Dose ist Dose, frisch ist frisch. Ändert es irgendwas daran, wenn du zehn Jahre verstreichen lässt?«

»Nein, Mum. Alles klar, Mum.«

»Und meinst du, im Rezept deiner Großmutter würde Dosen-Krebs vorkommen? Weißt du, wo deine Großmutter herkommt?«

»Penang.«

Sie korrigiert ihn. »*Telok Bahang* in Penang. Dein Urgroßvater war *Fischer.* Deine Großmutter ist die Tochter eines *Fischers.*«

»Ja, Mum. Okay.« Sukhin wünschte, er hätte seiner Mutter einfach eine Nachricht schicken können – aber seine Eltern lesen Textnachrichten beide grundsätzlich erst am nächsten Tag.

»Meinst du also, deine Großmutter hätte Dosenkrebs für ihr Bakwan Kepiting benutzt?«

»Nein. Nein, Mum.« Er hätte gleich auf den Markt gehen sollen.

»Wenn deine Ah Mah das nächste Mal ihr Bakwan Kepiting kocht, werde ich ihr erzählen, dass du gedacht hast, dass sie *vielleicht* Dosen-Krebs reintut. *Vielleicht* kriegst du dann eine halbe Schüssel.« Doris stockt. »Warum kochst du Bakwan Kepiting?«

Das erwischt Sukhin auf dem falschen Fuß. »Ich koche es für eine Bekannte« ist die kürzeste und am wenigsten informative ehrliche Antwort, die ihm einfällt.

»Die Bekannte, der du beim Umzug hilfst?«

»Ja. Genau.«

Doris lächelt. Zweifellos läuft da was. »Na, das ist ein ganz schön kompliziertes Gericht. Sag Bescheid, wenn du Hilfe brauchst. Ruf einfach an, ja?« Wenn ihr Sohn vorhat, sich den Weg in das Herz einer Frau zu erkochen, wird er ihre Hilfe brauchen.

»Ja, Mum. Danke.«

Er legt auf. Doris verbringt den restlichen Nachmittag damit sich zu überlegen, wie sie ihre zukünftigen Enkelkinder beschäftigen soll – steht da noch irgendwo ein Karton mit Sukhins altem Spielzeug?

~

Jinn hat sich für Punggol entschieden – übereilt, findet Sukhin. Sie waren nur zweimal dort, um sich umzusehen, aber aus irgendeinem Grund hat sie sich auf die Idee versteift, am Fluss zu leben.

»Aber wir haben uns doch sonst nichts angeschaut«, sagt er. »Und dort ist fast alles nur offenes Gelände. Wo sollen wir da das Haus bauen?« Die Kartons, die er für sie ausgesucht hat, stehen noch immer bei seinen Eltern, abseits vom restlichen Familienlager, von seinem Vater jedes Mal mit einem Seufzer bedacht, wenn er daran vorbeikommt.

»Ich glaube nicht, dass ich ein Haus brauchen werde.«

Er denkt an all die Stunden, die er im Internet verbracht hat, um sich über Kartonmöbel zu informieren, an all die Skizzen, die er für ihren neuen und deutlich-verbesserten

Iglu angefertigt hat. Der sollte grandios werden – Modulbasiert, stabil, modifizierbar, zusammenklappbar.

»Aber wo willst du schlafen?«

»Unter freiem Himmel«, erklärt sie. *So viel zu einem festen Dach über dem Kopf, das sie hierhält.* In dem hübschen Park, den das National Parks Board so akribisch sauberhält. »Der geht durch bis ans Meer«, sagt sie, »hast du das gewusst?« Ja, das hat er gewusst, auch wenn er nicht begreifen kann, warum dies ein Grund dafür sein soll, am Punggol River zu leben. Andererseits lebt er selbst nah am Meer und das macht ihn glücklich – nein, das ist ein zu starkes Wort, aber es ist ein gutes Gefühl – zu wissen, dass da nur fünfzehn Minuten entfernt dieses Gewässer ist.

»Was ist mit Duschen und alldem?«

»Da gibt's überall Toiletten – hast du das nicht bemerkt? Ich komm schon zurecht.«

Und wenn es regnet, will sie in einem der vielen Pavillons im Park schlafen, die normalerweise von Spaziergängern am Fluss genutzt werden, um sich auszuruhen oder vorübergehend Schutz vor den Elementen zu suchen. Kim Seng, der Chef der Gemüse-Piraten, hat ihr ein altes Fahrrad angeboten. Sie wird ihren Koffer gegen einen Rucksack eintauschen – jemand von den Freiküchen-Freiwilligen ist ganz wild auf diesen Handel, er hat einen großen Rucksack in seiner Abstellkammer liegen, der seit seinen Unitagen kein Tageslicht mehr gesehen hat.

Alles ist durchdacht und logisch, aber Sukhin sieht sie an und denkt, *sie ist verrückt.* Es ist ein willkommener Gedanke – in den anderthalb Wochen, die er sie nun um sich hat, hat ihn die Vorstellung, nicht nur für ein paar Wochen, sondern für den Rest seines Lebens mit ihr zusammenzuleben, abwechselnd verwirrt und entsetzt. Er ist ziemlich sicher, dass er nicht verliebt in sie ist – und er unterrichtet schließlich englische Literatur; natürlich ist er in der Lage, männliche Verliebtheitsanzeichen zu erkennen. Er verspürt nichts von dem wilden Rausch, dem dauernden Verlangen, bei ihr zu sein, das ihn überkommen hat, als sie jung waren – tatsächlich gelten viele seiner Überlegungen ja der Frage, wie er etwas Freiraum zurückgewinnen kann – vielleicht sollte er ihr das Arbeitszimmer überlassen, damit er das Wohnzimmer zurückbekommt, oder könnte er vielleicht den Balkon in eine Art Leseecke für sie umwandeln? Und jetzt, als er Jinns Plänen für Punggol lauscht und sie für verrückt erklärt, ist er erleichtert. Seine Fähigkeit zu logischen Schlüssen ist einwandfrei unversehrt. Es muss daher auch ein logischer Schluss sein, der ihn dazu zwingt, wieder und wieder zu der Vorstellung zurückzukehren, sie auf unbestimmte Zeit bei sich wohnen zu lassen. Natürlich wäre das logisch – es würde sie nichts kosten, es würde ihn kaum mehr an Haushaltsausgaben kosten, es würde bedeuten, dass er nicht immer wieder hinfahren müsste, um nach ihr zu sehen, es ist viel einfacher, für zwei zu kochen, es würde sogar den Nützlichkeitsfaktor seiner Bücher und dieses albernen Sofas erhöhen.

»Was meinst du?«

»Absolut überzeugend. Ich fahr dich nächstes Wochenende hin – das Fahrrad müsste in den Kofferraum passen.«

~

Tut es nicht. Nach unzähligen Versuchen, das Fahrrad in den Kofferraum zu manövrieren, in so vielen unterschiedlichen Positionen wie es Möglichkeiten gibt, ein Fahrrad in diesem starren, begrenzten Raum unterzubringen, beschließt Sukhin, Jinn mit ihrem Rucksack in ein Taxi zu setzen und selbst mit dem Rad nach Punggol zu fahren.

»Wir sehen uns in ein paar Stunden.«

Er gratuliert sich zu diesem ungeheuer vernünftigen Entschluss, der zweifellos auch zu seinem Ziel beitragen wird, einigermaßen fit zu bleiben, um nicht schon klapprig zu werden, bevor er siebzig ist (was ihm als passendes Alter erscheint, um mit dem Klappern anzufangen, schließlich heißt das auf Latein *crepare*, von dem *krepieren* abstammt), und fährt los. Das Wetter ist perfekt für eine morgendliche Tour – ein paar vereinzelte Wolken, eine ganz leichte Brise – und es ist noch zu früh für die picknickende Meute, um über den East Coast Park und seinen armseligen Strandstreifen herzufallen. Er hat sich für die längere Strecke durch die Parks und am Ostufer entlang entschieden, statt durch bebautes Gebiet zu fahren – nach Tagen und Tagen, die er damit verbracht hat, stümperhaft formulierte, erschreckend dämliche Arbeiten zu korrigieren (»Das Energieniveau dieses Abschnitts hallt nach wie ein Motor und zwingt den Leser, sich mit ihm zu erheben«), erscheint ihm Radfahren, einfach draußen zu sein, wie ein Vergnügen.

Das Fahrrad ist besser, als er es von etwas so alt Aussehendem erwartet hatte – Kim Seng hat es offenbar gut in Schuss gehalten. Es ist ein schweres Teil mit nur einem Gang, aber alles funktioniert und nichts scheppert, und er ist in weniger als zehn Minuten am Strand, nur geringfügig mehr als die Zeit, die er mit seinem eigenen Rad stoppt. Die Wochenendhorde ist noch nicht in voller Stärke angerückt, aber es sind schon genügend da – und auch genügend, die geflissentlich die Schilder ignorieren, durch die Fußgänger vom Radweg ferngehalten werden sollen –, um die Fahrt in eine Art Hindernisrennen zu verwandeln. Mit dem Unterschied natürlich, dass Sukhin diese Hindernisse lieber dezimieren würde, statt sie zu umfahren. Der Drang, Leute zu überfahren, wird noch befeuert durch die Tatsache, dass Kim Sengs Rad keine Klingel hat – sodass Sukhin die Leute anschreien muss, damit sie aus dem Weg gehen. Aber es gelingt ihm, ein bisschen Spaß aus der Sache zu ziehen.

»Renn, Dumpfbacke, verschwinde von meinem Weg!« Zu einer Frau in einem grellpinken Trainingsanzug beim Speedwalken.

»Mach, dass du aufs Gras kommst, du Ochse!« Zu einem pummeligen Mann, der seinen winzigen Hund Gassi führt.

Normalerweise hasst Sukhin Gebrüll, aber das hier fühlt sich gut an. Besser die Kontrolle haben, als unter Kontrolle sein.

»Verpiss dich, du Schwachkopf! Kannst du nicht lesen!« Zu einem Jogger, der den Radweg kreuzt.

»Weg da, Arschgesicht! Soll das ein Rad sein?« Zu einem Teenager auf Rollerblades.

Ihre schockstarren Gesichter, ehe sie vom Radweg stürzen, um sich vor einem verbalaggressiven Irren auf dem Rad in Sicherheit zu bringen – Sukhin hat sich lange nicht mehr so köstlich amüsiert. Vielleicht sollte er das hier zu seinem Hobby machen – und sich eine Helmkamera zulegen.

Kurz darauf gibt es keinen Grund mehr zu brüllen – endlich hat er alle Teile des Parks hinter sich gelassen, die die Massen anlocken: die Hipsterecke mit dem obligatorischen Starbucks, den Fastfood-Gürtel mit der riesigen Kinderfalle, die sich Spielplatz nennt (der Designer muss in direkter Linie vom Rattenfänger von Hameln abstammen), die Fischrestaurants, vorbei am Gewimmel der Verkaufsbuden, wo er anhält, um einen kalten Zuckerrohrsaft zu trinken. Die Sonne steht jetzt höher und die Wolken sind verschwunden, aber es ist nicht drückend – noch nicht. *Das ist eigentlich richtig nett.* Sukhin schaut hinaus aufs Meer, auf die Schiffe in der Ferne und die sanfte Dünung und die Weite aus Wasser Wasser Wasser, und spürt förmlich, wie sich seine Gedanken entwirren und aufhellen. Er strafft die Schultern und hebt den Kopf ein bisschen höher.

*Wir tragen zu viel Gewicht mit uns herum für anmutige Bewegungen – oder Gedanken.*

Er weiß nicht, wo dieser Gedanke herkommt – ein Buch, ein Gedicht, etwas, das jemand gesagt hat? – oder wo er ihn hinzuführen versucht. Aber das muss die Erklärung für Jinns neue Anmut sein, ihre bedächtigen Bewegungen und ihre Entschiedenheit, nichts verkompliziert durch irgendwelche Überlegungen zu gegenwärtigen Verpflichtungen oder zukünftiger Reue. Er denkt an ihre Reaktion vor Wochen, als ihr Pappzuhause zerstört worden war – keine Existenzangst, kein Fäusteschütteln, nichts als ein gelassenes, gefasstes Akzeptieren des Gegebenen. Er hatte noch tagelang daran zu knabbern, betroffen von dem Verlust dessen, was er inzwischen als ihren Ort betrachtet hatte, während sie ihre Aufmerksamkeit der Aufgabe zuwandte, sich vorerst in seiner Wohnung einzuleben und Pläne für Punggol zu schmieden.

Wenn ihre Anmut und Abgeklärtheit der Tatsache zu verdanken sind, dass sie kein Gewicht mit sich herumträgt, was ist dann mit ihm – welches Gewicht trägt er mit sich herum? Oder trägt er zu viel Gewicht mit sich herum, um es als das zu erkennen, was es ist?

Ist es das hier, was man als Paradigmenwechsel bezeichnet, oder der Anfang eines solchen? Sukhin nimmt sich vor, auf diese Frage zurückzukommen. *Vielleicht ist die Zeit gekommen, um etwas weiter in die Zukunft zu denken, statt einfach nur die Tage, die Stunden hinter sich zu bringen. Nach Aufklärung oder einem Sinn oder was auch immer zu suchen.* Er kichert in sich hinein. Es ist schon ein bisschen komisch – der Gedanke an Aufklärung von einem Mann, der soeben einen Fremden als Arschgesicht bezeichnet hat, bloß weil der mit seinen Rollerblades auf dem falschen Weg herumkurvte. Aber, um ehrlich zu sein, sind es doch genau die Leute, die andere Arschgesicht nennen, bloß weil sie mit ihren Rollerblades auf dem falschen Weg herumkurven, die dringend der Aufklärung bedürfen. Wäre er eine Gottheit mit einer festen Quote an Aufzuklärenden, würde er sich als Erstes auf die Verkorksten, Wütenden stürzen – besseres Preis-Leistungsverhältnis und größerer gesellschaftlicher Nettonutzen.

Wie die Jinn von früher – total verkorkst, oft wütend. Unverhältnismäßig glücklich und unglücklich, hin und herschwingend zwischen Groll und Freude und Verbitterung und Erregung. Als ein Junge in einem ihrer Kurse an der Uni irgendeine abfällige Bemerkung über Mädchen von ihrer alten Schule losgelassen hatte, wütete sie eine Woche lang, um dann Zucker in den Tank seines Motorrads zu kippen.

»Es wird schon noch eine Weile fahren, doch langsam, aber sicher – Karamell.«

Als damals auf dem Weg zu ihrer Prüfung der Bus liegengeblieben war – da war sie am Nicoll Highway entlanggelaufen und hatte sich die Lunge aus dem Leib geschrien und ihre peinlichst mit der Hand geschriebenen Notizen auf die Fahrbahn geschleudert, bis sie von der Verkehrspolizei aufgegriffen worden war, weil sie widerrechtlich Müll abgeladen und überdies den Verkehr gestört hatte.

»Reiß dich zusammen«, hatte er vor dem Büro des Unidekans zu ihr gesagt, wo ein Beamter der Verkehrspolizei sie abgeladen hatte. »Wenn dich was aufregt, musst du es einfach abschütteln. Es hinter dir lassen. Du kannst dich nicht einfach auf alles und jeden stürzen.« *Und ich kann dir nicht mein Leben lang dabei zusehen.*

Jetzt braucht sie es nicht einmal mehr abzuschütteln – es bleibt einfach nichts hängen. *Die Glückliche.* Dieser Gedanke überfällt ihn so plötzlich, dass er fast das Gleichgewicht verloren hätte. Er fängt sich wieder und beginnt wütend in die Pedale zu treten, schafft es aber nicht, die Tragweite dieser Erkenntnis hinter sich zu lassen; was sie betrifft, ist sein stärkstes Gefühl – Neid.

~

Es ist fast elf, als er schließlich im Punggol Park ankommt. Die beinahe vierzig-Kilometer-Tour war überraschend qualvoll – vor allem die ausgestorbene, schnurgerade Strecke in der sengenden Sonne hinter dem East Coast Park, die fast eine Stunde lang einfach kein Ende nehmen wollte. Ohne die Aussicht auf Chendol im Changi Village gleich danach hätte er vielleicht aufgegeben. Aber getragen von Chendol ist er jetzt hier – endlich.

Zehn Minuten später erspäht er Jinn in einem der Pavillons. Sie sieht aus, als freue sie sich, ihn zu sehen.

»Danke, dass du das Fahrrad hergebracht hast.« Sie zeigt auf den Bohlenweg, die Seerosen. »Bei Tag ist es noch schöner.«

Er stellt das Fahrrad hin und setzt sich neben sie. »Ganz schöne Strecke. Solltest du mal versuchen. Aber nicht mit dem Rucksack.« Der ist wirklich riesig, genau wie versprochen – zwei kleine Kinder würden problemlos hineinpassen. Drei, in ihre Einzelteile zerlegt.

Sie wickelt die Sandwiches aus, die er an diesem Morgen gemacht hat, während er ihr vom Chendol im Changi Village erzählt. »Köstlich. Ich hatte zwei und noch Lust auf ein drittes, aber dann hätte ich es nicht bis hierher geschafft.«

»Chendol-Koma.« Sie reicht ihm ein Sandwich.

»Genau.«

»Du musst vielleicht die Chendol-Götter besänftigen – ich glaube, die hatten dir das dritte zugedacht.«

»Du hast mir nicht erzählt, dass es Chendol-Götter gibt.«

»Ich erzähle dir auch nicht, dass du einen Fuß vor den anderen setzen sollst, und trotzdem kannst du ganz gut laufen.«

Er hätte ihren Umzug noch um ein paar weitere Wochen hinauszögern sollen. Die Regenzeit ist noch nicht vorbei – ob die Abendstürme hier draußen schlimmer sind? »Du kommst doch zurecht? Du kannst jederzeit zurückkommen.«

»Du machst dir zu viel Sorgen, Sukhin. Mir gefällt es hier ganz gut, also lass uns einfach sehen.«

Wie die meisten Parks in Singapur hat der Punggol Park etwas von einer Prinzessin – prüde, proper und pedikürt. Das gesamte Wegesystem ist sorgfältig durchdacht – Radwege, Fußwege, Aussichtspunkte –, um genügend Bewegungsfreiheit zu gewährleisten, dass sich niemand versucht fühlt, die Wege zu verlassen. Und wenn jemand es täte? Es wäre nicht ganz einfach – Schutzzäune wären zu übersteigen, Hecken zu überspringen, Wasserläufe zu durchwaten –, aber durchaus nicht unmöglich, wenn man kein

Problem damit hat, von den Leuten auf den ausgewiesenen Wegen angestarrt zu werden. Die größte Leistung des Parks ist, dass er nicht bis ins Letzte angelegt wirkt, auch wenn selbst das Teil des Plans ist. Der Landschaftsarchitekt war klug genug, die Ränder ein bisschen ausfransen zu lassen, mit Nischen voller Bärlauch und Pandan, sporadischen Ausbrüchen von Hundefenchel und Büscheln von wildem Gras, die mit den langweiligen Ziervarianten ins Gehege kommen.

»Hier am Fluss gibt es Otter – hast du das gewusst?«

Gewusst schon, aber er hat nie das Bedürfnis verspürt, sie zu sehen. Er und Jinn verbringen die nächsten beiden Stunden damit, nach ihnen Ausschau zu halten und sie beim Spielen zu beobachten. Die Otter – eine ganze Otter-Familie lebt am Punggol River – entpuppen sich als viel interessanter, als Sukhin erwartet hatte. Deutlich interessanter als die meisten Leute, die er kennt. Sie halten Händchen – er hat nicht gewusst, dass Otter Händchen halten. Pfötchen. Was auch immer.

Als er nach Hause kommt, bezieht er das Bett neu, lässt eine Waschmaschine laufen und sortiert seine Bücher wieder. Er geht zu Tee und Abendessen zu seinen Eltern und ignoriert die Fragen seiner Mutter nach dem Gelingen seines Bakwan-Kepiting-Versuchs. »Du solltest einen Testlauf machen«, sagt sie. Nach dem Essen, ehe er nach Hause fährt, nimmt er die für Jinns neues Haus bestimmten Kartons und türmt sie auf seinem alten Bett in seinem alten Zimmer auf.

*Ihre alten Kleider sind verschwunden. Die Frau bemerkt es zuerst nicht, aber eines nach dem anderen hat sich verabschiedet und wurde ersetzt durch geschmeidigere, charmantere Agenten. Als sie ihre Habseligkeiten durchsieht und schließlich erkennt, dass die Agenten übernommen haben, ist es zu spät. Sie haben sie mit ihrer Geschmeidigkeit und ihrem Charme besiegt.*

*Die Frau ist amüsiert, sagt dem Mann aber nichts, der die Agenten ausgesandt hat. Er muss denken, dass sie über Geschmeidigkeit und Charme erhaben ist, also lässt sie ihn in dem Glauben.*

*Auf diese Weise können sie beide mit sich zufrieden und glücklich sein.*

# XI

Die Tür zu seinem Büro wird aufgerissen; der Zug weht Papiere von seinem Schreibtisch auf den Boden.

»Hilfe, Süßer!«

Sukhin weigert sich, aufzublicken. »Was willst du?«

Dennis schnappt sich den Aufsatzstapel, an dem Sukhin gerade arbeitet, und schmeißt ihn auf den Stuhl auf der anderen Schreibtischseite. »Sieh mich an. Es ist wichtig! Etwas Schicksalhaftes ist dabei, unser Multiversum zu kreuzen.«

Verdammte Dickfelligkeit im Quadrat. Sukhin wägt seine beiden Optionen ab: eins, Dennis rauszuwerfen – er muss bei diesem Aufsatzstapel unbedingt noch die Punkte zusammenzählen und die Noten drunterschreiben und diese Unterbrechung bedeutet schon jetzt, dass er alles noch einmal überprüfen muss, um sicherzugehen, dass er nichts übersehen hat; zwei: Dennis die unverdiente Aufmerksamkeit zukommen zu lassen – was vermutlich alles in allem Zeit sparen würde. Er steht auf und bedenkt Dennis mit dem kältesten Blick, zu dem er im Stande ist, in der Hoffnung, ihn damit zu vertreiben.

Keine Chance. Dennis springt auf Sukhins Schreibtisch und streckt sich darauf aus, wobei er die Arme ausbreitet, um so viel davon zu bedecken wie möglich. »Sieh mich an, sieh mich an! Sprich mit mir, sprich mit mir!«

»Verpiss dich gefälligst von meinem Schreibtisch!«

»Sag, dass du tun wirst, worum immer ich dich bitte.« Dennis schnappt sich eine beliebige Karte von Sukhins Schreibtisch, die Mitteilung einer Schülerin mit einer Fischzeichnung. Er hebt die Stimme: »Oder ich zeige aller Welt unsere Liebesbriefe!«

Mrs Chandra, die Leiterin der Wirtschaftsabteilung, deren Büro nebenan liegt, läuft mit einer Tasse Kaffee vorbei. Sie wirft Sukhin einen sehr seltsamen Blick zu. Er würde am liebsten im Erdboden versinken – Mrs Chandras Mann ist ein Patient seines Vaters.

Also Option eins. Sukhin zeigt auf die Tür. »Dennis, geh weg. Ich versuche zu arbeiten.«

»Du arbeitest zu viel, Schatzi.«

Das stimmt nicht. Seit Tagen schon tut Sukhin so wenig wie überhaupt nur möglich, ohne dass es auffällt. Er hat an einigen Abteilungs-Meetings teilgenommen, mit der Tay über die Literatur-Studienreise gesprochen, die er und Natalie im nächsten Jahr anbieten wollen – vor allem um sicherzustellen, dass alle wissen, dass er da ist und an etwas arbeitet, während er sich für den Rest der Zeit in seinem Büro verbarrikadiert und anderweitig beschäftigt ist. *Großer Gott, ich habe mich in Ken verwandelt.*

Ken, der sich in diesem Jahr mit kaum was beschäftigt hatte außer mit einer lautstarken Kampagne für neue Trikots für das Softballteam der Mädchen. »Wir können von unseren Mädchen doch nicht erwarten, dass sie Polyester tragen«, hat Sukhin ihn erst letzte Woche in der Personalküche zu Tat Meng sagen hören. »Das ist so schlecht für die Moral. Alle anderen Collegeteams tragen Tencel oder sogar Merinowolle.«

»Wolle? Beim Sport? Klingt nicht gerade praktisch.« Tat Meng wirkte hin- und hergerissen zwischen dem Wunsch, diesem Gespräch zu entfliehen, und ihrem Pflichtgefühl, das ihr gebot, den Sinn von wollener Sportkleidung in den Tropen in Frage zu stellen.

Die Genugtuung in Kens Gesicht war selbst auf der anderen Seite des Raumes nicht zu übersehen, wo Sukhin saß und auf einige Kollegen wartete, die zu einer Besprechung kommen sollten. Sukhin drehte den Kopf zur Wand, damit Ken nicht sehen konnte, wie er die Augen verdrehte.

»Das glauben die meisten Leute. Leute, die keine Ahnung von Stoffen und ihren Eigenschaften haben.« Ken verstummte kurz, um dann, für den Fall, dass Tat Meng es immer noch nicht kapiert hatte, noch hinzuzufügen: »Aber ich habe Ahnung. Ich halte mich bei diesen Dingen immer auf dem Laufenden, wissen Sie? Ich habe es mir zur Aufgabe gemacht, mein Gewerbe von Grund auf zu verstehen.«

*Dein Gewerbe? Du bist Sportlehrer!*

»Sukhin, ich sehe, du stimmst nicht mit mir überein.«

Diesmal hatte er vergessen, den Kopf zur Wand zu drehen. Verdammt. Er zuckte mit den Schultern und tat, als wäre er in sein Notizbuch vertieft.

»Du willst uns also erzählen, warum merinowollene Sportkleidung nichts taugt. Tu dir keinen Zwang an.«

Sukhin winkte ab. Keine Lust, sich provozieren zu lassen.

Ken hatte andere Vorstellungen. »Ich vermute, du weißt alles über den Trocknungsfaktor von Merinowolle? Und ihre antibakteriellen Eigenschaften? Zu deiner Info, das bedeutet, dass sie nicht stinkt. Sehr wichtig für die Mädchen. Sie wirkt auch temperaturausgleichend, ist also geradezu perfekt für Sportkleidung.«

»Ja, unbedingt. Merinowolle. Hervorragende Wahl.« *Geh und kauf sie oder verkauf sie oder gründe eine Religion. Oder züchte die Schafe.*

Ken verschränkt die Arme und stellt sich vor ihm in Positur. Sukhin hat den Verdacht, dass er das aus irgendeinem Selbsthilfebuch über Verantwortung hat. »Weißt du was? Diese Anzüge sind wichtig. Einigen von uns liegen die Kids am Herzen. Wir laufen nicht wie du mit Scheuledern durch die Gegend.«

»Scheuklappen.«

»Was?«

»Scheuklappen. Ich laufe mit Scheuklappen durch die Gegend.« Sukhin erhob sich – Zeit, sich vom Acker zu machen. »Der Begriff ›Scheuleder‹ ist veraltet, und wir haben doch schließlich den Auftrag, die heutige Sprache zu vermitteln. Also ziehe ich es vor, Scheuklappen zu tragen. Bitte, entschuldige mich – das war wirklich hochinteressant, aber ich muss zu einer Besprechung.«

Kaum eine sonderlich wichtige Besprechung, aber immerhin ein willkommener Grund zur Flucht. Sukhin hat die offiziellen Besprechungen immer schon gehasst – seit er Lehrer ist, könnte er heulen und lachen zugleich über das umständliche Durchgekaue der immergleichen Tagesordnungen, der immergleichen Argumente, der immergleichen Gegenargumente – aber in letzter Zeit gilt das Lachen genauso ihm selbst wie den anderen Lehrern. Sehr beunruhigend. Deshalb geht er diesen Besprechungen mehr und mehr aus dem Weg, versteckt sich in seinem Büro, vergräbt sein Gesicht in Science-Fiction-Romanen, versucht sich an Pappkartonarchitektur – er kann es einfach nicht lassen, seine Entwürfe für Jinns zweites Pappkartonhaus zu optimieren – und hofft, dass niemand dahinterkommen wird, dass er in Wirklichkeit ein dicker, fetter Betrüger ist. Als Dennis ihm nun vorwirft, zu viel zu arbeiten, presst er die Kiefer zusammen und knirscht mit den Zähnen. Einerseits scheint wirklich niemand den Verdacht zu hegen, dass er nachlässig wird – Dennis wäre der Erste, dem es zu Ohren käme, der Erste, der auf der Matte stehen würde, um theatralisch eine Erklärung zu verlangen, warum, Schatzi, warum, ist alles in Ordnung? Andererseits war es vielleicht auch nie nötig, so viel zu arbeiten. Aber das ist absurd – es ist doch immer so viel zu tun.

»Zuckerschnäuzchen, ist alles in Ordnung?«

»Was?« Dann geht ihm auf, dass er schon minutenlang vollkommen stumm über Denis steht. Dennis, der noch immer mit dem Rücken nach unten auf Sukhins Schreibtisch liegt.

»Du musst mal raus hier. Deswegen bin ich hier.«

»Du hast gesagt, du brauchst Hilfe.«

»Genau – du kommst mal hier raus und hilfst mir. Zwei Fliegen mit einer Klappe. Einfach brillant.« Er setzt sich plötzlich auf, so dass sich ihre Gesichter fast berühren. »Wir machen mit deinem und meinem Gemeinschaftskunde-Kurs einen gemeinsamen Nachprüfungsausflug.«

»Nein.«

»Doch – wir haben gelost und du und ich gehen zusammen.« Dennis wackelt mit den Augenbrauen. »Ich habe getrickst. War mir ein Vergnügen. So haben wir beide keine lahme Ente am Hals.«

Aber wir sind doch alle lahme Enten, sagt Sukhin nicht.

~

»Er lag auf seinem Schreibtisch!«

»Dennis lag auf seinem Schreibtisch? In der Matheabteilung? Aber warum ist er nicht einfach in den Aufenthaltsraum gegangen?«

»Er lag auf Sukhins Schreibtisch lah. Mrs Chandra hat es mir erzählt.«

»Was? Ach herrje, diese Frau ist eine solche Tratschtante.«

»Ja, ich weiß, aber trotzdem. Würdest du dich auf meinen Schreibtisch legen? Sind die beiden …«

»Nein lah. Du bist nur sauer, weil er dich nicht will.«

»Sehr witzig. Hab ich dir erzählt, dass er mir mal weismachen wollte, ich hätte asymmetrische Ohren?«

»Zweimal – aber ging es da nicht um deine Frisur?«

~

Morgen ist November – November! Überraschend und nicht überraschend. Die Jahre vor diesem sind genauso schnell vergangen, genauso ereignislos – verankert in der immergleichen Routine, den nächsten Schwung Erstsemester einzugewöhnen, die Zweitsemester auf die Prüfungen vorzubereiten, sich durch dieselben Texte mit denselben Antihelden, denselben Schlachten, denselben Toden durchzukämpfen; sich mit dem immergleichen Schlag von Kids herumzuschlagen, alle flammend überzeugt von der schneeflockenartigen Einzigartigkeit ihres Jahrgangs, ihrer Klasse, ihrer Probleme.

Er liest die Mail, die er gerade geschrieben hat, noch einmal durch. Das müsste passen – geheimnisvoll genug, um verlockend zu wirken, kurz genug, um unverbindlich zu bleiben, freundlich genug, um keinen Verdacht zu erregen. Er klickt auf Senden und hat dabei das Gefühl, eine Granate in unbekanntes Terrain zu schleudern – was, wenn das allem ein Ende macht? *Na, mal sehen, ob ich eine Antwort bekomme.*

Jedenfalls, in diesem Jahr – warum erwartet er, dass dieses Jahr anders wird? Er verspürt eine sonderbare Enttäuschung, jetzt, wo sich der Trubel um die Erstsemesterprüfungen gelegt hat und der Galgenstimmung vor der Verkündung der Prüfungsergebnisse gewichen ist. Eine Schülerin hat ihm gestern erzählt, sie würde sterben, wenn sie für ihren Aufsatz über moderne Literatur kein A bekäme. Er fand das so witzig, dass er fast einen Dennis-Moment gehabt hätte. *Süße, niemand stirbt an einer verhauenen Literaturprüfung. Die meisten Leute auf der Welt kriegen keinen zusammenhängenden Satz zusammen – alles wird gut.*

Aber dann musste er an Jinn bei den A-Levels denken – bleich, ängstlich und sich selbst marternd – also erzählte er der Schülerin, dass sie die Prüfung nicht verhauen hatte, dass er sein Exemplar von *Hamlet* fressen würde, wenn doch. Und jetzt, da er sich daran erinnert, wie erleichtert sie aussah, an die überraschte Freude in ihrem Gesicht, weil er etwas so Untypisches gesagt hatte, fragt er sich, ob er so etwas vielleicht häufiger mit seinen Studenten machen sollte. Es könnte interessant sein, die Auswirkungen von willkürlich gestreuten theatralischen Fähigkeits-Versicherungen bei der Hälfte seiner Klassen zu dokumentieren, mit der anderen Hälfte als Kontrollgruppe.

Er merkt es sich, um es Jinn zu erzählen, wenn er sie sieht – heute wird er wieder versuchen, sie zu finden.

Er hat sie seit einer Woche nicht mehr gesehen.

~

Die Antwort auf seine Mail kommt am nächsten Morgen – kurz, höflich, ohne Floskeln.

*Ja, komm übernächste Woche zu mir. Jederzeit nach 14 Uhr, Mittwoch oder Donnerstag. Bitte, sag Bescheid, was besser für dich passt.*

Er schreibt sofort zurück. *Mittwoch ist perfekt.*

~

Der gemeinsame Nachprüfungsauflug erweist sich als viel spaßiger, als Sukhin erwartet hatte. Er und Dennis kabbeln sich tagelang wegen der Route, dann entscheiden sie sich für einen Kompromiss – das Peranakan Museum, damit Dennis mit seinem Erbe protzen und alle Welt mit Details über die Porzellansammlung seiner Großmutter langweilen kann; dann eine Tour, vorbei an den Skulpturen im Central Business District und am Fluss entlang, wo Sukhin ein oder zwei Gedichte einfließen lassen wird; dann nach Sentosa zu Beachvolleyball und Abendessen, für die Kids. Sie chartern einen Bus, kaufen Sonnencreme, streiten sich über den richtigen Platz zum Mittagessen, schließen wieder einen Kompromiss, indem sie sich auf ein Lokal einigen, das sie beide verabscheuen, das den jungen Leuten jedoch gefallen wird, lassen sich alles bewilligen und klopfen sich dann selbst auf die Schultern, als sie alles – bis ins letzte Detail, bis hin zur Vorbestellung von Essen für die vegetarischen Kids, selbst für den komplizierten kleinen Schwachkopf, der sich weigert, Pilze zu essen, »weil die ja eigentlich auch irgendwie tierisch sind, und das finde ich komisch« – innerhalb von einer Woche geregelt haben.

Sukhin lässt das Peranakan Museum mit so viel Haltung wie möglich über sich ergehen, übersteht das Mittagessen, ohne auszurasten, und tut dann sein Bestes, um auf seinem Teil des Ausflugs nicht zu spießig zu wirken.

Zuerst führt er seine Schutzbefohlenen zu Salvador Dalís *Homage to Newton* auf der UOB Plaza – er geht davon aus, dass sie alle von Dalí gehört haben werden, ein einfacher Einstieg also. Aber Sukhins Vortrag ist einfach unerträglich dröge – er weist auf die entscheidenden Merkmale des fünf Meter hohen abstrakten Werks hin, das für ihn aussieht wie ein verzerrtes menschliches Skelett, verbreitet sich über Schwerkraft und Surrealismus, bis Dennis seinen Blick einfängt, eine Grimasse zieht und sich mehrmals mit der Hand über die Kehle fährt. Er hält die Klappe. Weiter geht es zu Fernando Boteros *Vogel*, nur ein kleines Stück entfernt. Der gefällt den Kids besser.

»Er ist so unheimlich *fett*«, sagt ein Mädchen zu einem anderen.

Das ist er wirklich, wie alle Wesen von Botero – riesiger, fetter Hals, massive, ausgepolsterte Brust, Oberschenkel vom Umfang seines Kopfes, knotige, monströse Krallen.

Dennis verkündet sein Urteil: »Viel zu viele Karbos.«

Sogar Sukhin muss lachen.

Die Tierstatuen kommen am besten an. Der schwarze Elefant auf einem Sockel vor dem alten Parlamentsgebäude, ein Geschenk von König Chulallongkorn aus dem Jahr 1872, wird vom stillsten Jungen in Dennis' Kurs für »stattlich, wie alle Elefanten« befunden; sie machen eine halbe Stunde Pause und alle außer Sukhin machen Fotos von den balgenden Singapura-Katzen auf der Cavenagh-Brücke. Sukhin steht etwas abseits und verkneift sich bissige Bemerkungen.

Die Tour endet beim Merlion in der Fullerton Road Nummer eins, der die Marina Bay überblickt. Natürlich haben sie ihn alle schon gesehen – schließlich ist er das bekannteste, kulturell am häufigsten in Anspruch genommene Bauwerk von ganz Singapur – aber aus der Nähe ist er schon beeindruckend. Ein vierstöckiges Wesen, halb Löwe, halb Fisch, das unermüdlich Meerwasser in die Bucht speit. Sukhin starrt, aufs Neue entsetzt – *naja, wenn sie auf Denkwürdigkeit aus waren, haben sie den Nagel auf den Kopf getroffen.* Sein Kurs steht um ihn herum, auch sie beäugen den Merlion mit widerwilliger Ehrfurcht.

»Unglaublich«, sagt Sukhin. »Im wahrsten Sinne des Wortes.«

»Wieviel die Regierung wohl in die Instandhaltung steckt?« Seine Lieblingsschülerin, Abi – ein ruhiges, zurückhaltendes, wohlerzogenes Mädchen mit einem Talent zum Stellen unbequemer Fragen.

Die Kids aus Dennis' Kurs lassen den Meerwasser speienden Merlion nicht aus den Augen, während er ihnen ihre Aufgabe erklärt – die wechselnde Geschwindigkeit des Strahls zu berechnen. »Nehmt euch bitte alle eine Kopie des Diagramms. Wer hat noch keine? Okay, gut. Geht von zwei Pumpen aus – eine, um das Wasser vom Meeresgrund zum Sockel des Merlion hochzuholen und eine, um es ihm ins Maul zu pumpen. Und es kommt noch besser – berechnet ein, dass der Druck des Meerwassers, das ins Rohr fließt, sich jedes Mal ändert …«

Zeit für das Gedicht, das er für diesen Teil der Exkursion vorgesehen hat. »Der Merlion« von Alfian Sa'at. Sukhin übergibt dem am nächsten Stehenden einen Stapel Kopien. »Nimm dir eine und gib sie weiter.«

Während seine Schülerinnen und Schüler auf ihre Blätter starren, liest er laut vor.

»Ich wünschte, er hätte Pfoten«, sagtest du.
»Er ist ziemlich grotesk, so, wie er ist,
du weißt schon, gliedlos; kannst du dir
vorstellen, wie er sich durchs Wasser windet
wie ein Post-Tschernobyl-Albtraum?
Ich meine, wie bewegt er sich? Wie ein
Torpedo? Oder stemmt er sich
gegen die Strömungen, knirscht frustriert mit den Zähnen,
seine wütende Mähne gebleicht
zur Farbe einer ertrunkenen Sonne?
Aber gönne ihm einen zweiten Blick,
wie so erdverbunden er posiert,
ausgesetzt an dieser rauen Küste,
als wäre er unsicher, was sein rechtmäßiger
Hafen ist. Könnte es sein, dass er,
überkommen von dieser ungewohnten Klarheit,
beschlossen hat, die von Seetang verhüllten
Tiefen gegen Land einzutauschen? Vielleicht schämt er sich
(aber was für eine kühne Front!)                    [ja sogar dafür
ein Meereswesen zu sein; sieh, wie er
versucht, sich von seinem nassen Erbe zu befreien,
in diesem endlosen Strom der Verleugnung, wie er
seinen Leib von Flüssen der Erinnerung, von flüssigen
Geschichten reinigt.
Was für ein Rätsel, dieser kleinere Bruder der Sphinx.
Welch geschwisterliche Polarität, wie die Lippen seiner
Schwester versiegelt sind
von Selbsterkenntnis und wie seine eigenen Kiefer
aufklaffen in Selbstzweifel, noch immer
überrascht, nach all diesen Jahren.«

»Und doch … welche brandneue Sonne kann
den schillernden Schleim von seinen Schuppen trocknen

und welch frischer Regen das brennende Salz
aus diesen kalkblinden Augen waschen?«

Eine Pause.

»Und warum speit er immer weiter?
Ich meine, du weißt, ich meine ...«

»Ich weiß genau, was du meinst«, sagte ich,
während ich die blonden Strähnen in deinem schwarzen
Haar betrachtete
und deine blauen Linsen, den Schatten eines fremden
»Er hört nicht auf die speien, und sei es nur [Himmels.
um sein Spiegelbild im Wasser zu zu zerstören; solche
Erinnerungen
werden ein Wesen nur erschrecken, so begierig darauf, sich
selbst neu zu erfinden.«

Noch eine Pause.

»Ja«, antwortetest du schließlich, mit diesem Akzent, den du
dir zugelegt hast.
»Naja, schon, aber ich wünschte noch immer, er hätte
Pfoten.«

Als er fertig ist, sind alle Augen auf ihn gerichtet. Wieviele von ihnen denken über das Gedicht nach, das er gerade vorgelesen hat, fragt er sich, und wieviele fragen sich nur, ob sie sich die Mühe machen sollen? Wieviele von ihnen werden das in Erinnerung behalten? Abi – wenn sie einst eine Top-Juristin sein wird, wird sie sich daran erinnern, dass sie einmal seine Lesung von »Der Merlion« über sich ergehen lassen musste, während die Nachmittagssonne auf sie und zweiundzwanzig weitere Schülerinnen und Schüler herunterbrannte?

Sukhins Blick verliert sich für den Bruchteil einer Sekunde auf halber Höhe. *Ich werde wohl wirklich alt – ich fange schon an, mich mit meiner Verbannung aus den nostalgischen Anfällen der nächsten Generation auseinanderzusetzen.* »Okay, lasst uns anfangen. Was muss der Dichter beim Leser über den Merlion als bekannt voraussetzen, damit dieses Gedicht funktioniert? Irgendwelche Vorschläge?«

Zu seiner Erleichterung gibt es welche. Je schneller sie diese Übung hinter sich bringen, desto früher kommen sie aus der Sonne und hier weg.

Später sitzen er und Dennis in einem Café am Siloso Beach unter einem großen Sonnenschirm und versuchen zu vergessen, dass sie eigentlich eine Horde von Siebzehnjährigen hüten sollen. Dennis starrt auf sein Telefon und durchstöbert Internet-Plattformen nach einem Paar Halbschuhe, das er entweder in Books Kinokuniya oder in der Lobby des Mandarin Orchard an jemandem gesehen hat, der vielleicht ein lokaler Modedesigner gewesen sein könnte. »Ich weiß nicht mehr, wie der Typ heißt, aber er sah echt gut aus, und diese Halbschuhe könnte ich wirklich zu allem anziehen, was ich habe.« Sukhin liest ein Buch über die Geschichte des Backens und tut sein Bestes, um Dennis zu ignorieren.

Ihre Getränke kommen – Limette und Soda für Dennis, Zitronen-Eistee für Sukhin. Nach langem Hin und Her haben sie sich schweren Herzens darauf geeinigt, keinen Alkohol zu trinken, bis der Bus die Kids um neun Uhr abholt.

»Warum bist du Lehrer geworden?«

Der Wechsel kommt abrupt, aber die Frage schwirrt Sukhin schon seit Stunden durch den Kopf. Nachdem er seine Klasse in Grüppchen aufgeteilt hatte, um über das

Gedicht zu diskutieren, hatte er zugesehen, wie Dennis in seinem College-T-Shirt, Bermudas und mit dem Strohhut auf dem Kopf um den Merlion herumgetänzelt war und es dabei irgendwie geschafft hatte auszusehen, als sei er kurz davor, in die Strandclubs einzufallen. Im absoluten Widerspruch zu der Art, wie er unterrichtete – wo er seine Schüler mit klaren, logisch durchdachten Fragen bombardierte, von ihnen Neugierde, Wissensnachweise, aktive Beteiligung verlangte. (»Bei dieser Höhe, h = 7,2: Ist das die Minimalgeschwindigkeit, damit der Merlion Wasser speien kann? Nicht tropfen, nicht sabbern – wir wollen, dass er speit, spritzt, strömt, was auch immer. Ist sie es also? Beweist es. Peng Siong, wie würdest du anfangen? Was würdest du als Erstes festlegen?«) Die Schüler hatten total fasziniert ausgesehen, sie wollten alle Teil dieses Schlagabtauschs sein, ohne zu wissen, warum. Sukhin wäre gern nur für fünf Minuten einer von ihnen gewesen.

Dennis nippt an seiner Limonade und lehnt sich in seinem Stuhl zurück. »Mir ist einfach keine andere Möglichkeit eingefallen, um dich kennenzulernen – also habe ich dich den ganzen Weg bis zur Uni verfolgt, und dann bis zu unserer reizenden Institution, und jetzt sitzen wir hier.« Er weist mit einer theatralischen Geste auf den Innenhof des Cafés, der zur Hälfte gefüllt ist mit Touristen, die halbherzig an ihren Cocktails nippen, halb wünschend, sie wären statt dessen nach Bali gefahren. »Sentosa, Ort der Erregung und leidenschaftlichen Affären.«

Sukhin seufzt. »Dennis.«

Dennis starrt ihn an. »Ach, du meinst es ernst. Sorry, Schatz.« Er fummelt an seinem Strohhalm herum. »Du willst es wirklich wissen? Ich muss dich warnen – es ist keine besonders spannende Geschichte.«

Sukhin winkt ungeduldig ab. Warum fangen so viele Leute ihre Geschichten so an?

»Okay, also, ich wollte unbedingt, unbedingt ins Ausland.« Dennis sieht Sukhin nicht an. »Ich weiß, es klingt wirklich schrecklich, Schatz, aber ich wollte so unbedingt weg von meiner Familie. Die haben mich in den Wahnsinn getrieben.«

Als also das Bildungsministerium Dennis ein Stipendium angeboten hatte, das ihm die Chance bot, der Vierzimmerwohnung, die er mit seinen Eltern und drei Brüdern teilte, zu entfliehen und nach Cambridge zu gehen, hatte er zugeschlagen. »Ich hatte mich vorher schon an allen großen Universitäten beworben, obwohl wir uns das nicht leisten konnten. Tollkühn, was? Ich dachte mir, ist doch egal. Wenn sie mich nicht nehmen, nehmen sie mich eben nicht.« Er grinst. »Sie haben mich also genommen und ich fing an, mich nach Stipendien umzusehen. Hab das erste genommen, das bewilligt wurde. Alle waren *so* sauer auf mich. Meine Mutter hat ein echtes taiwanesisches Drama aufgeführt – eine nicht enden wollende Tirade über diesen bösartigen, hinterhältigen kleinen Scheißer, zu dem ich geworden sei.« Dennis verdreht die Augen. »Was für eine Dramaqueen. Aber sie hat sich wieder eingekriegt.«

»Also keine Reue?«

»Süßer, bitte.« Dennis winkt dem Kellner und zeigt auf sein Glas. »Fragst du mich ernsthaft, ob es nichts gibt, was ich lieber tun würde als hochnäsigen Gören, die nur darauf warten, dass ich mich blamiere, Mathe für Fortgeschrittene beizubringen?«

»Du bist aber doch so gut darin.« So, wie er es sagt, klingt es wie ein Vorwurf.

»Du hörst dich an wie ein eifersüchtiges altes Fischweib, das mit einer jungen Hure spricht.« Dennis legt Sukhin eine Hand auf die Schulter. »Schatzi, fünfunddreißig ist gar nicht so alt.«

*Ist es wohl.* Und in zwei Monaten wird er sechsunddreißig.

»Wie auch immer, du bist dran. Warum wolltest du Lehrer werden?«

»Mein Vater hat gesagt, ich könnte das nicht.«

Die Kurzversion klingt unglaublich dumm, also muss Sukhin Dennis auch noch die deutlich weniger gekürzte Version der Geschichte erzählen. Ihm geht auf, dass er die noch nie jemandem erzählt hat, außer Jinn. Seit Jahren hat ihn niemand mehr gefragt, warum er sich dafür entschieden hat, Lehrer zu werden; ganz am Anfang, im ersten Studienjahr, als alle wissen wollten, warum alle anderen unterrichten wollten, hatte er seine Geschichte dröge und glaubhaft gehalten – »Es ist eine sichere Stellung und ich arbeite gern mit Kindern« – und komplett an der Wahrheit vorbei.

Und die Kurzversion trifft es auch nicht ganz. Sein Vater hatte nicht wörtlich gesagt, dass er das nicht könne. Aber er hatte gesagt, als Sukhin erklärt hatte, er wolle Englische Literatur und Sprachwissenschaft studieren: »Aber was willst du denn damit anfangen?«

Dieses »aber« hatte ihn gewurmt, diese Einleitung zu einer Diskussion über ein Thema, von dem Sukhin geglaubt hatte, dass es nicht zur Debatte stehe.

»Ich weiß noch nicht. Etwas Sinnvolles, hoffe ich.« Ach, wie naiv er doch gewesen war! Jetzt war ihm klar, warum diese Wortwahl seinen ernsthaften, pragmatischen Vater verwirrt und enttäuscht hatte, den Sohn des Rahmenmachers, der sein Leben lang für einen Studienplatz in Medizin geschuftet hatte, der einfach nicht wusste, wie er den mangelnden Ehrgeiz seines Sohnes geißeln konnte, ohne dabei auch seinen Sohn zu geißeln.

»Sinnvoll? Inwiefern?«

Sukhin wusste, dass er sich auf sumpfiges Gelände begab – er konnte die Frage nicht einmal für sich selbst beantworten. Doch zu seinem Vater sagte er: »Ich würde gern etwas daran ändern, wie Menschen denken, leben, sich verhalten.«

»Medizin, Sukhin. Studiere Medizin und werde Arzt.«

Er hatte nicht damit gerechnet, dass sein Vater, der eloquente Dr. Jaswant Dhillon, der Süßholzraspler, jegliche Subtilität fahrenlassen würde. Dieser Taktikwechsel brachte Sukhin so durcheinander, dass er bei der freien Entfaltung dieses idealistischen, altruistischen Gedankengangs den Faden verlor.

»Ich wäre ein grauenhafter Arzt«, platzte es aus ihm heraus. »Ich habe daran gedacht zu unterrichten.« Hatte er nicht, aber der Schock im Gesicht seines Vaters war es wert.

»Zu unterrichten? Du?«

»Warum nicht?«

Sein Vater riss die Arme hoch. »Warum?«

Sie funkelten einander über den Küchentisch hinweg an, zwei perfekte Zerrbilder – der breitschultrige, bärtige Riese und das feingliedrige Vögelchen von einem Sohn.

»Dir stehen alle Türen offen, Sukhin. Alles.« Eine Pause, während sein Vater offenbar nach den richtigen Worten suchte, um ihn zu erreichen. »Du hast ein hervorragendes Gedächtnis, das Lernen fällt dir leicht. Du warst immer schon so logisch, so schnell, so gut in Bezug auf Details. Alles, was du dir jemals vorgenommen hast zu lernen, hast du gelernt. Und du bist geschickt. Als wir bei dieser Aufführung in der Schule waren und ich die Apparate gesehen habe, die du gemacht hast, all die großen und kleinen Teile, die zusammenpassten, habe ich zu deiner Mutter gesagt: ›Sieh dir das an, aus dem wird ein guter Chirurg.‹«

Sukhin musste sich zwingen, um über der Erzählung seines Vaters nicht kleinbeizu geben. Er fühlte sich hilflos und wütend – warum war Schuld immer seine erste und stärkste Empfindung, wenn es um seinen Vater ging?

»Hör auf deinen Papa. Tu das nicht – du wolltest noch nie Lehrer werden, du hast nie das geringste Interesse daran gezeigt, irgendwem irgendetwas beizubringen. Dein Leben lang hast du nur gelernt, was du lernen wolltest – *als Lehrer musst du lernen, was andere Leute lernen sollen.* Das wird dir nicht gefallen. Hör auf mich, Sukhin. Mach was anderes. Hör auf deinen Papa.«

Das war ein Schlag unter die Gürtellinie, fand Sukhin – der Rückfall zu »Hör auf deinen Papa«, der kalkulierte Appell an seine kindlichen Instinkte, an das bedingungslose Vertrauen zu dem, der ihm beigebracht hatte zu laufen zu schwimmen radzufahren sich totzustellen, wenn ein Bär sich nähert.

Also hatte er auf stur gestellt.

»Oh Gott, wie ödipal!«

»Ich will ihn nicht umbringen, Dennis.«

»Du willst ihn Lügen strafen. Du hast jetzt – wie viele, zehn Jahre, oder? – mit all dem hier verbracht« – eine große Geste, die die Schüler einschließt, die ein Stückchen weiter eine eigenartige Mischung aus Volleyball und Fußball spielen – »um ihm zu beweisen, dass er im Unrecht ist. Süßer, du bist sowas von am Arsch.«

»Ich bin sowas von am Arsch.« *Aus mir hätte ein guter Chirurg werden können.* Sukhin lässt die Stirn auf den Tisch sinken und schließt die Augen.

»Okay, jetzt machst du mir Angst. Ich werde mal die Kinder zusammentrommeln und dann essen wir was.«

~

Sukhins Schädel dröhnt. Alles dreht sich vor seinen Augen. Dennis liegt schnarchend neben ihm im Bett, die Arme weit von sich gestreckt. Angewidert stellt Sukhin fest, dass sie beide noch die Kleider von gestern anhaben. Er fährt sich mit der Hand durch die Haare. Sand und irgendwas Klebriges. Uäääh.

Als er ins Wohnzimmer stolpert, sieht er, dass die Wohnungstür weit offensteht. *Was zum Teufel.*

Die Uhr in der Küche sagt ihm, dass es fast elf ist. Zum Glück ist Samstag. Er stellt den Kessel auf den Herd und fühlt sich wie der Tod. Sein Kopf ist so, so schwer.

Ein Geräusch aus dem Schlafzimmer. Dennis. Sukhin hatte ihn fast vergessen.

»Oh wow, du siehst aus wie Scheiße.«

Sukhin schließt sich für eine halbe Stunde in der Dusche ein.

~

»Du siehst grauenhaft aus.«

»Halt die Klappe, ich hab dir Kuchen mitgebracht.«

»Harte Nacht?«

Jinn lacht über seinen Bericht vom vergangenen Abend – das Chaos bei der Fütterung der Kids und beim Versuch, sie zusammenzutreiben, als der Bus kam, um sie nach Hause zu bringen, die endlosen Piña-Colada-Runden (zwei für zwanzig Dollar), der Rum aufs Haus (weil Dennis dem Barkeeper Honig ums Maul geschmiert hat), die große schwarze Lücke in seiner Erinnerung zwischen dem vierten Kurzen und dem Aufwachen neben Dennis in seinem Bett.

»Er hat Frühstück gemacht und gefragt, ob er zärtlich genug war. Ich hätte ihn mit meinem Teelöffel erstechen sollen.«

»Du hättest ihn verfehlt.« Sie hebt ein Stück Kuchen in die Höhe. »Der ist gut. Es ist schon eine Weile her, dass ich Zitronenkuchen gegessen habe.«

Er erzählt ihr nicht, dass er ihn gebacken hat, oder dass drei Probeläufe notwendig waren, um die Konsistenz richtig hinzukriegen.

Sie ketten Jinns Fahrrad und ihren Rucksack an einer Bank an und gehen spazieren. Auf der roten Stahlbrücke, die zum Wetlands-Reservat hinüberführt, bleiben sie stehen, im letzten Tageslicht, um den Libellen zuzuschauen, die wie manische kleine Doppeldecker umherjagen, und er erzählt ihr, wie er Dennis erzählt hat, warum er Lehrer geworden ist.

Er wiederholt das ziemlich trostlose Ergebnis dieses Gesprächs: »Ich bin sowas von am Arsch, Jinn.«

»Nein.«

Er kann sie nicht ansehen. Sein Herz hämmert plötzlich genauso wie in der Nacht vor so vielen Jahren, als er ihr erzählt hat, dass er gerne Paläontologe werden würde.

Sie bringt ihn völlig aus der Fassung, indem sie ihn an den Schultern fasst und näher zu sich herzieht, dann ihre Arme um ihn legt. Er steht ganz, ganz still. Eine Libelle sirrt vorüber und knallt an die Brücke.

»Du bist nicht am Arsch, Sukhin«, sagt sie, ihr Mund ganz dicht an seinem Ohr, ihr Gesicht ganz nah an seinem.

»Du hast nicht zehn Jahre damit verbracht, deinen Vater Lügen zu strafen. Du hast dir selbst bewiesen, dass du unterrichten kannst. Und das kannst du. Du bist müde, du wünschst, es wäre leichter, du wünschst, du könntest es lieben. Aber am Arsch bist du nicht.«

Er kann ihre Umarmung nicht erwidern, er ist zu sehr damit beschäftigt, nicht loszuheulen.

»Wenn du mir noch einmal erzählst, dass du am Arsch bist, hau ich dir eine rein. Ich werf dich in den Fluss und sag den Ottern, sie sollen dich fressen.«

Er heult los.

*Es ist eine lange, niedrige, breite Mauer inmitten eines Gartens voller langer, niedriger, breiter Mauern. Polierter Stein, mit fünf Reihen rechteckiger Marmorfliesen, alle identisch. Die Fliesen in der obersten Reihe tragen alle Inschriften, einen Namen, ein paar Daten und ein kleines Foto.*

*In der zweiten Reihe trägt nur eine Fliese eine Inschrift. Die Frau streckt die Hand aus und streicht mit einem Finger über den Namen.*

*»Es tut mir leid.«*

*Sie dreht sich um. Ein fremder Mann steht neben ihr, mit einem kleinen Blumenstrauß in der Hand. Er hat ein freundliches Gesicht.*

*»Meine Mutter liegt da drüben.« Er weist mit den Blumen auf eine andere Mauer in der Nähe. Er beugt sich ein wenig herunter und betrachtet das Foto auf der einzigen beschrifteten Fliese in der zweiten Reihe. »Schwester?«*

*Sie nickt.*

*»Sie sieht genau aus wie Sie.«*

*Die Frau und der Fremde betrachten einige Minuten lang das Foto. Er teilt seinen Blumenstrauß in zwei Teile und legt sie auf den schmalen Vorsprung vor der Fliese. »Mum wird es nicht stören.« Er geht weg.*

*Sie führt eine Hand an ihr Gesicht und merkt, dass es nass ist.*

## XII

Er läuft jetzt abends. Eine der Sportlehrerinnen hat ihm gesagt, dass es Zeit sei, seine Route ein bisschen zu erweitern.

»Du musst dich zwingen«, hat sie gesagt. »Oder deine Muskeln werden träge.«

Er versteht nicht, wie Muskeln träge werden können, während sie doch eigentlich arbeiten sollen, aber er ist bereit, sich zu zwingen. Nisah muss ja wohl wissen, wovon sie spricht – sie hat zweimal den Ironman absolviert. Nicht, dass er auch nur mit dem Gedanken spielte, sich zu irgendetwas anzumelden, das einem Ausdauerwettkampf auch nur nahekommt.

Laufen, hat Sukhin für sich beschlossen, ist was für Unsportliche, für Sturköpfe, für Poser. Im Grunde ist es ein anspruchsloser Sport, zu dem keine besonderen Fähigkeiten nötig sind, außer der grundsätzlichen Fähigkeit sich zu bewegen; keine Strategie, keine Verständigung mit anderen Spielern – um darin gut zu sein, um darin gut sein zu wollen, denkt Sukhin, als er sich durch das letzte Drittel seiner neuen sechs-Kilometer-Strecke quält, muss man ganz und gar vom Ego oder von Verzweiflung getrieben sein. Eine Frau federt vorüber, eine einziger Traum aus schlanken Gliedern und Designer-Klamotten, aus ihrem Telefon schrillt ein beschwingter Song, den er nicht erkennt. Sukhin knirscht mit den Zähnen. *Oder für Soziopathen, für Irre.*

Ein weiterer Läufer holt auf. Ein Mann ungefähr in seinem Alter, etwas kräftiger, sonnengebräunt und rank und muskulös. *Fitness-Affe.* Für einen kurzen Moment hält er mit Sukhin Schritt – kein Problem: Sukhin ist langsam – dann beschleunigt er, zieht an ihm vorbei. Sukhin macht schnellere, längere Schritte; der Mann kann problemlos mithalten. *Blöder Arsch.*

Sie nehmen keinen Blickkontakt auf. Sie bewegen nicht den Kopf, um einander anzusehen. Aber es ist klar, dass das Rennen begonnen hat.

Sie rennen im Gleichschritt, vorbei an einem knutschenden Paar auf einer Bank, vorbei an einer Gruppe Inlineskater, die gerade Pause machen, vorbei an einer Familie, die sich um eine Grillstelle schart, an schreienden, einander herumschubsenden Kindern. Sukhin schaudert es. *Bestien.* Er gerät aus dem Tritt und stolpert über einen herumliegenden Pappbecher. Der Mann geht in Führung. Sukhin holt tief Luft und hechtet vorwärts, aber es ist zu spät – der Pappbecher hat ihm den Schwung genommen und jetzt fühlen sich seine Füße an wie Sandsäcke.

Er trottet noch eine Weile weiter und verliert dabei stetig an Tempo; mit jedem unmotivierten Schritt nimmt die Entfernung zwischen ihm und dem Unbekannten zu. Das Rennen ist vorüber, aber Sukhin wird nicht gelassen in diese gute Nacht gehen. In Gedanken zählt er bis tausend, dann versucht er, sich das Periodensystem zu vergegenwärtigen, um sich von seinen brennenden Beinen, seiner zum Bersten gespannten Lunge abzulenken. Aber es hat keinen Zweck. Nur noch am nächsten Mülleimer vorbei, sagt er sich, nur noch ein Mülleimer. *Wo sind die verdammten Mülleimer?* Endlich sieht er einen, knallgrün, sogar in der Dunkelheit. Er hechelt darauf zu, ein Häuflein Elend aus

Gliedern, Schweiß und Verzweiflung. Lässt ihn hinter sich, lässt den fast leuchtenden Plastikbehälter für Müll hinter sich, der zum Ankerpunkt seines gesamten Laufs geworden ist.

Geschafft. Sukhin kommt zum vollständigen Stillstand.

Er schaut sich um. Er hat seinen geplantes Ziel, für das er irgendwo viel weiter hinten eine Schleife hätte machen müssen, um einiges überboten und befindet sich nun in einem wesentlich ruhigeren Teil des East Coast Parks, weit hinter den Grillstellen und den Fischrestaurants und dem Teich mit dem Wasserski-Simulator. Kein Mensch scheint sich hier aufzuhalten und er hat diesen Teil des Parks noch nie erkundet, also geht er weiter und fühlt sich dabei ein bisschen, als würde er ein neues Gebiet erobern.

Aber es ist einfach noch mehr von demselben Park – die gleichen Bäume, die gleichen Mülleimer, noch eine öffentliche Dusche, noch eine Fahrradvermietung, derselbe Pfad, der einem den Weg weist durch edle, frischfrisierte Pflanzenbüschel. Die einzige Abweichung vom amtlich gepflegten Parktum ist eine Gruppe von Zelten, die parallel zum Ufer unter einer Baumgruppe kauern, geschützt vor dem grellen Licht der Straßenlaternen, die den Pfad flankieren.

Als er näher herangeht, um sich die Sache genauer anzusehen, sieht er Menschen vor den Zelten, einige kochen auf Campingkochern, andere unterhalten sich leise. Eine kleine Lampe hängt von einem Ast. Bei einigen Zelten ist der Reißverschluss hochgezogen, davor stehen Flip-Flops in einer Reihe nebeneinander.

Ein Rätsel. Wie schön kann es sein, in einem solchen Park zu zelten, hundert Meter von einem riesigen Parkplatz, mit McDonald's fast vor der Tür?

»Hallo! Willst du Wasser?«

Er fährt zusammen. Das Angebot stammt von einem Mann, der aussieht, als wäre er etwa so alt wie sein Vater, und der ihn besorgt mustert. Sukhin realisiert, dass er vom Laufen immer noch schwankt, und er muss aussehen wie ein jämmerliches Wrack. Er nickt, eher aus Neugierde denn aus Durst, und folgt dem Fremden zu einem der Zelte.

Der Mann reicht ihm einen Becher Wasser. »Erst mal setzen lah. Bisschen ausruhen.«

Die Plastikplane vor dem Zelt des Mannes sieht sauber aus und Sukhin will sie nicht schmutzig machen. Aber er will auch seine Schuhe nicht ausziehen – es empfiehlt sich einfach nicht, die Schuhe auszuziehen, so lange man nicht absolut sicher ist, dass keine Gefahr droht.

»Hey, keine Sorge lah. Setz dich einfach.«

Wenn er sich weigert, wird er vermutlich als Snob oder als Arschloch dastehen. Also setzt er sich befangen an den Rand der Plane, die Füße im Gras.

»Ich will nur checken, weil jemand sagt, du bist vielleicht von der Polizei«, sagt der Mann. Sein Tonfall ist freundlich, verbindlich. Er sieht zu, wie Sukhin eilig den Becher leert. »Zum Rennen braucht man Wasser, weißt du.«

»Ich weiß. Entschuldigung.«

»Kein Grund. Wasser kostet nichts, trink einfach.« Der Mann lächelt. »Komisch, was? Als ich ein Haus hatte, musste ich für Wasser bezahlen. Jetzt hab ich kein Haus mehr und Wasser ist umsonst. Einfach so lah, was?«

*Yup. Einfach so lah.*

~

»Polizei, he?«

»Nein lah. Er sagt, er ist Lehrer.«

»Und warum gibst du ihm dann deinen Namen und deine Telefonnummer?«

»Er sagt, er hat ein Projekt, wo Leute für umsonst Abendessen kochen, alle können hin. Er sagt, er fragt, ob sie Essen herbringen.«

»Ha. Hat er nicht lah. Keong, wo gibt es Leute, die was für umsonst machen?«

»Komm. Er sagt, es gibt sie. Wenn es sie gibt, gibt es sie lah. Wenn nicht, auch egal.«

~

Sukhin hätte sich fast verlaufen, aber dann kommt er sogar fünf Minuten zu früh an.

Der Ort, den sie gewählt hat, liegt abseits der belebten Straßen, abseits der angesagten Boutiquen und der Damen, die erst lunchen und sich dann ein paar Drinks genehmigen. Eine Ziegelfassade mit einer Glastür. Darüber hängt eine kleine Metallplatte mit einer Gravur. Traurige Zypresse. Komischer Name für ein Café.

Er geht hinein. Die Tür ist viel schwerer, als sie aussieht; er wäre fast rückwärts getaumelt.

Ein Kellner kommt eilig auf ihn zu, bittet um Entschuldigung wegen der Tür. Sukhin schaut sich schnell um. Nur zwei Tische sind besetzt und er sieht sie nicht.

»Mr Dhillon?«

Wie nervig. »Ja.«

Er folgt dem Kellner nach oben, durch einen kurzen, dunklen Gang und in einen Raum voller gewaltiger Tontöpfe mit feinblättrigem Bambus. Oben wird das Dach durchbrochen von kleinen Fenstern, die Sonnenstrahlen hereinlassen. In der Mitte des Raumes, an einem Tisch für zwei, trinkt sie Tee aus einer Glastasse. Sie steht auf, als er auf sie zukommt. Ihr Kleid ist schlicht und grau und es fällt in einer geraden Linie von ihren Schultern bis zu ihren Knöcheln.

»Sukhin!« Ihre Stimme klingt wärmer als erwartet.

Sie sieht kaum älter aus als bei ihrer letzten Begegnung – vor zehn, vielleicht elf Jahren. Er fragt sich, ob sie findet, dass er älter aussieht.

»Hi Ping, danke, dass du gekommen bist.«

Sie setzen sich. Es steht nichts so Profanes wie »einfach schwarzer Tee« auf der Karte, also landet Sukhin bei einem sündhaft teuren Gebräu aus Tannennadeln, Basilikumsamen und weiterem un-teeigen Zeug. Ping erzählt ihm, wie schön es ist, ihn wiederzusehen, nach all den Jahren, und klingt, als ob sie es auch meint. Er erzählt ihr, dass er an ihrem alten College unterrichtet, und wünscht, ihm würde etwas Interessanteres einfallen. Dann verbringen sie eine, wie Sukhin findet, endlos lange Zeit damit, über Belanglosigkeiten zu sprechen, während sie beide das einzige Thema umkreisen, das sie hergeführt hat.

Sukhin gibt als Erster auf. Er habe keine Ahnung gehabt, dass Jinn verschwunden sei, erzählt er Ping.

»Echt nicht? Es stand in der Zeitung, überall auf Facebook. Wir haben es Gott und der Welt erzählt.«

»Ich lese keine Zeitung«, gibt er zu und kommt sich blöd dabei vor. Alle gehen fest davon aus, dass Lehrer Zeitung lesen – warum? Die sind so ermüdend. »Und ich bin nicht in den sozialen Medien unterwegs.«

Sie zeigt keinerlei Überraschung. Er verspürt plötzlich einen Anflug von Respekt gegenüber Juristinnen. Jede andere hätte zumindest eine Augenbraue gehoben.

»Hast du von ihr gehört?« Sie schaut ihm direkt in die Augen.

»Nein.«

Sie nippt wieder an ihrem Tee. »Ich dachte, du hättest. Deine E-Mail kam so völlig unerwartet.« Pause. »Ich dachte, du hättest vielleicht Neuigkeiten.«

Nein, sagt er ihr, hat er nicht. Aber bei dem Versuch, Jinn für ein Klassentreffen ausfindig zu machen, habe er erfahren, dass sie verschwunden sei. Er habe nicht gewusst, wen er anrufen oder fragen könnte, aber dann sei ihm Ping eingefallen.

»Wie hast du mich gefunden?«

»Hab ich nicht. Jemand hat mir erzählt, dass du eine Bäckerei aufgemacht hast, und den Rest hat Google erledigt.«

Sie sitzen sich eine Weile schweigend gegenüber. Sukhin stupst mit dem Teelöffel an den Tannennadeln unten in seiner Tasse herum. Ping tippt lautlos mit dem Finger gegen den Rand ihre Untertasse.

»Herzlichen Glückwunsch zur Bäckerei – ich höre nur Gutes darüber.«

Ping lächelt und wirkt erfreut. »Danke.«

Er fragt sich, ob sie an ihre Schwester denkt – kann es sein, dass Ping, so wie er, nicht an Kuchen denken kann, ohne an Jinn zu denken? Eine Bäckerei zu betreiben muss sie doch fortwährend an ihre Schwester erinnern – tut sie es deshalb?

»Meine Kollegen haben mir zum Geburtstag eine von deinen Torten spendiert. Sehr gut.« Warum sagt er das alles? Er muss aufhören zu reden.

»Wie schön.« Sie seufzt, plötzlich sieht sie müde aus. »Weißt du, ich hatte wirklich gehofft, du hättest Neuigkeiten für mich.«

»Sie wäre nicht zu mir gekommen.« Ist sie auch nicht.

Das ist vermutlich der Grund, warum Ping nicht versucht hat, ihn zu erreichen, als Jinn verschwunden ist. Sie wusste sicher alles über die Umstände ihrer Trennung – sie wusste wahrscheinlich mehr als er. Jinn hatte ihr immer alles erzählt.

»Meine Schwester sagt, es ist nicht normal, die Augen offen zu lassen, wenn man jemanden küsst«, hat Jinn einmal gesagt, völlig aus dem Nichts. Sie waren in ihrem Zimmer auf dem Campus. Sie büffelte für einen Test, er kämpfte gegen den Drang an, aufzuräumen.

Sukhin wäre am liebsten im Erdboden versunken. »*Das* hast du ihr erzählt?«

»Küss mich – und versuch es mit geschlossenen Augen.«

»Bei dir hakt's wohl.«

»Ping sagt, vielleicht bei dir. Los, versuch die Augen zuzumachen.«

Er spürte, wie er rot wurde. Er fing an, Jinns Bücherregal umzusortieren. Er würde ihrer Schwester nie mehr in die Augen schauen können.

Und doch sitzt er hier, trinkt Tee in diesem affigen Café und schaut ihr in die Augen. Lügt ihr ins Gesicht. *Will' und Geschick sind stets in Streit befangen.*

~

Eines der Otterjungen hat einen Fisch gefangen. Es hält ihn mit den Vorderpfoten und beißt ihm mit seinen kleinen Otterzähnen den Kopf ab. Die Menge flippt aus – und jeder Amateurfotograf in Zoom-Entfernung macht sich her über Fisch Gefangen um Vier Uhr Siebenunddreißig.

Der kleine Otter schaut Sukhin direkt ins Gesicht, während er an den Eingeweiden seines Opfers nagt.

»Ich weiß nicht, wo sie ist«, erzählt Sukhin ihm und

beugt sich dabei leicht über das Gitter, das den Weg vom Flussufer trennt. »Tut mir leid.«

Es ist der dritte Tag in Folge, an dem er sie nicht finden kann. Letzte Woche hat er sie nur zweimal gesehen. In der Woche davor keinmal. Er vermisst das Kartonhaus, die Gasse – einfachere Zeiten. Jetzt, da Kim Sengs Fahrrad Jinn zu einem beweglichen Ziel gemacht hat, weiß Sukhin nie, wann er sie wiedersehen wird, oder wo. Letzten Samstag musste er vier Kilometer laufen, bis er sie endlich gefunden hatte. Sie lag unter einer Brücke und beobachtete ein Vogelpaar beim Nestbau auf einer kleinen Insel im Fluss.

»Pssst«, flüsterte sie, als er näher kam. »Architekten am Werk.«

Die Hälfte der Zeit findet er sie gar nicht. Sie hat keine Lieblingsstelle im Park, deshalb kann er nur immer weiterwandern und hoffen, ihr zu begegnen, bis es Zeit wird, umzukehren – er hat die Umkehrzeit auf eine Stunde an Wochentagen und zwei Stunden am Wochenende festgesetzt.

Vielleicht will sie ihn nicht sehen. Vielleicht wollte sie deshalb unbedingt hierherziehen. Sie wirkt immer erfreut, ihn zu sehen, wenn sie ihn sieht. Aber er hat das Gefühl, dass er nie vermisst wird – will er vermisst werden? – und dass es keine große Rolle spielt, ob er kommt oder geht.

Was spielt eine Rolle? Oder besser: Was hat eine Rolle gespielt? Etwas hat eine ausreichend große Rolle gespielt, um all das hier in Bewegung zu setzen. Irgendein Ereignis, das einem implodierenden Stern gleichkommt, der alles einsaugt, was in der Nähe ist oder in die Nähe kommt, sogar Licht, sogar Zeit.

»Ping, was ist passiert?« Er hatte die Frage gestellt, ehe ihn der Mut verlassen würde, sie über den Tisch zu schleudern.

Sie hatte einige Minuten lang schweigend in ihre Teetasse gestarrt. »Sie hat mir nie irgendetwas gesagt. Aber ich bin sicher, dass da etwas war.«

»Es tut mir leid.« Das tat es. Ping log, Jinns Zettel war für sie bestimmt gewesen – während also Sukhin nur den Wortlaut des Zettels kannte, aber nicht den Zusammenhang, musste sie ihn kennen.

Ping hatte abgewinkt. »Ist schon gut. Ich wäre auch neugierig.« Sie sah zu ihm auf. »Ich weiß, dass du sie geliebt hast.«

Sollte ihn das aus der Fassung bringen? Tat es.

»Das ist so lange her.« Er hatte versucht, gelassen zu klingen – aber warum? Sie redeten über eine verschwundene Frau, nicht über einen verschwundenen Kugelschreiber. »Ich hoffe, es geht ihr gut.«

Sie hatte den Köder nicht geschluckt. Kein Widerhall seiner Gefühle, kein Hinweis auf ihre eigenen.

War es richtig von ihm gewesen, sich an Ping zu wenden? Er weiß nicht einmal, wieviel Ping weiß. Weiß sie, dass die verschwundene Jinn zur Stadtstreicherin geworden ist? Sucht sie ihre Schwester überhaupt? Oder glaubt sie, dass sie tot ist, dass sie irgendwo verwest, wo niemand jemals suchen wird? Und was zum Teufel ist passiert? Klar, wenn Jinn wollte, dass er mehr wüsste, würde er mehr wissen. Aber das will sie nicht. Warum? Welchen Unterschied würde es machen, für sie oder für ihn? Was ihn betrifft, keinen – wenn sie sich als Massenmörderin entpuppt, wird er trotzdem weiter den Park nach ihr absuchen und ihr Kuchen bringen.

Er hat die Wetlands jetzt hinter sich gelassen, ist weit weg von der Stelle, wo er sein Auto abgestellt hat. Seit dem Tag, an dem er mit dem Rad von der Ostküste zum Punggol

Park gefahren ist, war er nicht mehr so weit draußen, aber noch immer findet er keine Spur von ihr.

Schön – er muss sie heute nicht sehen. Er war erleichtert, als er sie gestern und vorgestern nicht gefunden hat. Er weiß, dass sie nicht fragen wird, ob es ihm besser geht oder ob er reden möchte oder irgendsowas Banales, aber immer wieder erscheint das Bild von ihrem letzten Treffen in seinem Kopf, wie er stocksteif in ihren Armen steht, verkatert und heulend, und dann möchte er sich in den Fluss stürzen. Er gibt dem Rum die Schuld. Er gibt Dennis' Süßholzraspelei die Schuld und der Empfänglichkeit des Barkeepers für Süßholzraspelei. Er gibt auch Jinn die Schuld – sie hat die Tränen ja geradezu aus ihm herausgekitzelt. Was denkt sie jetzt über ihn? Was soll er ihr sagen?

Dieses Geheule ist so nervig. Vor allem, wenn die Zeugin deiner Kernschmelze – und das Beruhigungsmittel – das Mädchen ist, die zu deinem Entsetzen einst schlicht über allem und jedem in Tränen ausgebrochen ist. Die Frau, deren Heul-Neigung du wie eine lästige, allgegenwärtige Behinderung behandelt hast, wie eine schadhafte Niere oder einen missgebildeten Lungenflügel.

»Sukhin! Ich kann da nicht reingehen, Sukhin.«

Er konnte ihre Stimme hören, aber er konnte sie nicht sehen. Eine Hand tauchte hinter den Büschen auf. Sie winkte. »Hier bin ich.«

Sukhin rannte rüber. Jinn kauerte hinter den Bougainvilleen, ihr Gesicht nass von Tränen, ein Häuflein Elend, übersät mit schwarzen Schmierern und roten Klecksen. Sie weinte immer noch, ohne zu schluchzen – dem Himmel sei Dank.

»Die Zeremonie beginnt in zehn Minuten. Wir müssen reingehen. Grace heiratet, Jinn.« Er unterbrach sich. Sollte er die Arme um sie legen? Würde das helfen? »Das ist doch etwas Schönes. Grace möchte heiraten.« Er fragte sich, was sonst helfen könnte. »Vierundzwanzig ist ein bisschen jung, aber sie weiß, was sie tut.«

Einige Minuten vergingen. Jinn hörte auf zu weinen, sah aber noch immer aus wie ein professionelles Klageweib.

»Geht's wieder? Willst du, dass wir nach Hause fahren?«

»Nein, nein. Alles in Ordnung. Alles in Ordnung. Ich freu mich unheimlich für Grace.« Sie holte tief Luft und brach wieder in Tränen aus. »Es ist nur etwas so Besonderes, verstehst du, dass eine von uns heiratet.«

»Ja, und du bist kurz davor, es zu verpassen.« Er sah sie an, wie sie jämmerlich vor sich hinschniefte und sich mit den Handrücken übers Gesicht fuhr, und liebte sie ein kleines bisschen weniger.

Schließlich, nur Minuten vor dem Beginn der Zeremonie, stülpte er ihr sein Jackett über den Kopf, führte sie in die Kirche und in den Schutz einer Kirchenbank.

»Plötzlicher Anfall von Photophobie«, erklärte er dem Platzanweiser.

Plötzlich ist sie da, kaum mehr als einen Meter entfernt. Er starrt sie voller Verwunderung an. Wie ist nur aus diesem schniefenden Häuflein Elend dieses irre, wunderbare Wesen geworden, dem es nichts ausmacht, in irgendeiner Ecke zu schlafen und Müll zu essen, und das immer noch so lächeln kann? *Was für ein Wunder du bist!*

Sie strahlt, ist schweißnass – ist sie zu ihm gerannt? Hat er das verpasst? Ja – das Fahrrad lehnt dort hinten an der Bank. Er hofft, dass sie es abgeschlossen hat.

»Sukhin. Du bist da.«

*Das bin ich. Das bin ich das bin ich das bin ich.*

»Hab dir ein bisschen Kuchen mitgebracht.« Er zögert, dann fügt er hinzu: »Selbst gebacken.«

»Du Genie!«

*Will' und Geschick sind stets in Streit befangen.*

~

»Ach, du willst die Kartons da mitnehmen?«

»Paps, wir haben darüber gesprochen, weißt du noch? Sie sind für meine Bekannte.«

»Jaswant!«

»Was? Liebling, das war vor Wochen. Ich dachte einfach, Sukhin hätte sich die Sache anders überlegt.«

~

Sukhins Wohnzimmer ist ein einziges Chaos, übersät mit Pappkarton. Alles voll von Bögen und Streifen und Schnipseln und Fetzen. In einem Karton, dank eines plötzlichen, gutgemeinten Anfalls von Ordnungseifer: Schnitzmesser, Cutter, Klebstoff und Tacker, Heftzwecken, Pinsel, Draht, Zangen, Plastikschläuche, eine Auswahl an Muttern und Nieten, eine Handsäge.

Das ganze Arbeitszimmer ein einziger Papierwust – alte Zeitungen und Zeitschriften aus dem Lehrerzimmer, stapelweise Zeichnungen, technische und schematische.

Das Schlafzimmer spielt den Gastgeber für all die Gegenstände, die zu ihrem eigenen Besten aus Wohn- und Arbeitszimmer verbannt wurden – Aktenordner, Lieblingsbücher, das semi-halb-teils-bisschen fertige Guggenheim-Puzzle.

Nur die Küche ist unversehrt.

~

»Ich habe diese Strecke zum East Coast Park ausprobiert. Weit.« Sie betrachten von einer der Parkbrücken aus den Sonnenuntergang.

»Sag ich doch.«

Aber die Mühe war es wert, erzählt sie. »In Changi hab' ich die Schuhe ausgezogen und bin ein Stück durchs Wasser gelaufen.«

Er kann es sich bildlich vorstellen – das hat sie schon gemacht, als sie noch jung waren. Einmal hat sie ihre Schuhe verloren und er musste seine hergeben. Die Blasen – an die Schmerzen kann er sich bis heute erinnern.

»Ist Changi einer von diesen künstlichen Stränden?«

»Nein. Naja, vielleicht teilweise.« Sukhin streckt die Beine aus. Die Sonne ist schon untergegangen, aber dort, wo sie war, zieht sich ein leuchtendes oranges Band über den Himmel. »Aber es gibt einen echten Teil – die Japaner haben da mal einen Haufen Leute hingebracht, sie am Wasser aufgereiht und erschossen. Da war dieser Typ, der da einen Schädel gefunden hat, als er nach Würmern gegraben hat, weißt du noch? Sie sagen, das Meer sei an dem Morgen rot gewesen, weißt du? Den ganzen Tag lang.«

»Wer sagt das?«

»Meine Großmutter.«

Der Himmel ist jetzt in ein atemberaubendes Dunkelrot getaucht. Sukhin wünscht, er hätte das Changi-Beach-Massaker nicht erwähnt.

»Ich kann mich an sie erinnern. Wie geht es ihr?«

»Sie ist stärker als ihre Töchter. Viel sturer.« Er erzählt Jinn, wie seine Großmutter erst gestern seine Tante Lillian zusammengestaucht hat, weil sie nicht hundertprozentig perfekten Balacan für das Nasi Lemak Sambal zum Sonntagslunch gekauft hatte.

Sie erzählt ihm, wie sie einer Gruppe Schulkindern geholfen hat, für ein Projekt Froschlaich aus dem Fluss zu fischen.

»Aber es sind doch Schulferien.«

»Vielleicht sollen sie fertige Frösche mitbringen, wenn die Schule wieder anfängt.«

Sukhin seufzt. Er hasst Schulferien, auch wenn sie bedeuten, dass auch er nicht zur Arbeit muss. Alles voller Kinder. Geräuschpegel dauerhaft hoch. Der Punggol Park bleibt davon nicht verschont – die Wochenendhorde ist noch präsenter durch schreiende, energiegeladene Kinder und frustrierte, schreiende Eltern, die verzweifelt versuchen, sie auszupowern.

Jinn ist auch nicht glücklich über den zusätzlichen Andrang, aber »immer noch besser als Chinatown.« Sie sagt das ohne mit der Wimper zu zucken.

Vor Monaten, als die Kartonburg noch stand, hat er sie gefragt, warum Chinatown? Laut, eng, voller Leute – wie hielt sie das nur aus? Wie war sie überhaupt dort gelandet?

»Ich dachte, ich würde es genießen, mich in der Menge zu verlieren. Und manchmal tue ich das.«

Ist in Vergessenheit zu geraten vielleicht so etwas wie eine fixe Idee von ihr? Oder auch nur Anonymität? Die Vorstellung, dass Jinn sich irgendwo unbemerkt in der Menge verlieren könnte, erscheint ihm bis heute irgendwie komisch – er kann sich noch gut erinnern, wie verdammt laut sie war. Und das nicht nur, weil sie sich nicht davon abbringen ließ, die meiste Zeit mehr oder weniger zu schreien, und wenn er sie bat, sich doch ein wenig zu mäßigen, lauthals verkündete, dass Laut Genug Um Ein Fußballplatz Zu Überbrücken ihre normale Tonlage sei.

War das bei einer Mathevorlesung gewesen? Ja, war es. Er weiß noch, wie ihn jemand an der Schulter antippte und sein Klassenkamerad Lenard mit dem Daumen nach hinten wies. Sukhin schaute auf und nach oben. Im Hörsaal waren die Sitze in ansteigenden Reihen um die Leinwand und das Podium herum angebracht. Er saß unten, ganz vorne, bei seiner Klasse. Jinns Klasse saß ziemlich weit hinten, etwa zwanzig Reihen weiter oben.

Er konnte sie nicht sehen, aber er konnte lesen: SUKHIN HAB HUNGER, jeder Buchstabe mit schwarzem Marker einzeln auf einem karierten Papier, hochgehalten von ihren Klassenkameraden, sogar mit leeren Blättern zwischen den einzelnen Wörtern.

Mr Chua prustete mitten in seinen Ausführungen zur linearen Regression los.

Sukhin fragte sich, ob sie böse werden würde, wenn er sie bat, das nie wieder zu tun. Er bat sie nicht. Nach der Vorlesung bugsierte er sie schnurstracks in die Kantine und fütterte sie mit Tee und Keksen.

»So. Das sollte bis fünf reichen.«

»Vielleicht.«

Als er ihr anbot, mehr Tee zu holen, sagte sie, er würde sie zu sehr verwöhnen. Aber sie schien sich doch sehr, sehr darüber zu freuen. Und noch mehr freute sie sich über den Tee.

Ein Stoß gegen die Schulter.

»Also, Sukhin, wann krieg ich Nasi Lemak? Ich helf dir auch, den Chili zu zerstoßen.«

*Der Mann geht in den Garten der Mauern. Er war noch nie dort. Bis vor Kurzem wusste er nicht einmal, dass es diesen Garten gibt.*

*Er braucht eine halbe Stunde, um ihre Familienmauer zu finden. Er betrachtet ihre Fliese und fragt sich, was sie anstelle von Asche dahinter gelegt haben. Ein paar von ihren alten Sachen? Fotos?*

*Hinter ihm ruft eine Stimme seinen Namen.*

*Er wäre nicht gekommen, wenn er gewusst hätte, dass er nicht allein sein würde. Die andere Besucherin tritt neben ihn und hakt sich bei ihm unter. Als ob sie ihn erwartet hätte, obwohl er weiß, dass das unmöglich ist.*

*»Hast du den Nachruf gesehen? Gefällt dir das Foto? Ich glaube, sie wäre damit zufrieden gewesen.« Sie sagt es einfach so dahin, lächelnd.*

*Er gibt keine Antwort. Stirnrunzelnd liest er noch einmal die Inschrift auf der Fliese, gleich unter den beiden Daten: Du wirst in Erinnerung bleiben, Jinn Hwa, durch die Trauer, die du mit deinem Verlust verursacht hast.*

*Ein Epitaph in der zweiten Person, an die Tote selbst gerichtet – so etwas hat der Mann noch nie gesehen. Sein Herz beginnt schneller zu schlagen.*

*»Wir haben eine Grabplatte mit einer solchen Inschrift auf dem antiken Friedhof in Athen gesehen, als wir vor Jahren dort waren.« Ihre Stimme ist jetzt kaum mehr als ein Flüstern, er muss sich näher zu ihr hinbeugen, um sie verstehen zu können. »Sie konnte nicht mehr aufhören zu weinen, als sie davorstand.« Sie unterbricht sich für einen Moment. »Genauso wie ich.«*

# XIII

Das Weihnachtsessen soll etwas Besonderes werden, da sind sich alle einig.

Sukhin drängt es, ihnen etwas zu erzählen über europäisches Heidentum, Erntefeste, kulturellen und religiösen Kolonialismus und wie unangebracht es deshalb ist, in Südostasien Weihnachten zu feiern. Aber ihr zuliebe hält er den Mund.

Jinn verbringt neuerdings weniger Zeit in der Küche in der Rowell Road. Es gibt jetzt mehr Freiwillige, unter anderem einen pensionierten Küchenchef, der in einem namhaften Teochew-Restaurant die Küche mit dreißig Angestellten geleitet hat, und sie findet, es sei für sie jetzt an der Zeit, in den Schatten zu treten und die Neuen zum Zuge kommen zu lassen. Aber Kim Seng hat auf ihrer Hilfe bei der Organisation des Weihnachtsessens bestanden – es wird ihre bislang größte Veranstaltung und eine Flotte von Freiwilligen wird Menschen von anderen Teilen der Insel in die Rowell Road bringen.

Die Familien aus dem East Coast Park werden auch kommen, hat Jinn ihm letzte Woche erzählt. Sie wirkte hocherfreut. »Sukhin, wie lieb von dir!«, hatte sie gesagt, als er Kim Seng und Gopal gefragt hatte, ob es möglich sei, Essen zu den Leuten zu bringen, deren Lager er am Strand gesehen hatte. Er hatte nichts anderes getan, als einen Namen und eine Nummer zu notieren und sie weiterzugeben, aber wenn Sukhin einen Schwanz gehabt hätte, hätte er damit gewedelt.

»Gesundes Essen, zu Weihnachten? Hm. Na, Truthahn ist gesund, oder?«

Er hat zugesagt, bei der Besprechung Protokoll zu führen, aber bisher hat er nichts notiert. Nichts Schlaues oder Durchführbares – wie er dieses Wort hasst, aber immerhin ist es nützlich – ist in der vergangenen Stunde gesagt worden und er hat den Verdacht, dass es dabei bleiben wird.

»Ist Truthahn zu christlich?«

Sukhin bläst die Backen auf und stößt einen lauten Seufzer aus. *Das war einfach zu viel.*

Alle Köpfe drehen sich zu ihm um. Ein langer, unbewegter Blick von Jinn.

Er hebt entschuldigend die Hand. »Sorry, sorry. Bitte, macht weiter.«

»Truthahn ist christlich?« Gopal klingt ungläubig. »Und, äh, es ist Weihnachten.« Sukhin applaudiert ihm – in Gedanken.

An sich wollten die Gemüse-Piraten eine Liste von allem machen, was sie für das Weihnachtsfestmahl brauchen – Essen, Lampen, Kerzen, weitere Tische, alles –, aber die Diskussion hängt immer noch fest an der Frage, was serviert werden soll.

»Geht Curry?«

»Wie wäre es mit Truthahncurry?«

»Ist Truthahncurry wie Hähnchencurry, nur mit Truthahn?«

»Kein Curry! Curry ist nicht weihnachtlich!«

Sukhin könnte sie allesamt erwürgen.

Am Kopfende des Tisches, neben Kim Seng, hebt Jinn eine Hand und wartet, bis alle verstummt sind. »Lasst uns eine Liste von allem machen, was jeder sich wünscht. Und dann stimmen wir ab und dann steht das Menü. Ist das in Ordnung?«

Gemurmel, dann nicken alle. Erleichtert organisiert Sukhin die Weihnachtsabstimmung. Als die Besprechung eine Stunde später zu Ende ist, stehen vierzehn Posten auf dem Menü für das Festmahl – Truthahn ist dabei und außerdem Fisch-Biryani, Brathähnchen, Hammel-Rendang, Pilzreis, Teufelscurry, Erdbeeren, Kueh Dadar, Lebkuchen, Durian Pengat, Brotauflauf, Obsttörtchen, Mince Pie und »festliche Kuchen«, was niemand genauer definieren kann, aber alle für nötig halten.

Kim Seng lacht. »Oh je. Was für ein Salat!« Er sieht Jinn an. »Okay lah, versuchen wir's.«

Als die Ersten gehen und Gopal Jinn in ein Vier-Augen-Gespräch verwickelt, um über den neuen Freiwilligen zu lästern, der die Christlichkeit von Truthahn zur Sprache gebracht hat, geht Sukhin zu Kim Seng.

»Und wie geht's jetzt weiter?«

»Ehrlich gesagt keine Ahnung.« Tiefer, langer Seufzer. »Eine Menge zu erledigen, wenn wir das ordentlich hinkriegen wollen. Aber ich will ihnen nicht sagen, dass das alles ein bisschen zu viel ist, verstehst du? Solche Sachen – wir müssen uns einfach trauen, es zu versuchen lah.« Er wirft einen Blick in seine Notizen. »Und das Essen ist ja noch nicht alles, weißt du – so viele andere Sachen, um die wir uns kümmern müssen.«

Sukhin fragt sich, was Kim Seng macht, wenn er nicht der Kapitän der Gemüse-Piraten ist. Unterrichten? Irgendwas verkaufen? Eine Verbrecherbande anführen? (Was ist das Verb zu Gangster?) Er ist redegewandt, organisiert, denkt logisch und wirkt intelligent, aber nicht wie ein Besserwisser. Die Leute hören ihm zu. Selbst, wenn er Shorts anhat, die bessere Tage gesehen haben, und ein verwaschenes Fußballtrikot, das ihm zu eng ist. Was für eine Superpower – und er setzt sie ein, um Gruppen von Menschen zu organisieren, die Gemüse erbeuten und es für andere Menschen kochen. Sukhin weiß nicht so recht, ob er in Kim Seng einen Verrückten oder einen Heiligen sehen soll, aber er neigt zum Verrückten – echte Heiligkeit geht nicht ohne auf dem Scheiterhaufen verbrannt oder aufs Rad geflochten zu werden oder eines ähnlich grauenhaften Todes zu sterben.

»Eine Menge Kuchen und Gebäck auf der Liste.«

Kim Seng wiegt den Kopf. »Ja. Das wird schwierig – wir haben nur den einen Backofen. Müssen also schnell damit anfangen, nach Spendern zu suchen. Aber an Weihnachten sind alle so beschäftigt – das wird schwer werden!« Er greift sich an die Stirn. »Zweihundert Leute! Ich glaube nicht, dass wir letztes Jahr auch nur die Hälfte hatten.«

Sukhin holt tief Luft. »Ich kenne jemanden, der vielleicht helfen könnte.«

~

»Kann ich dich also für Kuchen eintragen? Für das Festessen?«

Endlich verlassen sie die Rowell Road, nach einer ausgiebigen Diskussion mit Kim Seng und Gopal über Aufbau und Zeitplan für Weihnachten. Wer hätte ahnen können, dass es so viele Möglichkeiten gibt, in einer Seitengasse Tische und Stühle aufzustellen?

»Sicher. Was für welche?«

»Ich lass mich überraschen – etwas Besonderes.«

»Herausforderung angenommen.«

»Kim Seng hat mir erzählt, dass du angeboten hast dabei zu helfen, Spender aufzutreiben.«

»Noch nichts Sicheres. Aber ich werd mal rumtelefonieren.«

Sie legt ihm eine Hand auf die Schulter und seufzt. »Danke, Sukhin. Wir brauchen alle Hilfe, die wir kriegen können.«

Er lässt den Motor an. »Schulferien. Nur gut, wenn ich eine Beschäftigung habe.«

~

Der eine Punkt, in dem Sukhin und sein Vater sich absolut einig sind, ist der, wie wunderbar es ist, dass Weihnachten bei den Dhillons keine große Sache ist. Keine Partys, keine Traditionen, keine Geschenke, kein Festmahl. Wenn überhaupt, lassen sie im Dezember alles etwas langsamer angehen. Sukhin wird träge und immer übelgelaunter, eben weil er träge ist und es ihn vor dem Anfang des neuen Schuljahres graust. Dr. Jaswant macht die Praxis zu, weil seine Patienten allesamt im Urlaub sind, und jedes Jahr nehmen sich er und Doris vor, im nächsten Jahr ebenfalls in Urlaub zu fahren.

»Paris. Paris wär' doch was.«

»Paris? Wieso Paris? Alaska! Wir könnten eine Kreuzfahrt buchen. Sukhin, was meinst du?«

Sukhin schaut nicht von dem Laptop auf, den er für seinen Vater neu einrichten soll. »Klingt großartig.«

»Du solltest mit uns kommen.«

Doris stellt ihren Kaffeebecher ab. »Ja! Ein Familienurlaub.« Sie dreht sich zu Sukhin um, dessen volle Aufmerksamkeit sie mit ihren letzten beiden Wörtern erlangt hat. »Wo würdest du gerne hinfahren?«

*Nach Hause.* Zeit zum Aufbruch. Nie im Leben wird er sich in eine Diskussion über einen Familienurlaub hineinziehen lassen, egal, wie verschwindend gering die Möglichkeit ist – wenn er das zulässt, kann er später nicht behaupten, von nichts zu wissen.

Aber zuerst: »Ist es in Ordnung, wenn ich noch ein paar Kartons mitnehme?«

Sein Vater runzelt die Stirn. »Deine Bekannte – die braucht noch mehr Kartons?«

»Ja.«

»Hmm.«

Doris, die ein sich ankündigendes Veto wittert, beschließt einzugreifen. Das hier ist ernst, denkt sie. Es könnte wirklich um Enkelkinder gehen. Der Umzug dieser Frau dauert schon Monate, und doch hilft ihr Sohn, ihr ungeduldiger, alles andere als sozialer Sukhin, ihr immer noch. Vorige Woche hat er sie um ein Rezept für Christmas Pudding gebeten – und wollte wissen, ob es einen gibt, der flambiert werden muss. Flambiert! Er sagte, er wolle etwas Besonderes. Die Kartons, diese ganzen Fragen zum Backen und Kochen und *Flambieren*! – wann war er denn jemals so? Nicht einmal seine Freundin damals hatte ihn zum Kochen gebracht, und dieses Mädchen hatte er wirklich, wirklich gern.

»Nimm so viele Kartons, wie du brauchst, Sukhin.«

»Wirklich?« Er hatte mit etwas mehr Widerstand gerechnet.

Wie aufs Stichwort schaltet sich sein Vater ein: »Liebling, falls wir umziehen müssen …« *Die Gedankeneinbahnstraße, Jungs und Mädels, ist das Geheimnis einer erfolgreichen Laufbahn in der Medizin.*

Sukhin hechtet ins Wohnzimmer und Doris dreht sich

zu ihrem Mann um. »Jas, es ist schon ok. Wir haben viel mehr, als wir brauchen.«

Sie wird Dried Chilli Chicken mit Cashews, sein Lieblingsgericht, zum Abendessen machen. Und Sugee-Plätzchen. Er wird ihr verzeihen.

Im Wohnzimmer bringt Sukhin, in einem Sukhingroßen Raum zwischen zwei Kartontürmen, seiner Mutter überaus liebevolle Gefühle entgegen, während er sorgfältig nach den Größen sucht, die er braucht. Vielleicht doch ein ganz, ganz kurzer Familienurlaub …

Er nimmt einen vielversprechend aussehenden Karton und mustert ihn. Nein. Nicht robust genug.

~

In diesem Jahr hatte Sukhin keine Zeit, träge und übellaunig zu werden.

Sein Wohnzimmer ist inzwischen ein einziger Müllhaufen; sein Arbeitszimmer steht halb voll mit Kartons. Binnen drei Wochen hat das Projekt ihn mit Haut und Haaren verschlungen. Er verbringt jede wache Stunde damit oder in Gedanken daran, außer, wenn er Jinn oder seine Eltern besucht. Oder wenn er backt – beim vierten Versuch ist der Christmas Pudding wirklich gut gelungen. Frische Kirschen hinzuzugeben hat es gebracht, genau wie seine Mutter prophezeit hatte. Er hat sich einen Küchenbrenner bestellt – der, den er von Dennis geliehen hatte, hat nur drei Einstellungen für die Hitze und nur eine für den Flammendurchmesser.

Mit dem Projekt läuft es leider nicht so gut wie mit dem Backen. Er ist jetzt bei Version drei und allein die Skizzen haben ihn drei Tage gekostet. Die erste Version hat überhaupt nicht funktioniert – seine direkte Übertragung aus der Erinnerung von Holz auf Pappe war weder solide noch elegant und der Mechanismus war viel zu klobig. Ab ins Altpapier – er hatte sie nicht mal testen müssen, um zu wissen, dass es Zeitverschwendung gewesen wäre. Für die zweite Version hat er doppelt so lange gebraucht und sie hatte keinerlei Ähnlichkeit mit der ersten oder dem längst dahingeschiedenen Original. Sie bestand aus Modulen – gut; war leicht – gut; aber es gab zu viele unschöne Teile und auch mit der Struktur war er nicht zufrieden. Doch der Mechanismus funktionierte und das hat Zwei das Recht eingebracht, im Wohnzimmer zu bleiben, als kleinerer, aber anerkanntermaßen älterer Bruder von Drei.

Er schaut auf die Uhr. Zwei Uhr nachmittags. Keine Zeit zum Mittagessen – in einer Stunde ist er mit ihr verabredet.

Als er sein Werkzeug zurück in den Kasten legt, starrt Drei zu ihm herauf, bedürftig und beleidigt. *Schwing deinen Arsch hierher zurück. Diese Lamellen machen sich nicht von selbst.*

Sukhin schüttelt den Kopf. Jetzt schon imaginäre Zwiegespräche mit leblosen Objekten? *Ah, geistiger Abstieg – ich hab' dich schon erwartet.*

~

Wer zum Henker ist dieser Mann?

Vor zehn Minuten hat er Jinn gefunden. Sie sitzt unter einem origamiartigen Pavillon in der Mitte des Parks. Ihr Rucksack steht neben ihr auf der langen, hölzernen Bank, der Fremde sitzt auf der anderen Seite. Der Mann ist einfach gekleidet – Freizeitkleidung und vernünftige Schuhe – und wirkt in keiner Weise bedrohlich –, außer dass er eben mit Jinn redet und sich dabei auf eine Weise zu ihr hinüberbeugt, die Sukhin irritiert.

Der sich in einem nicht weit entfernt gelegenen identischen Pavillon platziert und die beiden beobachtet, während er darauf wartet, dass der Mann geht. Während er will, dass der Mann geht. Er würde gerne zu Jinn gehen und etwas zu ihr und dem Fremden sagen, etwas, das diesem unmissverständlich klarmacht, dass er hier nicht erwünscht ist. *Da bist du ja! Belästigt der Irre dich?*

Tut er das?

Jinn macht keine Anstalten zu gehen. Sie sagt nicht viel, aber das sagt nicht viel. Der Mann hat sich ihr zugewandt, während er spricht, seine Gesten sind sparsam, wirken aber freundlich. Sie schaut vor sich hin, auf den Fluss. Aber sie macht keine Anstalten zu gehen, und sie hat nicht bemerkt, dass Sukhin gekommen ist.

Wer zum Henker ist dieser Mann?

Eine halbe Stunde vergeht. Endlich erhebt sich der Fremde. Er lächelt Jinn an und macht eine komische kleine Verbeugung. *Mieser Schleimer.* Sukhin starrt ihn unverwandt an, nutzt den ungehinderten Blick auf das Gesicht des anderen. Nein, den hat er noch nie gesehen. Aber andererseits erinnert er sich vielleicht nur nicht – der Fremde hat nichts Auffälliges an sich. Eher groß, normal gebaut, keine sichtbaren körperlichen Missbildungen. Gutaussehend? Sukhin weiß es nicht. Vielleicht – würde Dennis hier von schönen Beinen sprechen?

Der Fremde kommt im Gehen an Sukhin vorbei. Rascher Schritt, gute Haltung, fester Blick. Größer, als Sukhin zuerst angenommen hat. Aus der Nähe besser aussehend – sonnengebräunt, schlank und mit einem prägnanten Kinn – auf diese irritierend gesunde Weise der Jungs aus der Schwimmmannschaft. Er bemerkt nicht, dass Sukhin aus dem anderen Pavillon heraus Blitze schießt.

Jinn dreht sich nicht um, um dem Fremden hinterherzusehen, aber sie schaut zu Sukhin auf, als der sich neben sie setzt. Er hat bereits beschlossen, dass er sie nicht wie ein nerviger, plumper Liebhaber nach dem Fremden fragen wird.

»Du riechst nach Plätzchen.«

Unheimlich. »Du Spürhund.«

»Arf.«

»Hunde dürfen keine Schokolade essen.«

»Sehe ich aus wie irgendein dahergelaufener alter Hund? Ich bin als Schokoladenschlinger gezüchtet worden.« Sie streckt eine Hand aus.

Er zieht eine Blechdose hervor und hält sie gerade außerhalb ihrer Reichweite. »Wenn du umkippst und krepierst, lasse ich dich hier liegen.«

»Aber nimm das Fahrrad – der Schlüssel ist in meinem Rucksack. Und jetzt rück die Plätzchen raus.«

Sie teilen sich die Plätzchen, die Jinn für zu süß, aber köstlich erklärt, dann brechen sie zu einem Spaziergang auf. Sie erzählt ihm, dass sie wieder zum Changi Beach gefahren ist und dass sie auf dem Weg dahin die Otter gesehen hat.

»Ist es nicht wundervoll, wie Otter einfach … sind? Ohne darüber nachzudenken? Kein Größenwahn, keine Unsicherheit oder sonstiger Blödsinn. Stell dir vor, du wärst ein Otter.«

»Wenn ich ein Otter wäre, könnt' ich glaub' ich mit Größenwahn umgehen.«

»Ein großkotziger Otter.« Sie verdreht die Augen.

»Ich wäre hinreißend.«

Sie diskutieren ausführlich darüber, was einen hinreißenden Otter hinreißend macht. Jinn kommt zu dem

Schluss, dass ein Otter hinreißend ist, weil er eben ein Otter ist, ungeachtet jeglicher Großkotzigkeit, so dass durch seine Großkotzigkeit, wäre er ein Otter, seine Ottrigkeit nicht an Wert gewinnen würde.

Sie erzählt ihm nichts von dem gutaussehenden Fremden.

~

Drei benimmt sich nicht. Es ist vier Uhr morgens und nachdem er Stunden damit verbracht hat, kleine Veränderungen und Anpassungen vorzunehmen, funktioniert der Mechanismus immer noch nicht, wie er sollte – die Bewegungen sind zu hart und regelmäßig, die Wirkung ist plump.

Er wird eine Möglichkeit finden müssen, um die Bewegungen zufälliger zu machen. Er muss Imperfektion einbauen.

~

Mit dem Backen geht es weiterhin gut. Sukhin ist so zufrieden mit der fünften Auflage des Christmas Puddings, dass er damit zu einem spontanen Imbiss zu Dennis fährt.

»Süßer, was *ist* das?«

Sukhin bemerkt, dass er das Entsetzen in Dennis' Gesicht genießt. »Mein neuer Küchenbrenner.«

Er fängt an, ihn auf Dennis' Küchenplatte zusammenzusetzen, dreht das Oberteil mit dem Brenner und der benzinpumpenartigen Schnauze auf den Gaszylinder. Der fertigmontierte Brenner sieht aus wie eine Pistole, die man auf eine große Dose Insektenspray gesteckt hat. Er schaltet ihn ein und ein blauer Flammenstrahl schießt aus der Schnauze.

»Nein. *Meiner* ist ein Küchenbrenner. Das da ist ein industrieller Schweißbrenner.«

»Es ist ein Vielzweckgerät. Die Testberichte sind großartig.« In einem der Hunderten von Testberichten, die er gelesen hat, hatte jemand begeistert geschrieben, dass »er Fleisch versengt wie ein Drache.« Das hat für Sukhin den Ausschlag gegeben.

Er bittet Dennis, das Licht auszuschalten. Und dann, wirklich wie ein Drache, fängt er an, die schneeweißen Baisergipfel anzusengen, die er soeben auf den Christmas Pudding getürmt hat. Dennis sagt kein Wort, sieht stumm zu, wie Sukhin Kirschlikör über den ganzen Pudding kippt und ihn anzündet.

»Tadaaa – die Weihnachtsbombe.«

Blaue Flammen züngeln tanzend über den Pudding, der in der Dunkelheit leuchtet. Die Baisergipfel, nur Minuten zuvor sorgsam mit einer Gabel mit Kerben versehen, glühen wie kleine Rasierklingen. *Es sieht aus wie ein Alien-Ei.* Sukhin lächelt in sich hinein. Er kann es gar nicht erwarten, Jinns Gesicht zu sehen, wenn sie das hier sieht.

Als die Flammen erloschen sind, schneidet er für Dennis und sich je ein Stück heraus.

»Bin nicht sicher, was den Namen angeht, aber sehr schick – und sehr lecker.« Dennis nimmt noch einen Bissen und lässt einen lautstarken Seufzer los. »Also. Das ist irgendwie für *sie*, oder nicht?«

»Das ist für – eine Party.« Sukhin zuckt mit den Schultern. »Das ist ein Pudding, Dennis. Nur Milch und Eier und Zucker und Früchte. Keine große Sache.«

»Du hast einen Küchenbrenner gekauft. Es ist eine große Sache.«

Dennis stellt den Rest der Weihnachtsbombe ins Gefrierfach. Er hat keine Ahnung, was er mit dieser gigantischen Kalorienbombe anstellen soll, aber so hält sie sich mindestens.

Er setzt sich wieder an den Tisch und beugt sich vor, bis sein Gesicht fast Sukhins berührt. »Erzähl mir was – seid ihr jetzt wirklich zusammen? Oder schleichst du nur um sie herum, stumm und hoffnungsvoll? *Eines Tages wird sie mich bemerken* – nach dem Motto?« Er starrt Sukhin mit weit aufgerissenen Augen an. »Oh Gott, Süßer, so ist es, stimmt's?«

Sukhin gibt keine Antwort. Warum sind die Leute nur so scharf auf Details zum Liebesleben anderer Leute? Warum betteln sie einen nicht um Details zu Büchern an, die man liest, oder zur Zeit, zu der man schlafen geht? Er wäre begeistert, wenn ihn jemand fragte, wann er schlafen geht – er überlebt derzeit mit knapp über vier Stunden pro Nacht und ist ein bisschen erstaunt festzustellen, dass er immer noch funktioniert. Es wäre nett, mit jemandem darüber zu sprechen, vielleicht eine Meinung dazu zu hören, ob er das noch weiter treiben soll, nur um zu sehen, was passiert.

»Können wir über etwas anderes sprechen?«

»Weißt du, du bist ein bisschen zu alt, damit jemand das süß findet. Kannst du es ihr nicht einfach sagen?« Dennis hebt die Hände. »Sag es ihr einfach!«

Aber es gibt nichts zu sagen. Die Summe dessen, was zwischen ihnen ist, ist zu grotesk, um sie irgendwem zu erzählen. *Meine Exfreundin lebt jetzt in einem Park. Wir treffen uns zweimal die Woche. Es ist nett.* Es gibt nichts zu sagen.

»Wir werden nicht darüber sprechen.«

»Gott, so ein Trotzkopf. Schatzi, ich weiß, du bist Litlehrer, aber es gibt wirklich keinen Grund, die unerwiderte-Liebe-Leidensnummer abzuziehen.«

»Unerwiderte Liebe-Leidensnummer – schön gesagt.«

»Und du bist ein hoffnungsloser Fall. Dennis betrachtet den Brenner, der jetzt auf dem Küchentisch liegt, und hebt eine Augenbraue. »Bring ihr das auf ihre Party mit – dann wird sie dich auf jeden Fall bemerken.«

»Halt die Klappe, Dennis.«

~

Da ist er wieder.

In der Ferne, auf einer erhöhten Passage des Hauptweges, gehen Jinn und der Fremde und unterhalten sich. Er bestreitet den größten Teil der Unterhaltung, aber sie scheint zuzuhören. Hin und wieder nickt sie. Ihr Gesicht wirkt ruhig. Der Fremde ist ein eifriger Hund, lebhaft und energiegeladen und sieht aus wie ein Blödmann. Er läuft beim Reden um sie herum, wild gestikulierend. Heute ist er anders angezogen – nur Hemd und Jeans, aber sehr gepflegt. In einer Hand hält er eine leuchtendgelbe Schachtel.

*Ist das Schokolade?* Sukhin knirscht mit den Zähnen. Und überhaupt, was treibt der Mann hier an einem ganz normalen Dienstagnachmittag? Er sieht nicht aus wie ein Stadtstreicher oder überhaupt irgendein Streicher – dieses Hemd sieht gebügelt aus – muss er also nicht arbeiten?

Der Fremde und Jinn machen kehrt und gehen in die Gegenrichtung. Sukhin tut dasselbe auf einem niedriger gelegenen Teil des Weges. Sie bewegen sich alle parallel zueinander, auf und ab, am Fluss entlang, Jinn und der Fremde, ohne Sukhins Anwesenheit zu bemerken. Auf und ab, auf und ab. Der Mann zeigt keine Ermüdungserscheinungen und Sukhin beginnt, sich Sorgen zu machen.

Wer ist er? Was sagt er zu ihr?

Als der Fremde zwei Stunden später geht, kursieren in Sukhins Kopf die wildesten, abenteuerlichsten Vorstellungen. Er läuft ein Stück weg, nachdem er beschlossen hat, dem Mann nicht zu folgen, überquert die erste Brücke, die er sieht, dann dreht er um und läuft zurück in ihre Richtung, beschleunigt die Schritte. Als er sie einholt, ist sie schon weiter oben am Fluss. Er sieht ihr Rad, das an eine Bank in der Nähe gekettet ist, der Rucksack ans Rad.

»Hallo.« Er hofft, dass er nicht so fertig aussieht, wie er sich fühlt.

Sie sieht müde aus. »Hi, Sukhin.«

Plötzlich hält er es nicht mehr aus. Er platzt. »Der Typ, mit dem du geredet hast. Wer ist das?«

Sie sieht nicht überrascht aus, was ihn überrascht.

»Einfach irgendein Typ.« Ruhig, nicht beruhigend. »Niemand.«

Sie hält die leuchtendgelbe Schachtel in der Hand.

*Zwei kleine Mädchen sitzen unbeaufsichtigt in einer Halle mit grauen Wänden und sehen zu, wie die Erwachsenen mit raschen Trippelschritten umhereilen, manche mit Vasen voller frischer Blumen, andere mit Tabletts voller Essen. In einer Ecke der Halle belagert ihre Mutter einen Mann in einem Sakko, den netten, der die Mädchen vorhin sanft hingesetzt und ihnen ein Stück Kuchen von einem der Tabletts gegeben hat.*

*Einem der Mädchen wird das Herumgucken langsam langweilig. Sie tritt gegen den Stuhl vor ihr und macht leise Knurrgeräusche. Das andere Mädchen stoppt sie. Sie ist älter; sie weiß, warum sie hier sind. Sie sagt zu dem jüngeren Mädchen, dass sie sich benehmen muss, oder Opas Geist werde sie beide mitnehmen. Das jüngere Mädchen hört auf, gegen den Stuhl zu treten.*

*Das ältere Mädchen erfindet für sie beide ein leises Spiel. Sie müssen raten, welche Blume der anderen am besten gefällt und welche am wenigsten. Sie sehen sich die Blumen in den Vasen um sie herum an. Sie denken über jede von ihnen nach.*

*Sie haben dieselbe Lieblingsblume – die große weiße, von der sie später erfahren, dass sie Pfingstrose heißt. Dem älteren Mädchen gefallen die meisten anderen Blumen, aber am wenigsten gefällt ihr die Lilie. Das jüngere Mädchen findet, dass die meisten Blumen gleich aussehen, doch sie hasst die, die aussieht wie eine Spinne, aber mit so viel mehr Beinen als eine richtige Spinne. Diese, wie ihre Großmutter ihnen später erklärt, ist die Chrysantheme, schon immer überaus beliebt bei der japanischen Kaiserfamilie.*

*»Hässlich«, sagt das jüngere Mädchen. »Spinne.«*

*Ihre Schwester lacht und nimmt ihre Hand.*

# XIV

Drei wurde aussortiert – sie liegt in einer Ecke des Wohnzimmers neben Zwei, umgeben von Pappschnipseln. Vier, denkt er, Vier wird es sein. Sukhin ist sich da so sicher, dass er schon beschlossen hat, noch in der ersten Bauphase, sie größer zu machen als seine Vorgänger. Der Grundriss wird sechs Quadratmeter einnehmen, und das ganze Teil wird zwei Meter hoch sein, doppelt so groß wie Drei.

Das Pfauensofa wurde an die Bücherregale geschoben, es musste seinen Platz im Wohnzimmer für Vier räumen. Der Couchtisch ist eine rollende Werkbank, auf der sich Schachteln mit Werkzeug, Leimflaschen, verschiedene Arten von Draht, Kordeln, Garn und Angelschnüre und Kugeln aus zerknülltem Papier türmen – es hat Unfälle gegeben; die Tischplatte wird nie wieder so sein wie früher. Der Fernseher ist einfach eine weitere Oberfläche, an der Skizzen befestigt werden können.

Das Arbeitszimmer ist ein Pappdschungel. Der Schreibtisch ist nicht mehr sichtbar, begraben unter hohen Stapeln von Zeitschriften und Zeitungen, überflutet von Skizzen und Zeichnungen und Prototypen von Teilen des Mechanismus. Wo man hinsieht, Kartons – sie stapeln sich auf dem Boden, auf den Stühlen, unter dem Schreibtisch. Nur sehr wenig Licht dringt jetzt noch in diesen Raum.

Das Schlafzimmer hat sich erfolgreicher behauptet. Ein offener Pfad führt von der Tür zum Bett zum Badezimmer;

ein Streifen Fußboden vor dem Kleiderschrank ist frei geblieben. Aber abgesehen von diesen letzten Bastionen der Ordnung herrscht Chaos – noch mehr Gegenstände aus Arbeits- und Wohnzimmer wurden hergeschafft, Kartons, die nicht mehr in Arbeits- oder Wohnzimmer passen, haben die Ecken in Beschlag genommen. In Plastikbehältern, die jetzt den Nachttisch besetzen: Teilchen des Mechanismus von Drei, die auf die Transplantation in Vier warten und vor versehentlicher Entsorgung bewahrt werden müssen.

Ein einziger kleiner Karton hat den Weg in die Küche gefunden. Ansonsten ist die Küche weiterhin unberührt.

Sukhin hat das Laufen, regelmäßige Mahlzeiten und seinen Schlafplan inzwischen aufgegeben. Er hat keine Angst mehr vor dem Verfall; er isst, wenn er zu hungrig zum Arbeiten ist, er schläft, wenn er zu müde ist, um ein Messer zu führen.

Am Sonntag vor Weihnachten erwacht er, ohne sich darum zu scheren, dass Sonntag ist, oder ein Uhr mittags. Er wirft einen Blick auf sein Telefon – zwei Mitteilungen von Dennis, eine von seiner Mutter, eine von Kim Seng, eine von einer unbekannten Nummer, die ihm ein sofortiges Niedrig-Zins-Darlehen anbietet.

Die von Kim Seng ist zwei Stunden alt: »Wann kommst du nachher? Tiefkühl ist schon geräumt.«

*Richtig. Das ist heute.*

Dusche, Müsli, Puddings, Auto. Sims Avenue, Parkhaus, Fahrstuhl.

Kim Seng steht vor seiner Wohnung und räumt Gegenstände in ein riesiges Regal neben der Tür. »Ey, hallo. Ich dachte schon, du würdest vielleicht nicht kommen.«

Sukhin sieht zu, wie Kim Seng ein Paket Druckerpapier, ein Paar alte Turnschuhe, einen Telefonakku und eine

Dose eingelegten Salat aus einer sehr großen Leinentasche nimmt und in das Regal legt. Er hat offenbar ein System – der Salat gesellt sich zu einigen Packungen mit Keksen und zwei Brotlaiben; der Telefonakku landet in einem anderen Teil des Regals, neben einem kleinen Ventilator.

»Tut mir leid, verschlafen.« Sukhin nimmt eine Dose Thunfisch aus dem Regal und stellt sie wieder zurück. »Was ist das alles? Brauchst du Hilfe?«

»Nicht nötig, nicht nötig – ich leg' einfach alles her, dann können die Leute kommen und sich holen, was sie wollen. Ganz einfach.«

Sukhin nimmt einen umgekippten Spielzeuglastwagen und stellt ihn auf. »Aber woher kommt das alles?«

»Von überallher«, erzählt ihm Kim Seng. Alles hier ist streng genommen Müll – irgendwer hat beschlossen, dass er es nicht mehr haben will, und es weggeworfen. »Aber wir wollen doch alle was anderes, richtig?« Kim Seng klappert regelmäßig die Müllcontainer und Recyclingtonnen in seiner Nachbarschaft ab und sucht nach Schrott, den jemand anders vielleicht brauchen kann. »Recycling ist nicht einfach, weißt du – ganz viel kann nicht recycelt werden. Und Leute schmeißen jede Menge Kram, der nicht recycelt werden kann, in Recyclingtonnen. Sogar Essen.« Kim Seng seufzt und reibt sich die Stelle zwischen seinen Augenbrauen. »Ein bisschen blöd lah, aber egal – wenn ich sowas sehe, nehme ich es und lege es her. So wie das – siehst du? Wie soll man das recyceln? Metallteile zusammen mit Plastik- und Gummiteilen, da und da. Geht nicht lah.« Er zeigt Sukhin einen Föhn und weist auf dessen verschiedene Bestandteile. »Und der funktioniert noch, weißt du. Menschen sind solche *Verschwender*!« Er spuckt das letzte Wort regelrecht aus.

Sukhin starrt ihn fasziniert an – es ist also nicht nur Gemüse. Dieser Mann ist eine Art Müllhaufen-Robin Hood.

»Ich hab' auch größere Sachen. Komm rein lah, ich zeig's dir.«

*Du meine Güte!*

Zwei ganze Schlafzimmer, bis zur Decke vollgestopft mit allem möglichen Kram. Tische, Aktenschränke, Regale, Büchergestelle, Ventilatoren, Stühle. Die Spielküche eines Kindes. Das Fahrrad eines anderen Kindes. Röhrenfernseher, Videorekorder, Kühlschränke, Staubsauger. Ein riesiger Kleiderständer. Schirmständer. Bügelbretter. Ein aufblasbares Schwimmbecken. Ein Tau. Kim Seng erzählt gerade, wo er das aufblasbare Schwimmbecken gefunden hat – »Irgendwer hat es zwei Blocks weiter in die Reyclingtonne gesteckt – diese Idioten schauen einfach nicht aufs Etikett« –, aber Sukhin ist weit weg. Er hat ein bisschen Herzklopfen; er weiß nicht, warum. Das alles hat irgendwie etwas Surreales und Hoffnungsvolles – dass all diese Gegenstände hier in dieser unscheinbaren Wohnung, in diesen beiden Schlafzimmern, in denen niemand schläft, von einem Mann gerettet wurden, der keinen Grund dazu hat, außer seiner Überzeugung, dass »wir nichts Brauchbares wegwerfen dürfen«, und dass sie alle hier nun auf jemanden warten, der kommt und sie in den Sonnenuntergang trägt.

»Äh, alles in Ordnung bei dir?«

»Sorry, sorry.«

Kim Seng mustert ihn freundlich. »Ja. Gruselig, was? Was die Leute alles wegwerfen.«

In Kim Sengs Tiefkühltruhe ist gerade Platz genug für drei Puddings. Sukhin hat acht mitgebracht.

»Alles gut«, sagt er zu Sukhin. »Lass uns die nach nebenan bringen. Hab meinem Nachbarn schon gesagt, dass wir uns vielleicht Stellplatz borgen müssen.«

Alle Nachbarn von Kim Seng – alle auf diesem Stockwerk – sind Helfer und Unterstützer der Gemüse-Piraten und außerdem regelmäßige Beiträger und Nutznießer dessen, was Kim Seng das »Regal für alle« nennt. Ein paar von ihnen werden am Abend des Festes Taxi spielen und alle stiften Lebensmittel, erzählt er glücklich. Wieder staunt Sukhin über Kim Sengs Talent, Leute zu mobilisieren und sie dazu zu bringen, Dinge zu tun – die meisten Menschen, die er kennt, wissen nicht einmal die Namen ihrer Nachbarn. Sukhin weiß nicht einmal die Namen seiner Nachbarn, nicht einmal den des Mannes, der seit zwei Jahren direkt neben ihm wohnt.

Kim Seng gibt ihm einen Klaps auf den Rücken. »Danke, echt. Deine Freundin hat bei Gopal angerufen – sie sagt, dass sie helfen wird. Wir sind also soweit.«

Sukhin nickt. Gut, gut. Verrückt, aber gut. »Ich freue mich, dass alles geklappt hat.«

»Ich auch – wir waren langsam alle schon total gestresst. Ich weiß nicht, was wir ohne deine Hilfe machen würden.«

Jetzt ist Sukhin verlegen. »Bitte. Das ist doch keine große Sache.«

»Ist es wohl lah. Zu unserem Glück hat deine Freundin ja gesagt.« Noch ein Klaps auf den Rücken für Sukhin. »Und danke für den ganzen Kuchen.«

»Pudding. Aber kein Problem.«

Sie haben den restlichen Pudding in den Gefrierfächern von drei Nachbarn untergebracht – Vijendran von nebenan hatte nicht genug Platz – und jetzt stehen sie wieder vor Kim Sengs Wohnung.

Kim Seng dreht sich mit verschränkten Armen zu ihm um. »Äh, ich frage dich – aber nicht böse werden, okay? Du und X – wie? Läuft da was?«

Was zum Teufel! *Du auch?*

»Nur gute Freunde.« Sukhin steckt den Kopf durch die Tür. »He, hast du irgendwas mit feststellbaren Rädern? Mit Kugellagern?«

»Sie ist ein feines Mädchen, weißt du. Mach ja keinen Scheiß.« Kim Seng wirft ihm einen strengen Blick zu. »Räder? Hab ich. Kugellager, nicht sicher. Lass uns mal nachsehen.«

Leicht verdattert folgt Sukhin ihm in die Wohnung. Eine Warnung vom Kapitän der Gemüse-Piraten – jetzt ist sein Leben wirklich vollkommen.

~

Er wird Jinn nichts von Kim Sengs drohendem *mach ja keinen Scheiß* erzählen, aber es hallt in seinem Kopf wieder, als er auf sie zuläuft. Er stellt sich vor, wie er genötigt wird, über die Planke zu laufen – vielleicht gleich hier in den Fluss –, während die gesamte Freiküchen-Mannschaft ihn mit verfaultem Gemüse bewirft. »Die kann man nicht mehr essen, aber wenigstens haben sie so noch eine Verwendung«, wird Kim Seng den Schaulustigen geduldig erklären.

»Du siehst müde aus«, erzählt er ihr stattdessen.

»Bin ich.« Sie sagt nicht, warum, und er fragt nicht nach.

Sie lesen zusammen, im Schatten einer großen, baldachinartigen Konstruktion, die in der Flussmitte angebracht ist. Die Wörter auf den Seiten seines Buches verschwimmen immer wieder und wollen nicht stillhalten. Eine seltsam dumpfes Gefühl hat sich in seinem Kopf eingenistet, gleich hinter seinen Augen.

Sie erzählt ihm, dass es in der vergangenen Nacht zum ersten Mal seit Tagen geregnet hat. »Die Frösche haben die ganze Nacht lang gesungen.«

Er hat gar nicht bemerkt, dass es in der vergangenen Nacht überhaupt geregnet hat, oder dass es diese Woche bis dahin nicht geregnet hatte.

»Du bist so still in letzter Zeit, Sukhin.«

»Ich bin wohl auch müde.« *Und du willst mir nicht erzählen, wer er ist.*

Er bleibt nicht lange. Aber ehe er geht, sagt er ihr, dass ihre Weihnachtsüberraschung fertig ist. Er hat beschlossen, dass er sie eine der Bomben anzünden lassen wird, aber das behält er für sich.

»Das wird ein Knaller.«

~

Die Gegensprechanlage brummt, laut und irgendwie beängstigend. Die Gegensprechanlage. Sukhin weiß schon gar nicht mehr, wann jemand die zuletzt benutzt hat.

»Sukhin, ich bin's.«

Jinn! Er schaut auf die Uhr. Es ist ein Uhr morgens. Sein erster Gedanke ist, dass sie verletzt oder überfallen wurde. Er weiß es. Es war Wahnsinn von ihm, das nicht kommen zu sehen, Wahnsinn, nicht darauf bestanden zu haben, dass sie hierbleibt, Wahnsinn, sie durch irgendeinen verblödeten Park voller Verrückter Hooligans Verbrecher Wichser ersten Ranges stromern zu lassen. Er rennt zur Schalttafel und prügelt auf den Knopf ein, der die Haustür öffnet. Ein Klicken und die Verbindung ist tot.

Er schnappt sich seine Wagenschlüssel und sein Telefon und rennt nach unten – das geht schneller, als den Fahrstuhl zu nehmen. Er tippt die Nummer des nächstgelegenen Krankenhauses ein, bereit die Anruftaste zu drücken.

Jinn, der Rucksack und das Fahrrad warten unten vor dem Fahrstuhl auf ihn. Keiner von ihnen wirkt, als hätte man ihm Schaden zugefügt. Nichts ist zerrissen, zerbrochen oder blutüberströmt, aber Jinn sieht müder aus, als er sie je gesehen hat – mit seltsam hölzernem Gesicht, hängendem Kopf und gebeugten Schultern.

»Tut mir leid, dass ich dich geweckt habe.«

»Ich habe nicht geschlafen.« Er nimmt ihr den Rucksack ab. Sein erster Impuls ist, zu fragen, ob sie die ganze Strecke mit dem Rad gekommen ist, drei Stunden, heute Nacht – aber er beißt sich auf die Zunge. Natürlich ist sie, was für eine blöde Frage. »Was ist passiert?«

Der Ausdruck auf ihrem Gesicht ist der Schatten eines früheren, verbissen und störrisch und kalt. Der Blick, den sie ihm zuwirft, ist, absichtlich, ein kleines bisschen schief.

Sie streckt die Hand aus und drückt auf den Aufwärts-Knopf. Ein helles, metallisches Dingdong, die Fahrstuhltüren öffnen sich.

»Lass uns morgen früh darüber reden.«

~

»Also, erzähl mir, was du da baust.«

Sie stellt die Teebecher hin und setzt sich neben ihn auf den Boden. Das Licht, das durch die gläserne Balkontür hereinfällt, ist grau und sanft. Sukhin ist seit Stunden auf und arbeitet an Vier, fleht Vier an, mit ihm zu kooperieren.

»Ich weiß nicht, ob ich das fertigmachen werde. Ist schwieriger, als ich gedacht hatte.« Er starrt auf das Gewirr aus Schnüren und Pappe vor sich.

»Tut mir leid. Ich bin im Weg, oder?« Sie hebt ein Stück Pappe auf und betrachtet es. »Aber das hier war der sicherste Ort, der mir einfiel.«

Er hat sie in der vergangenen Nacht und in der Nacht davor im Schlaf betrachtet, wie sie ausgestreckt wie ein Brett unter seiner Decke lag, ihr Gesicht in seinem Kissen vergraben, und begriffen, was es bedeutet, von Sorgen erdrückt zu werden – denn plötzlich waren sie weg. Er hat beschlossen, sie notfalls mit Gewalt hier zu behalten und sie zu jagen und zurückzuschleifen, sollte sie entkommen.

»Geht's besser?«

»Ja.«

»Soll ich versuchen, das Sackgesicht zu finden, ihn abmurksen, zerstückeln und an die Krähen verfüttern?«

Sie lächelt. »Wie kühn, Sukhin.«

Er trinkt einen Schluck Tee, um sein Stirnrunzeln zu verbergen. »Du hättest es mir von Anfang an sagen sollen.«

»Wollte ich doch. Aber dann bist du angerannt gekommen und hast es verlangt.«

Selbstgefällige, bösartige Pute. Eines Tages, eines Tages, wird er sie beißen.

Aber zuerst wird er das Sackgesicht finden.

Ein Student, hat sie ihm gesagt. Am Predigerseminar. War eine Art Marketingberater, bis er eines Tages Gottes strahlendes Licht geschaut hat, als er um ein Haar mit einem LKW zusammengestoßen wäre, nachdem er auf der Fahrt von der Arbeit nach Hause am Steuer eingeschlafen war. Daraufhin beschlossen, dem Rest seines Lebens einen Sinn zu verleihen, indem er es der großen Gottheit widmet, die ihn gerettet hat, sich am Seminar beworben und so weiter, und so fort.

»Hätte doch einfach von da an den Bus nehmen können.«

»Sukhin, unterbrich mich nicht.«

Die restliche Geschichte war ebenso zum Augenverdrehen, wie Sukhin befürchtet hatte. Es war, als ob der Typ »mitten in der Karriere umsatteln aufgrund von Post-Autounfall-Offenbarung gepflastert mit vorhersehbaren Hindernissen, vor allem Anfällen von Selbstzweifeln und Verfolgungswahn« gegoogelt und beschlossen hätte, dieses Klischee einszueins zu bedienen. Die Vorstellung von Jinn, die die ungekürzte Version der Geschichte hatte ertragen müssen, erfüllte ihn mit einer unbehaglichen Mischung aus Ehrfurcht, Ungläubigkeit und Neid. Neid vor allem auf den Mann, dem es gelungen war, jemanden zu finden, dem er seine blöde, dröge, stumpfsinnige Allerweltsgeschichte erzählen konnte, ohne gesteinigt oder ausgelacht zu werden, aber auch auf Jinn, die es geschafft hatte, vom Lächerlichen abzusehen und zuzuhören, wie ein anderer Mensch daran zerbrach, einem emotionalen geistigen Chaos einen Sinn zu verleihen, das rein gar nichts mit ihr zu tun hatte.

»Aber woher kennt ihr euch eigentlich?«

»Tun wir nicht.«

Das ergab keinen Sinn. Er runzelte die Stirn. »Und er ist einfach eines Tages aufgetaucht und hat angefangen zu reden?«

Jinn lachte.

Nein – und ja. Sie war eines Morgens aufgewacht und da hatte er neben ihr gesessen, auf dem Boden, wo sie ihre Schlafmatte ausgerollt hatte. In einem der Pavillons im Park. Die Sonne war eben aufgegangen. Es nieselte.

»Wie romantisch. Morgenlicht. Ein Nieseln. Darüber schreibt man Romane.«

»Er suchte Schutz vor dem Regen.«

Na klar. Und was war er überhaupt für ein Psycho, dass er sich noch vor Sonnenaufgang in Parks herumtrieb?

Laut Jinn irgendwas mit Beten und Laufen. Jedenfalls hatte der Mann sie gefragt, ob sie die Nacht im Park verbracht habe.

»Ich habe ja gesagt – kein Grund zum Lügen.«

Dumme, arglose Frau. Er würde ihr einen Maulkorb verpassen müssen.

Von diesem Punkt an war der Handlungsstrang ziemlich vorhersehbar. Religiöser Fanatiker findet heraus, dass Frau obdachlos ist. Religiöser Fanatiker beschließt, Frau sei Teil eines großen himmlischen Plans, um seinen Glauben auf die Probe zu stellen. Religiöser Fanatiker versucht, Frau in Sicherheit von Kirche, institutionalisierter Religion und Unobdachlosigkeit zu zerren. Religiöser Fanatiker beharrt auf seinem Vorhaben, trotz geduldigen Widerstands durch Frau. Religiöser Fanatiker wird zum unwillkommenen Stalker. Frau ab.

*Religiöser Fanatiker wird von Ex-Freund der Frau abgemurkst, zerstückelt und an Krähen verfüttert.*

»Er war kein Fanatiker, Sukhin. Er wollte mir wirklich helfen.«

»Und er hat dir Schokolade gebracht.«

Sie warf ihm einen langen, scheelen Blick zu. »Red keinen Scheiß. Das waren Postkarten mit Bibelsprüchen.«

Der Kipppunkt, wie sie Sukhin schließlich erzählte, war erreicht, als er begann, mitten in der Nacht aufzukreuzen, wenn sie schlief, um über ihr zu beten. Sie hatte ihn gebeten, damit aufzuhören, aber er hatte sich geweigert. Sie sei dazu ausersehen, Teil seiner Mission zu sein, erzählte er ihr, und er habe vor, weiterzumachen, bis auch sie das begriffen hätte. Vorgestern Nacht war er zusammengebrochen, hatte sie geschüttelt, bis sie Sterne gesehen hatte, und zu wissen verlangt, warum sie ihm das alles so schwer mache.

»Also bin ich hergekommen.«

»Hättest ihm zuerst in die Eier treten sollen.«

Oh ja, er wird das Sackgesicht finden.

Fürs Erste jedoch – Mittagessen, Waschmaschine, schnell in den Supermarkt. Nie im Leben wird er sie mit Müsli füttern, was alles ist, was er seit Wochen gegessen hat. Das, und den ganzen Christmas Pudding, der es nicht in die Auswahl geschafft hat.

~

Sie sind alle schon seit acht Uhr morgens hier, würfeln zerkleinern schälen schneiden hacken filetieren blanchieren wickeln backen grillen. Alle sind schweißnass, müde und, ironischerweise, hungrig, aber die Stimmung ist großartig – Kim Seng, der zwischen Telefongesprächen und Lieferungen in die Küche und aus der Küche schießt, schafft es, sie alle in einem Zustand der geselligen Fast-Panik zu halten. Sukhin ist erstaunt, welchen Lärm zwölf Erwachsene veranstalten können.

»Äh, wo ist die Tüte mit den Zwiebeln? Die hab ich eben erst hier hingelegt. Eben erst!«

»Hier, hier. Du hast sie im Kühlschrank liegenlassen lah. Ach herrje, so viel zu tun … wie sollen wir nur rechtzeitig fertig werden?«

»Wird schon, wird schon – immer schön weiter, immer schön weiter!«

»Kaffee für alle? Ich geh' welchen holen. Wenn ich nicht bald einen krieg', fall ich um.«

»He, Leute, klingt drei Esslöffel Salz zu viel? Kommt mir ganz schön viel vor.«

»Mach einfach lah, okay? Wenn es zu viel ist, geben wir Kokosmilch dazu. Kokosmilch kann man doch nie zu viel haben, oder?«

»Wann hast du zuletzt dein Cholesterin checken lassen?«

Sukhin schält Kartoffeln. Er schält Kartoffeln, seit er vor drei Stunden angekommen ist. Immer, wenn er glaubt, die Tortur sei vorbei, trifft eine neue Ladung Kartoffeln ein. Wenn heute vorbei ist, wird er für immer genug von Kartoffeln haben. *Nein, ich fürchte, diesen Auflauf kann ich nicht mehr machen – hab vor Jahren am Heiligen Abend das Gelübde abgelegt, nie wieder einen Erdapfel anzurühren.*

Kim Seng stellt einen weiteren Sack Kartoffeln vor Sukhin auf die Theke. Wenn seine Schüler ihn das nächste Mal fragen, wer Sisyphus ist, wird er sie herbringen und Kartoffeln für ein Massenfestessen schälen lassen.

»Wie viele Seeleute erwarten wir zum Essen?«, fragt Sukhin, lauter als beabsichtigt.

Alle drehen sich zu ihm um. Hackmesser, Schneidemesser, Kellen, Löffel halten inne und warten.

*Das ist ein bisschen peinlich.*

»Kartoffeln sind gut gegen Skorbut«, erklärt er. Nein, nicht gut. Er versucht es nochmal: »Seeleute haben früher Kartoffeln gegessen, um keinen Skorbut zu kriegen.«

Starre Blicke, keine verstehenden.

»Auf langen Seereisen.«

Niemand sagt etwas.

»Wir haben hier massenhaft Kartoffeln.« Er wedelt mit dem Schäler herum und versucht, freundlich zu klingen. »Also wollte ich sagen, vielleicht erwarten wir heute Abend viele Seeleute. Versteht ihr, wegen der Kartoffeln.«

Die starren Blicke wenden sich langsam und vorsichtig ab. Hackmesser, Schneidemesser, Kellen, Löffel beginnen sich zögerlich wieder zu bewegen.

Kim Seng ruft: »Okay, wer kann die Kartoffeln übernehmen?« Er legt Sukhin eine Hand auf die Schulter. »Na los, mach eine Pause.«

Eine Hand auf seiner anderen Schulter. Jinn. »Komm. Ich mach einen Tee.«

Sie trinken den Tee oben, zwischen den Reihen von Microgreens und essbaren Blumen, die die Aktivitäten der Freiküche finanzieren. Ein Techniker wandert von Schale zu Schale, überprüft Temperaturregler und Wasserstände. Ein anderer bereitet behutsam Erbsenranken in winzigen Beeten, jedes von der Größe eines Platzdeckchens, für eine Lieferung vor.

»Lieferung zu Heiligabend – wo das große Geld zu holen ist«, hat Raj ihnen vorige Woche erzählt.

Sukhin wirft einen Blick auf eine Schale mit der Aufschrift »Mikromöhren«. Wie überaus seltsam – was würde seine Großmutter darüber denken? –, dass eine Möhre, die kaum so groß war wie sein kleiner Finger, zehnmal mehr wert sein sollte als eine normale Möhre!

Jinn berührt für einen winzigen Moment sein Handgelenk. »Danke, Sukhin.«

»Entschuldige – ich wollte mich nicht über die Kartoffeln beschweren.«

»Nein, du Dussel. Für alles – Kim Seng sagt, du warst wunderbar. Das warst du.«

»Das ist doch keine große Sache.«

»Das sagst du immer.« Sie ist mit ihrem Tee fertig. Sie nimmt seine Tasse, stellt sie auf ihre und geht Richtung Treppenhaus. »Sag nicht was, das du nicht meinst.«

~

»Wow. Das ist so cool.«

»Bitte. Das ist eine offene Flamme – bitte, versuch nicht, sie zu berühren.«

»Bist du sicher, dass das zum Kochen ist? Sieht aus wie was aus der Werkstatt meines Bruders. Er ist Klempner.«

»Einfach den Schnaps drüber kippen und anzünden? Einfach so?«

»Ja.«

~

Alles sieht – naja, alles sieht viel besser aus, als er erwartet hatte. Entlang der ganzen Seitengasse stehen Stühle und Tische, mit Kerzen, Besteck, Tellern und Gläsern. Lampions baumeln von Dachvorsprüngen und hängen kreuz und quer über den Tischen. Die Piraten und andere Freiwillige haben alle tragbare Leuchten und Lampen von zu Hause mitgebracht – das meiste davon hat schon bei anderen Festen als Deko gedient, darunter auch ein paar ziemlich gewöhnungsbedürftige Exemplare, aber das stört niemanden wirklich. Auch Sukhin nicht: Er findet, die große, blinkende Ketupat-Lampe und die Spiderman-Schreibtischleuchte sind 1-A-Weihnachtsschmuck – wer braucht schon Sterne und Engel?

Jemand legt das Essensgong-Lied ein. Während *Perhaps Perhaps Perhaps* erklingt und diese schwachsinnige erste Zeile – »Du willst nicht zugeben, dass du mich liebst« – sich über die Gasse ergießt, trägt die Mannschaft das Essen raus: eine Platte nach der anderen mit Truthahn, Kartoffeln, Curry, Brot, Biryani, Rojak – ein wirres Durcheinander an Gerichten für eine schiefe Inszenierung.

»Sie kommen, sie kommen!«

Es ist 19:09, nach seiner Uhr. Fast nach Zeitplan. Sukhin nimmt die Hintertür, durch die Küche, vorbei am nackten, klaffenden Luftschacht, vorbei an Rajs Büro und raus durch den Vordereingang des Shophouse. Eine Ansammlung von Autos, Minibussen und Lieferwagen parkt zweireihig die Straße entlang, eine bunte Mischung von Leuten steigt aus. Einige sind Stammgäste der Freiküche, andere – die verwirrt die dunkle, stumme Reihe von Shophouses anstarren und sich fragen, ob alles nur irgendein seltsamer, gemeiner Scherz war – sind eindeutig zum ersten Mal hier.

Das ist Gruppe 3, der Sukhin zugeteilt wurde.

»Hallo!« Er ist nicht daran gewöhnt, seine Stimme zu erheben, schon gar nicht, um fröhlich und festlich zu klingen, aber er zwingt sich. »Fröhliche Weihnachten allesamt. Danke, dass ihr gekommen seid. Mir nach – damit ihr es euch gemütlich machen könnt. Hier lang, bitte.«

In Gruppe 3 fangen alle gleichzeitig an zu reden. Keiner folgt Sukhin.

Wenn die Hölle die anderen sind, dann ist Weihnachten eine ganz besondere Art von Hölle.

Sukhin trinkt darauf, aus einer Weinflasche, die im Kühlschrank zwischen Obstschüsseln lagert, nachdem er endlich alle an dem langen Tisch untergebracht hat. An der Weihnachtstafel – was für eine hervorragende Idee, Gruppen von zehn jeweils eine Garnitur von Gerichten teilen zu lassen, statt alle einzeln zu bedienen. Viel weniger Arbeit, und wenigstens bringt das die Leute zum Sprechen. Naja, sie können miteinander sprechen – er wird nicht mehr zurück nach draußen gehen. Er trinkt ein bisschen zu viel, dankbar wem auch immer, der den Wein mitgebracht hat –

wahrscheinlich einer der neuen Freiwilligen, um ein bisschen Schwung in die Sache zu bringen.

Als sie eintrifft, ist er mehr als nur ein bisschen beschwipst, noch immer in der Küche versteckt und seinen Weihnachtsbomben dankbar für den Vorwand, sich um sie kümmern zu müssen und ihren großen Auftritt zu planen.

Von draußen ein paar Jubelrufe, dann Stille.

Gopal kommt in die Küche gestürzt. »Sie ist da. Los, das musst du dir anschauen!«

Sukhin folgt Gopal zur Hintertür. Sie stehen in der Türöffnung und beugen sich hinaus, um eine bessere Sicht zu haben. Instinktiv, aber unnötig – sie befinden sich bereits vier Stufen über dem Boden, mehr als genug, um ihre Meisterschaft in der Kunst des Spektakels zu bewundern.

Eine Prozession, langsam und zeremoniell, hat sich am hinteren Ende der Gasse in Bewegung gesetzt. Dreißig puppenhafte Männer und Frauen mit weißen Handschuhen und Jacken laufen in einer geraden Linie an den Tischen vorbei, jeder von ihnen mit einem großen Kuchen auf einer Platte, jeder Kuchen erleuchtet von so vielen Wunderkerzen, wie er tragen kann, ohne stillos zu werden. Es sind Kuchen, gezaubert von launigen Händen – schaumig, wolkenhaft, manche goldgesprenkelt, manche leuchtend vor Zuckerwatte, andere gekrönt von Farnen und Blumen. An der Spitze der Prozession trägt sie ein architektonisches Wunder mit glitzernden Türmen vor sich her, ihre Haltung ist königlich, ihr Lächeln die perfekte Mischung aus verschwörerischem Grinsen und Zahnpastawerbung. Ihr goldenes Kleid zeigt, dass sie hier die Schlüsselrolle spielt, das Zielobjekt für das Trio, das der Prozession folgt und sie dokumentiert – ein Fotograf, sein Beleuchter und eine junge Frau, die wie wild auf ihrem iPhone herumtippt –;

über ihren Köpfen die rotblinkende Drohne mit der Kamera. Die Gäste an den Tischen sind allesamt verstummt vor Ehrfurcht. Die Freiwilligen sind allesamt an die Wände zurückgewichen, weil sie den Auftritt nicht stören wollen.

Sie erreicht den letzten Tisch, ganz am anderen Ende der Gasse, und dreht sich um, um die Szene zu genießen, die sie erschaffen hat. Ein Nicken in Richtung ihrer Schar und alle Platten mit wunderkerzenbewehrter, traumhafter Konditoreikunst werden auf die Tische gestellt.

»Fröhliche Weihnachten allerseits!« Einunddreißig Vogelstimmen in Singsang-Unisono.

Klatschen, Jubelrufe, aufgeregtes Geplapper, während die Gäste die Kuchen bestaunen. Sie bersten vor Superlativen, während sie erklären, dass sie in ihrem ganzen Leben noch nie etwas so Wundervolles gesehen haben. Sie starren sie offen an, die unverkennbare Überbringerin dieser Genüsse, mit der Ergebenheit, die sonst nur an Königshäuser verschwendet wird.

Ein Hoch auf die Königin der Torten.

~

»Sukhin!«

Der Zorn in Jinns Stimme lässt ihn so schnell herumfahren, dass er fast das Gleichgewicht verliert. Gopal wirft nur einen kurzen Blick auf sie und stürzt dann wortlos davon und lässt die beiden allein in der Küche.

»Warum hast du sie hergeholt?«

Sie spricht leise, aber sie ist bleich und zittert, ihre Arme hängen starr an ihren Seiten. Er bewegt sich nicht von der Türöffnung weg. Draußen erheben sich einige Stimmen für eine ganz brauchbare Version von *Feliz Navidad*. Er tritt in die Küche und schließt die Tür.

»Ich dachte – du würdest vielleicht – sie ist deine Schwester!«

»Das weiß ich.« Wenn Blicke töten könnten … »Was hast du dir dabei gedacht?«

Sukhin weiß es nicht – es war kein ausgeklügelter Plan. Sie brauchten etwas zum Nachtisch, er kannte eine Bäckerin – und er wollte sehen, was passieren würde, wenn sie ihre Schwester wiedersähe. Nicht, dass er irgendeine Ahnung gehabt hätte, was wirklich passieren würde. Wie hätte er die haben können? *Und darum geht es doch bei einem Experiment, oder? Nein, Schwachkopf, tut es nicht; ein Experiment sollte, im Idealfall, eine Hypothese beweisen.*

Zu seinem Entsetzen fängt sie an zu weinen. »Warum hast du das getan?«

»Ich wollte nur helfen –« Aber das stimmt nicht. Er wollte nur wissen.

»Hat sie mich gesehen? Weiß sie, dass ich hier bin? Was hast du ihr erzählt? Warum, warum nur hast du das getan?« Ihr versagt die Stimme. Sie zerkratzt sich die Wangen, den Hals, die Handgelenke.

»Ich habe ihr gar nichts erzählt. Jinn –«

»Ach Sukhin, was ist bloß los mit dir?«

Sie geht ein paar Schritte rückwärts, weg von ihm und den hellen Küchenlichtern. Ihr Weinen ist das eines Tiers, ein von Schluchzern unterbrochenes, kehliges Wimmern. Wieder und wieder schließt und öffnet sie die Hände, dann legt sie sie sich fest um den Hals, die Handballen gegen die Kehle gepresst.

Er rührt sich nicht. Das hat er nicht erwartet – aber was hat er erwartet? Ping in Jinns neues Revier einzuladen – das konnte nur Chaos bedeuten, und er wusste das.

»Es tut mir leid.« Das tut es.

Sie dreht sich um und geht, auf dem Weg, den sie gekommen ist, durch das dunkle Shophouse und hinaus durch den Vordereingang.

Als er ihr gerade folgen will, klopft es an der Hintertür – das Timing ist so perfekt, dass er fast losgelacht hätte. Sie schwingt auf und Gopal kommt rein. »Du bist dran, Sukhin. Lass sie uns anzünden.«

Auch gut – er weiß, dass er sie nicht finden wird.

~

»Okay, haben wir alles im Kasten?«

»Mal sehen. Miss Teo ... Fotos mit Obdachlosen ... yes, Sir und yes, Sir und yes, Sir. Fotos mit Oberorganisationsmotz – yes, Sir. Fotos mit Küchenhilfen – yes, Sir. Foto mit Kuchen, ganz – yes, Sir. Fotos mit Kuchen, angeschnitten – yes, Sir. Ja, wir haben alles.«

»Was ist mit den Servierleuten?«

»Yes, sir. Wir haben sie, wie sie in die Gasse kommen, wie sie in einer Reihe stehen, Großaufnahmen von den Gutaussehenderen. Und wir haben dieses süße Bild, wo sie sich alle um Miss Teo drängen.«

»Hast du dir die Drohnenaufnahmen angesehen? Alle gut?«

»Alle gut. Das Kerzenlicht macht sich besser, als wir gehofft hatten.«

»Okay, super. Lad alle Bilder und Videos hoch und schick den Link an die üblichen Verdächtigen. Die haben doch alle die Pressemitteilung gekriegt, oder?«

»Natürlich, vor drei Tagen.«

»Gute Arbeit. Ist Eling mit dem Social-Media-Kram fertig?«

~

Ping spricht ihn später an, als die Gäste gegangen sind und das große Aufräumen beginnt. Er starrt sie an, überrascht sie zu sehen.

»Ich dachte, du wärst schon weg.«

»Bin am Gehen – wollte nur hallo sagen. Und tschüss.« Sie lacht.

»Danke, dass du das gemacht hast.«

»Ach nein – danke, dass du gefragt hast.« Sie beugt sich vor, deutet eine Umarmung an. »Fröhliche Weihnachten, Sukhin. Das war wirklich wunderschön – und so tolle PR. Kuchen auf mich, jederzeit.«

»Danke.«

»Und das hier.« Sie zeigt auf die Tische, die Deko, die Überreste des Festmahls. »Wie lieb von dir, dabei zu helfen. Ich glaube – ich glaube, das hätte ihr gefallen.«

Er gibt keine Antwort. Alles, woran er denken kann, ist, dass sie in der Vergangenheit spricht.

*Der Mann hat die Frau nicht gefragt, ob sie glücklich ist. Er wagt es nicht.*

*Die Frau hat keinen Gedanken ans Glücklichsein verschwendet. Es interessiert sie nicht.*

*Es ist schon Monate her, dass sie gestorben ist. Irgendwann kam ihr der Gedanke, dass sie vielleicht irgendeine Art von Leere verspüren müsste, ein dahinschwindendes Gefühl, irgendetwas zu sein. Aber da ist keine Leere. Ganz im Gegenteil – ihr Herz und ihre Tage sind erfüllt.*

*Sie weiß, dass er sie beobachtet und dass er manchmal Angst hat, sie könnte weggehen. Sie weiß, dass er sich besser fühlen wird, wenn sie ihm verspricht, dass sie ihn niemals verlassen wird, aber sie macht nicht gern Versprechungen.*

*Stattdessen kocht sie ihm literweise Tee und hält seine Hand, während sie nach Einbruch der Dunkelheit im Viertel spazierengehen. Im Gegenzug trinkt er literweise Tee und hält ihre Hand, während sie nach Einbruch der Dunkelheit im Viertel spazierengehen.*

*Das ist, für sie beide, eine Menge.*

# XV

Ein Orangen-Biskuit geht im Backofen auf, während er die fast vollendete Vier betrachtet. Es ist sein dritter Orangen-Biskuit – der erste war die pure Katastrophe, zusammengefallen und klebrig, der zweite war locker, aber viel zu wenig orange.

Vier ist eine Schönheit. Noch ein Abstecher zu Kim Seng, um ein paar Teile zu holen, einige letzte Korrekturen am Mechanismus – und es ist vollbracht.

Und dann was?

Sukhin ist nicht sicher, was er mit Vier machen soll, wenn er fertig ist. Ihm fällt niemand ein, der etwas damit anfangen könnte – was sollte denn überhaupt irgendwer damit anfangen können? Er könnte sie selbst behalten – warum nicht? Er hat sie schließlich so konstruiert, dass sie vollständig zusammengelegt werden kann, also wird sie in einen Karton passen und er kann sie in seinem Arbeitszimmer aufbewahren, immer in dem Wissen, dass sie da ist, wenn er sie braucht. Einsam. Ausharrend. Hoffnungsvoll.

Der Geruch von Butter, die den Bräunungspunkt erreicht hat, erfüllt die Wohnung und erhebt sie von dem Ort, der ihn enthält, zu dem Ort, der ihn und *das hier* enthält. Das, genau das ist der Grund, warum all diese verdammten Supermärkte ihre Bäckereien in Eingangsnähe platzieren – um alle in ihren Bann zu ziehen, die den Laden betreten, um einen über die Chemie zu zwingen, den überteuerten

Biokram und die sinnlose Reformkost zu kaufen, die kein Mensch im Ernst essen möchte. *Oh, ich rieche braune Butter; besser gleich gegensteuern und eine Packung von dieser widerlichen glutenfreien Pasta kaufen.*

Durch die Backofentür sieht der Kuchen vielversprechend aus. Goldbraun, prall in seiner runden Form, stetig aufgehend bei 180 Grad Celsius – wer entscheidet, dass es keine 182 sein dürfen? Kandierte Orangenschalenstreifen glänzen oben drauf – Moment mal, war es ein Fehler, sie dazuzugeben, bevor er die Konsistenz perfektioniert hat? Werden sie die chemischen Reaktionen in irgendeiner Weise beeinflussen? Er knurrt den Kuchen im Ofen an. Wenn der hier gut wird, kann er ihn nie mehr ohne die kandierten Orangenschalen machen – es sei denn, er macht einen weiteren ohne kandierte Orangenschalen. Morgen. Er wird ihn morgen machen.

Er hat an allen denkbaren Orten gesucht.

Heute Morgen war er wieder in Chinatown. Er hat den Wagen in demselben vielstöckigen Grauen abgestellt, in dem er ihn immer abgestellt hat, wenn er sie besucht hat, hat denselben Weg zur Gasse genommen, gehofft, den Kartonpalast auf irgendeine Weise wiedergeboren zu finden. Aber die Gasse war komplett leer. Nicht ein Fetzen als Beweis dafür, dass sie einmal dort gelebt hat, in einem Haus aus Kartons, das er einst mit einer Tüte voller schäbiger Deko zum Einsturz gebracht hatte.

Natürlich wird er Vier behalten – wer gibt denn das Licht seines Lebens auf? Er starrt voller Verwunderung die zwei Meter hohe Kartonkonstruktion an, deren Bau ihn Wochen gekostet hat, die energisch heftige Opfer an Zeit, Schlaf und Überlegungen verlangt – und erhalten – hat. Hat er das wirklich gebaut? Wie? Ist es das, was es heißt, von der Muse geküsst zu werden? Selbstvergessen immer weiter und weiter zu arbeiten, ohne Interesse an irgendwas außerhalb des Bannkreises dieser Aufgabe, wissend, dass sie das Zentrum von allem ist, das dem Leben Sinn verleiht – seit Jahren hat er nicht mehr so empfunden. Und jetzt bleibt nur noch so wenig zu tun. Sukhin steigt auf einen Hocker, hebt das Dach von Vier an und betrachtet das System von Schnüren, Lamellen und Rillen. Vielleicht wird er die Gleitköpfe noch mehr Kugellager einbauen.

Letzte Nacht hat er stundenlang den Park in Punggol durchstreift. Rauf und runter am Fluss entlang, jede Brücke und jeden Pavillon abgesucht, jede Bank, alles, was ihm eingefallen ist. Keine Spur von ihr. Er hat sogar die Otter gefragt.

Er schneidet sich ein Stück Kuchen aus dem Kuchen heraus. Gute Farbe, innen und außen. Gute Konsistenz, sogar die Verteilung von winzigen Luftblasen ohne sichtbare Löcher. Er nimmt einen Biss. Ah, sieben von zehn. Er ist leicht genug, um die Bezeichnung ›Biskuit‹ zu verdienen, und aromatisch, ohne zu orangig zu schmecken, was er bei jeglichem Kuchen oder Pudding hasst. Ein bisschen zu süß für Sukhins Geschmack – aber ein Kuchen ist ein Kuchen und die Orangenschalenstückchen gleichen das aus. Wenn sie zurückkommt, wird sie sich freuen – Orangenbiskuit hat sie schon immer gern gegessen.

Sie wird zurückkommen – all ihre Sachen sind hier, in seiner Wohnung. Es sind erst zwei Tage. Alles, was er tun muss, ist warten.

~

Xs komischer Freund-nicht-Freund hat vorbeigeschaut, um zu fragen, ob er weitere Kugellager entbehren kann.

Hat nicht mal vorher angerufen – ist einfach aus dem Nichts aufgetaucht. Kim Seng scannt die Haufen mit geretteten Möbeln und versucht etwas zu finden, das möglicherweise Kugellager enthalten könnte, die er für den Typen ausbauen kann – er kann ihn inzwischen ziemlich gut leiden, der Bursche hat über Weihnachten sein Bestes gegeben, um zu helfen, und X scheint ihn zu mögen.

»Noch mehr Kugellager? Was baust du denn?«

»Nichts.«

Kim Seng hält mitten im Kriechen inne, unter einem Tisch, auf dem Weg zu einem Karton mit allerlei Krimskrams, den er im Laufe der Jahre geborgen hat. »Nichts?« Ehrlich jetzt? Er ist ein bisschen irritiert. Wie kann etwas nichts sein? Warum sagen die Leute solche Dinge?

Sukhin seufzt. »Es ist ein Projekt.«

»Alles ist ein Projekt.« Kim Seng kommt mit dem Karton unter dem Tisch hervor.

Sie durchwühlen den Inhalt gemeinsam. Alles ist entweder etwas, das von etwas anderem abgebrochen ist, oder der Rest von etwas Zerbrochenem – Antennen, Klammern, Haken, Henkel, Räder, Deckel, Klappen, Teile von Spielzeug und allen möglichen Geräten. Sukhin nimmt sich zwei Räder und eine Türklinke. Aber keine Kugellager.

»Tut mir leid – aber wenn ich welche finde, melde ich mich. Okay?«

Sukhin überlegt, ob er Kim Seng fragen soll, ob er was von Jinn gehört hat – einerseits wird er dann einen oder auch drei schiefe Blicke über sich ergehen lassen müssen, vielleicht eine peinliche Frage; andererseits könnte Kim Seng wirklich etwas wissen.

»Danke.« Sukhin stockt kurz. Soll er fragen? »Hast du seit Heiligabend was von ihr gehört?«

»Nein.« Der schiefe Blick, aufs Stichwort. »Habt euch gestritten, was?« Und die peinliche Frage.

»Ja.« Sukhin wendet sich ab. Hätte keinen Sinn, ihm eine Lüge aufzutischen – es ist klar, dass Kim Seng einfach nur mehr wissen will. Inzwischen wird Gopal ihm Bericht erstattet haben – allen. Sukhin kann sich bildlich vorstellen, wie die ganze Bande über ihn lästert, voller Empörung im Namen ihrer X.

Und natürlich hätten sie recht. Er verdient nichts weniger als den Zorn der Gerechten – er hat ihr den Abend verdorben und wer weiß was für Dämonen aus der Schachtel gelassen, hat sie von ihren sicheren Orten vertrieben, hat sich als rücksichtsloser Mistkerl entpuppt. Wenn ihm nur irgendwer im Austausch für ihre sichere Rückkehr eins aufs Auge gäbe, dann würde er dessen Füße mit seinen Tränen waschen und sie mit seinen allerbesten Handtüchern trocknen.

»Ihr jungen Leute – einfach zu viel Energie.«

Kim Seng fängt an, ihm einen Vortrag über den Wert des Ausgleichs zu halten – »Jeder Streit fängt damit an, dass die Leute nicht an die andere Seite denken, vor allem das, und der Streit geht weiter, weil die Leute der anderen Seite nicht zuhören« – aber Sukhin hört nicht zu. Neben einem mit alten Schallplatten vollgestopften Regal, halb versteckt hinter einem Karteikasten – ist das, was er glaubt, dass es sein könnte?

Er hebt die Hand, um Kim Seng zum Schweigen zu bringen, dann zeigt er auf sein Objekt der Begierde. »Kann ich das haben?«

Sie verbringen eine gute halbe Stunde damit, Dinge aus dem Weg zu räumen, damit sie das Objekt der Begierde herausfischen und genauer ansehen können. Es ist eine

Nähmaschine mit Handkurbel – ein Relikt aus der Kindheit seiner Mutter. Seine Großmutter hatte ihre viele Jahre lang aufbewahrt – und Sukhin durfte sie einmal ausprobieren –, bis Tante Lillian sie dem Karung-Guni-Mann mitgegeben hat. Ah Mah hat danach wochenlang nicht mehr mit ihr gesprochen.

»Die funktioniert nicht lah. Und ein ganzes Stück fehlt. Was willst du damit?«

Sukhin kniet nieder und dreht die Kurbel. Er sieht zu, wie sich die Räder drehen, versunken in seinen Überlegungen.

»Ach je, du. Nimms lah, nimms lah.«

~

Die Türklingel geht und er fährt hoch – aber es ist nicht sie.

»Lass mich rein. Ich bringe reiche Gabe.«

»Geh weg, Dennis. Weihnachten ist vorbei.«

»Zwölf Tage, Süßer. Also ist Tag vier.«

Es hat keinen Sinn zu hoffen, dass Dennis weggeht – es ist wahrscheinlicher, dass es noch vor Neujahr zur globalen atomaren Abrüstung kommt. Sukhin öffnet die Tür. »Ich feiere kein Weihnachten. Das hier ist ein heidnischer Haushalt.«

»Dann eben Fröhliche Wintersonnenwende.« Dennis küsst ihn auf die Wange. »Ich habe Wein – wir werden auf die Regengottheiten trinken und sie bitten, die Orchard Road in diesem Jahr vor Überschwemmungen zu bewahren.« Er schwingt eine Flasche, schiebt Sukhin einen großen, in Silberpapier eingeschlagenen Karton in die Arme und tänzelt ins Wohnzimmer.

Und hält inne.

»Süßer?« Er presst sich die Weinflasche an die Brust. »Wir sind auf einen anderen Planeten teleportiert worden, wo alles aus Karton besteht und niemand je von Aufräumen gehört hat.«

»Mach nicht so ein Drama draus.«

Dennis' Augen weiten sich. »Drama?« Seine Stimme wird lauter. »Drama? *Was ist das?*« Er zeigt auf das Wohnzimmer, auf die Kartonstapel und Pappschnipsel, auf Vier im Zentrum von alldem. »Was bitte machst du?«

»Nichts.«

Dennis geht zu Vier und umkreist sie – einmal, zweimal. Er streckt die Hand aus und streicht behutsam über die äußere Hülle. »Hast du das gebaut?« Er streicht mit der Fingerspitze über die Kanten einiger ineinandergreifender Pappstücke. »Wie –? Sind das alles Einzelteile?«

»Ja.«

»Aber es sind so viele!« Dennis dreht noch eine Runde um Vier, runzelt die Stirn, ist fassungslos. »Du hast die alle mit der Hand zurechtgeschnitten? Wirklich alle? Das müssen doch Tausende sein.«

*Dreitausendachthundertundsechsundsiebzig.*

»Aber was ist es? Eine Art Schrein?« Er schiebt die Tür auf. »Eine begehbare Garderobe?«

»Bitte, Dennis. Nicht anfassen.« Sukhin würde ihn am liebsten wegzerren, aber was, wenn er sich wehrt und dabei Vier beschädigt? »Bitte, nicht anfassen.«

»Ganz ruhig – ich kuck doch nur.« Dennis steckt den Kopf hinein und schaut hinauf zu dem Geflecht aus Schnüren, Drähten und Flaschenzügen. Er mustert die frisch angebrachte Handkurbel an einer der Seitenwände. »Großer Gott, ehrlich, was hast du hier? Eine Folterkammer?« Er schüttelt den Kopf, tritt von Vier zurück, packt Sukhin am

Ellbogen. »Erzähl mir, was hier los ist, Zuckerschnäuzchen. Was willst du mit dem allen?«

Sukhin kann nicht antworten. Er weiß es immer noch nicht.

»Oh mein Gott – ist das unser Sofa?«

~

Wieder Chinatown. Der Duxton Plain Park mitten am Nachmittag, ungefähr um die Zeit, zu der sie hier früher ihre Spaziergänge gemacht haben. Alles ist wie immer – die Bäume, die Stille, die einzelnen Herumtreiber.

Er hat nicht damit gerechnet, sie zu finden, und er hat sie nicht gefunden. Er ist den Weg dreimal auf- und abgegangen und steht jetzt vor ihrer Lieblingsbank. Er hat sogar ein Buch mitgebracht. Er hat sich vorgestellt, wie er sie hier antreffen würde, lesend, wie sie aufblicken würde, wenn er ankäme, und sagte: »Oh, da bist du – gut, du hast ein Buch dabei.« Er würde mit den Schultern zucken und sagen: »Du bist aber aufmerksam heute.«

Nicht, dass er damit gerechnet hätte, sie hier zu finden. Sie ist nicht hier. Er ist nicht enttäuscht – er hat nie damit gerechnet, sie zu finden.

Er klappt das Buch auf, liest aber nicht. Er betrachtet die wenigen Passanten.

Eine Stunde später geht er. Zurück in seiner Wohnung, verbringt er die nächsten zwölf Stunden damit, Seiten aus alten Zeitschriften zu reißen und sie in Streifen zu rupfen, die er dann zu Papierkugeln zusammenknüllt, die nicht größer sind als zwei Zentimeter im Durchmesser. Er schläft mit schmerzenden Schultern ein.

~

Nach langer, sorgfältiger Überlegung und eingehender Produktrecherche geht Sukhin in den Supermarkt, kauft ein Dutzend Kanister mit Campinggas, zwei verschiedene Sorten Pulverkaffee (eine mit Zucker, eine ohne), Kekse (ohne alles, mit Trockenfrüchten, mit Nüssen, ohne Nüsse), Shampoo (ohne Sulfate) und Duschgel (ohne Sulfate) und legt alles zu den Tüten im Kofferraum, bevor er zum East Coast Park fährt. Auf diese Weise muss er zweimal zum Parkplatz zurücklaufen, aber beim zweiten Mal begleitet ihn Keong.

»Ey, sorry, ich hab mich noch gar nicht bedankt. Dieses Festmahl neulich – so lecker.«

»Schön, dass es dir geschmeckt hat.«

Sukhin muss sich zusammenreißen, um nicht zu ächzen unter dem Gewicht des großen Sacks, den er und Kim Seng gestern bei einem Obstgroßhändler gefüllt haben. Nehmt alles, war den Piraten gesagt worden. Kisten über Kisten voller Äpfel, alle Teil einer zwei Wochen zu spät eingetroffenen Lieferung, die die Supermärkte zurückgewiesen hatten – der zuständige Typ hatte erklärt, sie hätten jetzt keinen Platz mehr dafür, weil in wenigen Tagen eine neue Lieferung eintreffen würde, und es hätte doch keinen Zweck, sie zum Lieferanten in Australien zurückzuschicken, sie seien schon als beschädigt abgeschrieben worden. Sukhin war entgeistert – abgeschriebenes Obst? War es wirklich schon so weit gekommen? *Welch ein Meisterwerk ist der Mensch!*

Als sie endlich die Zelte erreichen, die das Obdachlosendorf des Parks bilden, und vor dem von Keong stehenbleiben, ist Sukhin erhitzt, schweißgebadet und wütend, weil er nicht daran gedacht hat, eine Karre mitzubringen. Er scannt die Umgebung, auf der Suche nach ihr. Es ist unwahrscheinlich, dass sie herkommen würde, um unter Fremden zu leben, aber er fühlt sich besser, jetzt, wo er es überprüft hat. Nein, keine große, magere, kurzhaarige, aller Wahrscheinlichkeit nach grimmig dreinblickende Frau in der Nähe.

»Hey, alles okay?«

»Ja.«

»Das Essen – ihr habt alle sehr hart gearbeitet, oder?« Keong macht eine Geste, die auch die anderen Zelte mit einbezieht. »Alle sagen, alles war sehr schön. Meine Frau ist sehr glücklich – hat was zum Hingehen, wo sie sitzen und fein essen kann.« Keong bietet ihm eine Tasse Wasser an. »Und meine Kinder mögen die Kuchen.«

»Was für Kuchen mögen sie denn genau?«

~

Was für eine gute Idee es war, Lichter einzubauen.

Sukhin sitzt im Bauch von Vier und gratuliert sich selbst. Die Lichter sind winzig, trübe und batteriebetrieben, willkürlich in das Futter der Außenhülle gesteckt – nicht wirklich ausgeklügelt, aber die Wirkung ist unerwartet erfreulich. Er fühlt sich wie bei Kerzenlicht in einer Höhle, ganz ähnlich wie die, die er in dieser Doku über moderne englische Satanisten gesehen hat – die vermutlich dieselbe Art von Lämpchen verwenden, wo doch eh alles made in China ist – und überhaupt.

Er hat den Mechanismus überprüft und sichergestellt, dass die Körbe in der obersten Ebene gefüllt sind. Die Drähte und Schnüre liegen alle in den richtigen Rillen und Schlitzen, alle Ebenen sind über ein in Schleife laufendes System von Rädern – eins von einem ramponierten Kinderwagen, zwei von einem Rollkoffer, zwei von einer ausrangierten Karre, das größte als Leihgabe vom alten Fahrrad seiner Mutter – und eine Reihe von einfachen Flaschenzügen aus Fadenspulen und Klopapierrollen miteinander verbunden. Alles ist verankert an einem hölzernen Bettpfosten, der durch die Gnade eines handbetriebenen Systems zum Rotieren gebracht wird, zu dem ihn die aus Kim Sengs Sammelsurium stibitzte Nähmaschine inspiriert hat. Als Zeuge dessen, treibt die Handkurbel der Maschine jetzt seine Konstruktion an.

Und nun zum Augenblick, für den er die letzten Wochen gelebt hat. Mit angehaltenem Atem, seine Brust ein einziger großer Klumpen aus Anspannung, streckt Sukhin die Hand nach der Kurbel aus und dreht sie.

Kurz darauf erstrahlt ein Lächeln auf seinem Gesicht.

Die Welt ist ein guter und schöner Ort.

Vier funktioniert wie ein Traum.

Er nimmt alles auseinander.

Und baut es wieder zusammen.

~

Fünf Orangenbiskuits stehen im Kühlschrank, alle vollständig, bis auf das Stück, das zur Verkostung herausgeschnitten wurde.

Vier steht im Wohnzimmer und begutachtet ihr Königreich.

Die Pappschnipsel, der ganze Krimskrams, die zerlegten Kartons, die ausgeweideten Spielsachen und das andere Zeugs – alles verschwunden. Das Werkzeug ist durchgezählt und wohlbehalten wieder in seinen Kästen gelandet. Die Flüchtlinge aus Wohn- und Arbeitszimmer sind an ihre angestammten Plätze zurückgekehrt; das Schlafzimmer ist wieder es selbst.

An diesem Morgen ist Sukhin zu seinen Eltern gefahren, um einige unbenutzte Kartons zurückzubringen. Sein Vater war außer sich vor Freude. Seine Mutter hat sich auf die Zunge gebissen.

Auch im Arbeitszimmer ist wieder Normalität eingekehrt – Ordner und Nachschlagewerke stehen im Regal, wo sie hingehören, der Schreibtisch ist endlich vom ganzen Kram befreit. Sukhin sitzt an seinem Schreibtisch und schaut sich um. Er ist so lange her, dass er hier gesessen und wirklich gearbeitet hat, dass er sich anfühlt wie der Schreibtisch eines anderen. Seufzend schaltet er den Computer ein.

Im vergangenen Monat hat er keinen Finger gerührt und in drei Tagen fängt die Schule wieder an. Über zweihundert ungelesene Mails warten in seinem Postfach. Er hat keinen der Unterrichtspläne seines Teams für die nächsten sechs Monate auch nur angeschaut, geschweige denn gebilligt. Das müsste ihn in Panik ausbrechen lassen, tut es aber nicht. Er weiß, was ihn erwartet: ein stinklangweiliger Haufen von recycelten Unterrichtsplänen, mit ausgetauschten Buchtiteln, Personen und Autoren, vielleicht da und dort ein neuer Einwurf, alles vage und unverbindlich – und, gar zu oft, völlig unverständlich.

Er lädt einen Unterrichtsplan herunter, den von Lynnette. Kann genauso gut gleich ganz unten anfangen.

»Diese Lektion wird eine Schlüsselpassage aus *Wuthering Heights* umfassen, in der die Protagonisten Hamlet und Catherine von den Umständen gezwungen sind, sich miteinander und mit sich selbst auseinanderzusetzen. Der Kurs wird aufgefordert, die folgende Passage zu analysieren und herauszuarbeiten, wie Shakespeare in dieser Szene Spannung aufbaut.«

Sukhin verschluckt sich an seinem Tee.

Er schaltet den Computer aus und macht sich einen Gin Tonic. Es ist vier Uhr nachmittags.

~

Die Gegensprechanlage, um kurz vor zwei Uhr morgens. Sukhin wartet nicht darauf, dass jemand etwas sagt – er weiß, wer es ist. Er drückt auf den Öffner für die Haustür und geht zur Wohnungstür.

Er öffnet sie und wartet auf sie. Sie läuft bis zur geöffneten Tür und bleibt stehen, sieht ihn an. Er zwingt sich dazu, ihren Blick zu erwidern, statt auf seine Füße zu starren.

»Alles in Ordnung bei dir?«

»Ja.«

»Können wir morgen früh reden?«

»Ja.«

Sukhin tritt beiseite, damit sie eintreten kann, und schließt dann hinter ihr die Tür. Er fragt sich, wo sie gewesen ist, aber er wird sie nicht fragen. Für den Moment reicht es, dass sie wieder da ist. Und dass sie ruhig wirkt, wenn auch ein bisschen erschöpft – und düster. Das erleichtert ihn mehr als ihre Rückkehr, geht ihm auf. Mit erschöpft kann er umgehen, und düster ist nichts im Vergleich zu dem Ausdruck auf ihrem Gesicht, an den er sich von besagtem Abend erinnert.

Wie Dennis bleibt sie beim Anblick der fertig montierten Vier stehen, dem Elefanten in seinem Wohnzimmer.

»Sukhin, das ist wunderschön.«

Nichts hätte ihn mehr bewegen können. Er nimmt ihre Hand. »Komm mit.«

Sie nähern sich Vier wie zwei Bittsteller, schweigend, mit gesenkten Häuptern. Er schiebt langsam die Tür auf und tritt ein, und denkt dabei, wie seltsam es ist, dass sein bisheriges Leben ihn irgendwie genau auf diesen Moment hingeführt hat. Sie folgt ihm in Vier hinein, schließt die Tür, und sie setzen sich in totaler Finsternis. Er wartet einen kurzen Augenblick, bis er die Lichter einschaltet, er möchte, dass dies ein bisschen länger dauert, als er weiß, dass es dauern wird. In dem trüben, diffusen Licht sieht er, wie sie sich umschaut, wie sich ihre Augen weiten, als sie die Schichten um Schichten von schuppenförmigen Pappteilen wahrnimmt, die sie umgeben, wellenförmig miteinander verwoben, die sich nach oben recken und strecken, um ein Gewölbe zu formen.

»Oh, es ist wie ein Alien-Ei.« Plötzlich grinst sie, und er auch.

Er hält einen Finger an die Lippen, dann greift er nach der Kurbel und dreht sie.

Ein Sirren, als sich die Räder in Bewegung setzen, und über ihnen beginnt ein komplexer Tanz von Schnüren und Drähten, der wiederum drei Schichten von Lamellen in Bewegung setzt, die nun von einer Seite auf die andere gleiten, jede Schicht so konstruiert, dass sie sich in einem eigenen Rhythmus dreht und wendet. Ganz oben, unsichtbar, aber so ungeheuer wichtig, fangen Reihen über Reihen von Drahtkörben an zu zittern und zu kippeln und schütten so ihren Inhalt nach und nach auf die sich bewegenden tiefer gelegenen Schichten. Einmal befreit, taumeln diese kleinen Papierkugeln in alle Richtungen, bekommen auf jeder Schicht einen anderen Rhythmus, bis sie endlich, völlig willkürlich, durch die letzte Lammellenschicht fallen und dann durch die Luft und auf

Jinn, die flüstert, »eine Regenmaschine«, und

Sukhin, der sich erlaubt, ihre Hand zu küssen.

»Ja.«

*Vor Jahren, als sie sich trennten, fühlte sie sich verloren und verängstigt.*

*Sie machte lange, ausgiebige Spaziergänge und fragte sich, warum sie es nicht über sich brachte, ihn anzurufen. Sie weiß nicht mehr, was genau sie daran gehindert hat – war es einfach falscher Stolz? Faulheit? Es war etwas Dummes, das sich nur die Jungen leisten können.*

*Aus einem seltsamen, verworrenen Antrieb heraus, teils aus Feigheit und teils aus romantischen Gründen, sammelte sie Dinge, von denen sie meinte, dass sie ihn vielleicht dazu bringen würden, an sie zu denken. Einen schönen runden Stein, den sie auf einem ihrer Spaziergänge gefunden hatte. Eine alte Ausgabe von* Vom Winde verweht*. Ein Buch mit bebilderten Kuchenrezepten. Sie legte all diese Dinge in einen Karton und schrieb seinen Namen in Großbuchstaben auf die Seite, mit schwarzem Marker, genau so, wie sie seinen Namen auf all seine Schulbücher geschrieben hatte.*

*Sie ging zu seinem Haus und ließ ihn gleich hinter dem Tor stehen, das niemals abgeschlossen war. Dann ging sie nach Hause und wartete.*

# XVI

Als er am Morgen aufwacht, liegt er allein im Bett und sie ist verschwunden. Zuerst gerät er in Panik. Dann schnuppert er – in der Luft: eine Mischung aus Shampoo und Seife und Earl Grey. Als er ins Wohnzimmer hinübergeht und gegen das Sonnenlicht die Augen zusammenkneift, findet er sie zusammengerollt auf dem Pfauensofa, das immer noch an den Bücherregalen auf der einen Seite des Zimmers steht. Sie trinkt Tee und betrachtet nachdenklich die Regenmaschine. Ihre Haare sind nass und kleben ihr glatt nach hinten gekämmt am Kopf.

»Du siehst aus wie ein Sechziger-Jahre-Gangster.«

»Du hast *geschnarcht.*«

Sukhin geht in die Küche und macht sich einen Tee, dann schneidet er ein paar Stücke aus Orangenbiskuit Nummer 3 heraus und trägt sie auf einem Teller zu ihr. »Kuchen als Wiedergutmachung.«

»Du Listenreicher!«

»Ich backe sogar.« Er setzt sich auf die andere Seite des Sofas.

»Ich kann noch immer nicht glauben, dass du das gemacht hast.«

Er runzelt die Stirn. »Naja, ich hab' fünf Versuche gebraucht, um die richtige Konsistenz hinzukriegen, aber es ist wirklich nicht so schwierig. Der Kuchen, den du gerade isst – der ist oben mit kandierter Orangenschale. Ich finde das eigentlich ganz lecker –«

»Ich meine die Regenmaschine.«

»Ach so.«

Bei Tageslicht, jetzt, wo die ganzen umliegenden Trümmer verschwunden sind, sieht Vier immer weniger aus wie ein kriegstüchtiges Raumfahrzeug und mehr und mehr wie ein riesiges, zusammengerolltes Schuppentier – rundlich, schuppig, irgendwie niedlich. Für Sukhin ist das doch ziemlich irritierend – Stunden über Stunden der Recherche, des Brütens über Zeichnungen futuristischer Möbel, antiker Kriegsmaschinen und gruseliger mittelalterlicher Automaten, und am Ende kommt ein Schuppentier heraus.

»Sie ist wunderbar, Sukhin.« Sie trinkt einen Schluck Tee. »Erinnerst du dich noch an unsere?«

Natürlich erinnert er sich – was für eine blödsinnige Frage.

Sie haben Wochen damit verbracht, nach Schulschluss zusammen daran zu arbeiten, eingeschlossen im Theaterraum. Ein ganzes Team arbeitete damals an den Requisiten, aber die Regenmaschine war Sukhins Aufgabe und er hatte schon einen maßstabsgetreuen Prototypen fertiggestellt, als sie anbot, ihm bei der Umsetzung zu helfen.

Die Rahmen bauten sie zuerst, aus Holz, einen für jede Seite der Bühne, dann die feinen Bambusstäbe darüber. Und dann kamen die Schnüre und das ganze Drumherum. Der Papierregen, hatte Sukhin dem Mädchen mit dem lauten, aber auf seltsame Weise attraktiven Lachen erklärt, würde aus durchlöcherten Röhren fallen, aufgehängt an den Bambusstäben und gehalten von den Rahmen, ein bisschen wie eine komplizierte Wäscheleine, mit vier Sätzen von Schnüren, die jeder jeweils vier Sätze

Röhren bewegten, alles gesteuert von zwei Personen an gegenüberliegenden Seiten des Gerüsts, direkt neben der Bühne. Schrecklich einfach, oder? Nein. Während sie sich bei den Holzarbeiten mehr als geschickt anstellte, war sie mit den Schnüren hoffnungslos. Sie zerriss sie, verhedderte sich in ihnen, sie begriff einfach nicht, wie straff oder eben nicht eine Schnur gespannt werden musste und was das für Auswirkungen hatte. Das trieb ihn in den Wahnsinn.

Was ihn noch mehr in den Wahnsinn trieb, war, dass sie jedes Mal, wenn etwas schiefging, zu heulen und zu jammern und zu seufzen anfing – so eine Verschwendung von Zeit und Energie. Aber er blieb ruhig, reparierte jede Strippe, die sie zerrissen hatte, und freute sich jeden Abend auf 8.30 Uhr, wenn sie den Theaterraum zuschließen, in den nahe gelegenen McDonald's gehen und bei fettigen Pommes, Burgern und Eis stundenlang reden würden.

»Meine Mutter lässt mich nie bei McDonald's essen«, erzählte er ihr.

»Ich höre nie auf das, was meine Mutter sagt«, erzählte sie ihm.

Nachdem die Sache mit den Schnüren erledigt war, verbrachte Sukhin all seine Pausen allein im Theaterraum und brachte sich selbst bei, wie er an den Strippen zu zupfen und zu schnipsen und zu ruckeln hatte, bis er die Regenröhren im Griff hatte wie ein Meister-Puppenspieler. Er wusste, es war eine alberne, absolut nutzlose Fertigkeit, aber es faszinierte ihn trotzdem, mit Papierkügelchen den Sturmgott zu spielen.

Sie sah zu, wie er ihr vorführte, wie man es nieseln und schütten ließ, und wie man einen Dauerregen hervorrief, einen leisen oder einen heftigen, je nachdem, wie stark man an den Schnüren zog. »Das sieht umwerfend aus – und wir sind fertig!«

»Nein, sind wir nicht«, erwiderte er. »Du bist auch Teil der Maschine.«

Er brauchte zwei Wochen, um ihr das Regenmachen beizubringen. Sie fummelte an den Strippen herum, verknotete sie und schaffte es, fast alle zu zerreißen, und er musste alles wieder reparieren, während sie sich auf den Boden sinken ließ und ihre Leier darüber anstimmte, was für ein hoffnungsloser Fall sie doch sei, dass das hier niemals funktionieren würde, dass er sich besser jemand anders suchen sollte. Er war sehr oft sehr kurz davor, ihr zu sagen, sie solle einfach die Klappe halten und weiter üben.

Aber eines Abends war es dann doch soweit – indem sie leicht an ihrem Strippensatz ruckelte, schaffte sie es, ein gleichmäßiges Nieseln hervorzurufen. Sie sah ihn an, wie wild grinsend. Etwas später, mit ein bisschen Mühe, legte sie los und schuf einen stetigen, anhaltenden Schauer.

»Sukhin, ich hab's! Darf ich jetzt ›heureka‹ sagen? Das wollte ich schon immer mal sagen.«

Er lachte, dann ging er auf die andere Seite und fing an, mit seinen eigenen Strippen zu arbeiten. Die gesamte Maschine erwachte zum Leben – wehende Schnüre, bebende Röhren, ein Junge und ein Mädchen, die die Newton'schen Gesetze anwandten, ein Papierregen, der alles erfasste. Während Sukhin Anweisungen quer durch den Raum rief, schafften sie es mit vereinten Kräften, einen gewaltigen Wolkenbruch auszulösen, der andauerte und andauerte, bis den Röhren der Regen ausging.

Sie kam angerannt und schlang die Arme um ihn und er wehrte sich nicht. Sie tanzten durch den Raum, lachend, triumphierend. Sukhin war noch nie durch einen Raum getanzt, aber an diesem Abend fühlte es sich absolut richtig an, sich absolut idiotisch zu benehmen.

Als sie sich atemlos getanzt hatten, füllten sie die Regenröhren und ließen es wieder regnen.

»Ja, ich erinnere mich noch an sie.« Er streckt die Hand aus, um sich das letzte Stück Kuchen von ihrem Teller zu nehmen.

»Du warst so ein Sklaventreiber!«

»Du warst eine furchtbare Sklavin.«

»Gesprochen wie ein waschechter Sklaventreiber.«

In sich hineinlächelnd geht sie in die Küche und öffnet den Kühlschrank. »Ich sehe, du warst fleißig.« Sie nimmt noch einen weiteren Biskuit heraus und durchwühlt eine Schublade nach einem Messer.

Sie ist wieder da, sie ist ruhig und sie isst. Wie er sie so quer durch die Wohnung beobachtet, überkommt ihn ein gewaltiges Gefühl der Erleichterung. Der düstere Schatten von letzter Nacht ist aus ihrem Gesicht verschwunden und alles, was sie jetzt will, so scheint es, ist, ihren Kuchen zu bekommen und ihn zu essen, während sie das Schuppentier anstarrt. Er nippt an seinem Tee und lässt sich im Sofa zurücksinken. Das, das ist die wahre Idylle, oder nicht? Kuchen und Tee, mit einer Portion Geplänkel als Beilage, mit ihr. Und doch, jetzt, wo Drama und Anspannung, mit denen er gerechnet und für die er sich schon gewappnet hatte – der unbehagliche Wortwechsel, die überschwänglichen Entschuldigungen und, vielleicht, mehr von ihrem Weinen –, vom Programm gestrichen wurden, fühlt Sukhin sich auf seltsame Weise beraubt. Und betrogen – ja, betrogen – um einen wohlverdienten, irren, kathartischen Showdown.

*Gott, was bin ich verkorkst.*

Sie lässt Wasser in den Kessel laufen. »Soll ich dir auch noch einen Tee machen?«

Er sagt ja, er bedankt sich bei ihr. Er klingt aufgekratzt, sogar für sich selbst.

Warum will er angebrüllt werden? Denn das ist es, was er jetzt eigentlich will. Dass sie ihn anschreit, dass sie eine Erklärung dafür verlangt, dass er Ping in das Königreich gepfeffert hat, das sie sich ganz allein erobert hat, dieses merkwürdige Küchenreich, in dem sie diese geheiligte, allwissende Piratenchefköchin ist und kein Flüchtling vor was immer es ist, vor dem sie davongelaufen ist. Hat sie es wirklich geschafft, diesen ganzen Abend mit einem Schulterzucken abzutun?

Sie reicht ihm einen Becher. »Bitte sehr.«

Er denkt an die Qual in ihrem Gesicht, daran, wie sie sich selbst zerkratzt hat.

»Ich habe im Schrank einen Rest Lapsang-Souchon-Tee gefunden. Riecht umwerfend.« Sie lässt ihren Blick an den Bücherregalen entlangwandern und zieht dann das Buch heraus, das sie letzte Woche gelesen hat. *Der Name der Rose.* Eins seiner Lieblingsbücher.

Er denkt an ihr Weinen, an die schrecklichen kleinen Geräusche, die sie gemacht hat. *Sukhin, was ist bloß los mit dir?*

Er steht auf. »Ich muss ein bisschen arbeiten, okay? Ich bin im Arbeitszimmer.«

Sie gibt keine Antwort, ist schon in ihr Buch vertieft.

~

»Mach schon.«

Ein Leuchten geht über ihr Gesicht. Sie starrt die Kurbel an, wie um sie zur Mitarbeit zu bewegen, dann nimmt sie

sie und dreht sie. Sekunden später öffnet sich der Himmel. Er beobachtet sie durch den handgemachten Regen, immer noch nicht sicher, ob es ihn mehr freut oder frustriert, dass sie zurückgekommen ist. Was macht sie hier? Warum wollte sie zurückzukommen? Und er wird bald einkaufen gehen müssen. *Mein Mädchen, dein hängender Ärmel ist das Werk einer Gottheit.*

Als der kurze Regenguss zu Ende ist, dreht sie sich zu ihm um, Papierkügelchen in den Haaren.

»Lass es uns nochmal machen.«

»Okay.«

Sie stellt sich auf die Zehenspitzen, um die Körbe wieder zu füllen. Er beschließt, ihr auch einen Schlafanzug zu kaufen.

~

Im Dunkeln, nur eine Armlänge entfernt, ist sie nichts als eine weiche Kontur. Er beschließt, dass es jetzt sein muss – wenn die Sonne aufgeht und sie wieder zur Frau wird, wird ihm der Mut fehlen.

»Bist du wach?«

Die weiche Kontur antwortet mit einem leisen, unverbindlichen Knurren.

»Können wir reden? Über Heiligabend?« Er seufzt.

Die Bettdecke bewegt sich. Die weiche Kontur dreht sich um und rutscht näher an ihn heran. Nur Zentimeter von ihm entfernt hält sie inne. Sie hat jetzt eine Nase. Er dreht sich auf seiner Seite zu ihr. Wenn er den Hals reckt, kann er diese Nase mit seiner eigenen berühren. Aber er wird nicht.

»Und ich hätte gern, dass du mir erzählst – warum.« Da, er hat es gesagt.

Die Kontur hat jetzt Augen. »Warum?«

Die Form ist sehr nah. Er kann ihren Atem auf seinem Gesicht spüren.

»Wärst du glücklicher, wenn du es wüsstest?«

»Ja.« Er weiß es nicht, aber es könnte wahr sein.

»Also gut. Morgen.«

~

Es ist 7.30 Uhr und sie sitzen auf dem Balkon, trinken Eistee und sehen zu, wie der Himmel über dem Viertel seine Farbe verändert. Die Küchenhocker und den Tee rauszubringen und einfach hier herumzuhängen war Jinns Idee – Sukhin liest hier hin und wieder, aber meistens kommt er nur raus, um die Wäsche aufzuhängen. Tatsächlich hat er mit dem Gedanken gespielt, den Balkon zuzumauern und so Platz für weitere Bücherregale zu schaffen, aber er hat es nie wirklich in Angriff genommen.

Es ist überraschend angenehm auf dem Balkon. Es weht eine nette kleine Brise und obwohl er die Nachbarskinder hören kann, ist der Lärm weit genug weg, um ihn problemlos auszublenden. *Vielleicht behalte ich den Balkon.*

Er dreht sich zu ihr um, um sie zu fragen, was sie von geröstetem Kürbis und Porree zum Abendessen hält.

»Im Grunde habe ich also den Verstand verloren«, sagt sie und presst Zitronensaft in ihr Glas.

Sukhin starrt sie aus weit aufgerissenen Augen an. Alle Gedanken an geröstetes Gemüse lösen sich in Luft auf.

»Ich weiß ja nicht genau, wieviel du wissen möchtest, Sukhin.« Sie rührt ihr Getränk mit dem Finger um. Die Eiswürfel klirren gegen das Glas. »Oder wieviel ich dir erzählen sollte. Aber sag stopp, wenn du genug gehört hast.« Sie hält kurz inne. »Wenn ich dann immer noch rede.«

Den Verstand zu verlieren, erzählt sie ihm, ist eine unangenehme und erschreckende Angelegenheit. Er macht sich einfach davon und kann oder will den Rückweg nicht finden. »Zuerst war mir nicht klar, dass ich ihn verloren hatte. Und als ich es begriffen hatte, habe ich es nicht geschafft, ihn zurückzulocken.«

*Sie ist irre.* Die wahrhaft Verrückten, denkt er, während sie von den Versuch spricht, ihren Verstand durch Urlaub und Yoga zur Rückkehr zu bewegen, müssen fähig sein, so über das Verrücktwerden zu sprechen – beiläufig, fast flapsig. *Du warst am Wochenende im Kino? Ich bin verrückt geworden.*

Das erste Mal, dass sich ihr Verstand davongemacht hat, war nach einem Todesfall.

»Ja, ich weiß – totales Klischee. Und eigentlich waren es zwei.«

Der erste war der von Isaac. Er saß bei der Arbeit neben ihr und kümmerte sich um die eher konventionellen hemmungslosen Protzpartys, während sie am bizarren Ende des Promi-Party-Spektrums gelandet war.

Sie hebt eine Hand. »Psst, Shukin. Ja, das Promi-Party-Spektrum. Wir hatten eine Grafik an der Wand, mit Zahlen und allem – die hatte ich gemacht.«

»Wo würde darauf das Lustschloss des Kubla Khan stehen?«

»Sonnig mit Eishöhlen? Pah. Stufe drei – näher an Protz.«

Der Himmel ist jetzt dunkel. Die Kinder sind verschwunden. Der Balkon hat eine Lampe, aber Sukhin macht sie nicht an.

Also, Isaac. Jinn kannte ihn nicht sehr gut, aber manchmal gingen sie zusammen Mittagessen, wenn sie beide nichts Besseres vorhatten. Und dann kam sie eines Tages zur Arbeit und er war nicht da. Niemand wusste, wo er war, oder ob er womöglich krank war; niemand hatte außerhalb des Büros mit Isaac zu tun. Niemand dachte weiter darüber nach, obwohl alle sich darüber beschwerten, wie extrem ungelegen das kam, wo am Wochenende eine der wichtigsten Partys des Jahres bevorstand. Nach zwei Tagen rief ihr Boss die Notfallnummer in seiner Personalakte an – Isaac hatte die Nummer seiner Mutter angegeben – und erfuhr, dass Isaac einen Herzinfarkt gehabt hatte und gestorben war.

»Einen Herzinfarkt, Sukhin. Mit zweiunddreißig. Der Mann hat zweimal die Woche Tennis gespielt und jeden Mittag zum Salat gegessen. Im Jahr davor hatte er den Mount Kerinci bestiegen.«

Sukhin zieht eine Grimasse. *Bergsteiger.* Und bereut es sofort. Der Mann ist tot, sagt er sich. *Versuch, kein Arschloch zu sein.*

Sie ist zur Totenwache gegangen, dann zur Beerdigung. Sie hat seinen Schreibtisch ausgeräumt und alles zum Haus seiner Schwester gebracht. Und dann hat sie alle ihm zugeteilten Events übernommen. Als die letzte von Isaacs Partys gemeistert und jede Flasche Champagner gegengezeichnet war, hat sie gekündigt. Sie wusste nicht genau, warum, aber es hatte definitiv etwas damit zu tun, dass sie nicht tot umfallen und eine Aufgabenliste hinterlassen wollte, die anfing mit »Checken, ob auf Hotelgartenweg Elefanten erlaubt sind«.

»Wow – welches Hotel?«

»Das Capella.«

»Und sind sie's?«

»Nein.«

Sie fing nicht wieder an zu arbeiten. Sie wollte nicht denken. Einmal ertappte sie sich bei der Frage, wie die Welt aussehen würde, wenn ihr Herz aufgegeben hätte und nicht Isaacs, aber sie verdrängte sie. Sie wollte nicht denken. Zwei Monate lang verbrachte sie ihre Tage mit Lesen, Fernsehen, Schlafen und mehrmals am Tag in den Laden Gehen, um Chips und Eis zu kaufen.

»Und dann fing mein Verstand an sich selbständig zu machen.«

»Wo ist er hingegangen?«

»Ach, an alle möglichen Orte, denke ich.«

Es waren Stunden, manchmal Tage, die sie verlor. Manchmal fing sie morgens an, ein Buch zu lesen, um dann zu bemerken, dass es draußen dunkel war, ohne auch nur die geringste Ahnung zu haben, was dazwischen geschehen war. So war es meistens, aber manchmal kam sie auch wieder zu sich und stellte fest, dass sie Dinge getan hatte, die sie sich nicht erinnern konnte, getan zu haben. Sie war vielleicht ein bisschen müde oder ein bisschen hungrig oder manchmal verspürte sie den Drang, ein bestimmtes Lied zu hören, und dann war da eine Weile gar nichts, und dann fand sie sich in der Küche wieder, umgeben von Unmengen von Tellern mit Marmeladebroten, oder in ihrem Schlafzimmer liegend, wo Bowies *Starman* in voller Lautstärke in Schleife lief. Einmal war sie auf einem dieser Touristenboote mit Rädern wieder zu sich gekommen, die Dinger, die in der Stadt herumfahren und dann ins Meer.

»Irgendwie war das auch lustig, aber ich fing doch an, mir Sorgen zu machen – was, wenn ich plötzlich merkte, dass ich über die Autobahn rannte oder aus einem Flugzeug sprang?«

»Himmel.«

»Also bin ich zum Arzt gegangen.«

In dem schicken Krankenhaus, auf dem ihre Mutter bestanden hatte, hatten sie eine Reihe von Tests gemacht. Sie musste sich in Geräte legen und stillhalten, auf einem Laufband rennen, ihr wurde Blut abgenommen und sie musste in eine Menge Röhrchen spucken, in einen akkordeonartigen Apparat blasen und dann eine Art Helm aufsetzen, der über Drähte mit einer Maschine verbunden war.

»Wie aus einem Science-Fiction-Horror-Streifen.« Er versucht, heiter zu klingen, aber es klingt bleischwer.

»Ja, wirklich. Aber sie haben nichts gefunden.«

»Nichts?«

»Nichts.«

Die Ärzte hatten gesagt, es könnte mit Stress oder Angst zu tun haben. Das war der Zeitpunkt, an dem sie es mit Yoga versuchte. Half überhaupt nichts. Sie befolgte den Rat einer Website und ging auf Kreuzfahrt, wo sie sich in ihrer Kajüte verkroch und sich weigerte, das Schiff zu verlassen – keine Ahnung, warum. Und dann nach Bali, wo sie bei einer traditionellen Kecak-Vorführung eine Panikattacke bekam, ganz sicher, dass einer der Darsteller nicht der war, der er war.

»Nicht der, der er war?«

»Ich weiß nicht mal, was ich dachte, wer er sein sollte oder als wer er sich ausgab. Es war alles sehr wirr.«

Der Psychiater meinte, es könnte helfen, wenn sie wieder zur Arbeit gehen oder wenigstens einen Weg finden würde, wieder eine Art von Routine in ihr Leben zu bringen.

»Ich habe gesucht, aber keiner der Jobs, die ich machen konnte, war besser als der, den ich aufgegeben hatte. Alles wirkte einfach so schwachsinnig.«

Sie ging nicht wieder ins Krankenhaus. Sie fand keinen Job. Sie sah viel mehr fern, als sie es je für möglich gehalten hätte.

Und dann starb ihre Großmutter.

Sie steht auf. »Soll ich Abendessen machen?«

»Ist das das Ende deiner Geschichte?«

»Für heute ist das alles.«

~

Sukhin überlebt den ersten Collegetag nur mit Mühe und Not. Die Massen. Der Lärm. Die Stunden.

Um 12.30 Uhr, als er in die Kantine geht, um sich seinen Tee und Sandwiches zu holen, ist er ein wütendes Nervenbündel. Als Mrs Chan sieht, wie er beim Gehen vor sich hinmurmelt, beschließt sie, vor der Göttin der Gnade ein Gebet für ihn zu sprechen, wenn sie heute Abend im Tempel ist. *Armer Mr Dhillon, warum ist er in diesem Alter noch immer nicht verheiratet? Seine Eltern müssen sich solche Sorgen machen.*

Er isst seine Sandwiches und trinkt seinen Tee unter seinem Schreibtisch, die Lichter hat er ausgemacht und seine Schreibtischlampe so gedreht, dass er lesen kann. *König Salomons Schatzkammer*, sein altes Lieblingsbuch, zerfleddert und voller Eselsohren vom Wieder- und Wiederlesen, seit er ungefähr zehn war. Bis heute hat es für ihn nichts von seiner Magie eingebüßt. Unter seinem Schreibtisch über die vergilbten Seiten gebeugt, rennt Sukhin im Geiste hinter Quartermain und seiner Bande her, die Hand über den Augen gegen die Wüstensonne, erklettert in seinen polierten Lederschühchen einen Berghang. Ein Klopfen an der Tür lässt Sukhin fast vor Angst aufschreien. *Verdammte Scheiße.* Sein Atem beschleunigt sich, aber er verhält sich ruhig und sinkt langsam in den Boden. Ein weiteres Klopfen und jemand drückt auf die Türklinke, aber Sukhin hat die Tür abgeschlossen – den Göttern sei Dank.

Kurz darauf, zwei Stimmen:

»Hast du Mr Dhillon gesehen?« Hussein, der Pförtner. »Ich habe versucht, ihn anzurufen, aber es ist besetzt.« Er späht durch die kleine Glasluke in der Tür. »Aber hier ist niemand.«

Sukhin erinnert sich, dass er im November, in einem Anfall von passivem Nachprüfungs-Widerstand, den Hörer vom Telefon genommen und unter einem Stapel von Formularen vergraben hat.

»Heute noch nicht, aber ich hatte den ganzen Morgen Unterricht. Ich gehe eben erst zum Mittagessen.« Mrs Chandra von nebenan.

»Unten liegt ein Päckchen für ihn.«

»Ich sag ihm Bescheid, wenn ich ihn sehe.«

»Danke.«

Merkwürdig – wer könnte ihm etwas hierher schicken?

~

Die Wohnung riecht nach Ingwer, Limetten und noch ein paar anderen Dingen. Jinn steht über den Herd gebeugt und spickelt durch den Glasdeckel seines größten Kochtopfs. Neben ihr, auf der Küchentheke: alle Schüsseln und alle Teller, die er besitzt, und beide Hackbretter. Der Tisch ist übersät mit Gemüseschalen, Samenkörnern, Ingwerschale und – Innereien.

»Ich mache Fischsuppe. Du schuldest Mr Loh zwölf Dollar für den Fisch.«

»Wer ist Mr Loh?«

»Der Sicherheitsmann. Ich hab ihn um Geld gebeten und nach dem Weg zum Markt gefragt.«

Sukhin kneift die Augen zusammen. Er schuldet dem Sicherheitsmann Geld. Kann der Irrsinn bitte ein Ende nehmen?

Sie richtet sich auf und dreht sich um. »In ein, zwei Stunden ist es fertig. Tee?«

Sie setzt Wasser auf. Er fängt an abzuwaschen, beginnt mit den Schüsseln.

»Großmamas Tod – das war schwierig.« Sie öffnet den Schrank über dem Spülbecken und nimmt eine Schachtel mit Teebeuteln heraus. »Sie war überhaupt nicht krank. Sie ist einfach bei der Gartenarbeit zusammengebrochen und das war's.«

»Habt ihr euch nahegestanden?« Er kann sich nicht daran erinnern, dass sie je über ihre Großmutter gesprochen hätte.

»Ja, aber sie war keine dieser netten alten Damen, verstehst du? Ganz alte Schule, ziemlich streng. Hat dafür gesorgt, dass wir kochen lernten.«

»Ich hatte gar nicht gewusst, dass du kochen kannst.«

»Ich hab es nicht immer gern getan. Und meine Mum hat uns nicht mal in die Nähe der Küche gelassen – ich glaube, sie wollte immer, dass ihre Mädchen Tai Tais werden.« Jinn verdreht die Augen, während sie Sukhin einen Becher mit dampfendem Tee reicht. »Aber Großmama hat uns jeden Sonntag zu sich bestellt, um beim Kochen zu helfen. Und sie hat uns das Backen beigebracht, damit wir in der Bäckerei einspringen konnten, wenn sie sonntagsnachmittags Mahjong spielen musste.«

Diese reizende Frau hatte die Art von posthumem Chaos kreiert, das nur Drehbuchautoren von Soaps sich guten

Gewissens vorstellen können, als bei der Testamentseröffnung herauskam, dass sie die Bäckerei Ping und Jinn vermacht hatte, und alles andere – ihr Haus in der Duchess Road, das Haus, in dem Jinns Onkel wohnte, die Wohnung, in der Jinn wohnte, ihre Grundstücke in Jakarta und Kuala Lumpur, ihre Hongkonger Aktien, alles, bis zum letzten Cent – Jinn allein.

Sukhin muss fast nach Luft schnappen. »Das ist ganz schön viel.«

»Ich hatte nicht mal von der Hälfte von alldem gewusst.«

Ihr Onkel – und ihre Eltern – hatten das Testament angefochten.

»Sie sagten, ich sei nicht zurechnungsfähig. Mein Onkel hat überall rumerzählt, ich müsse Großmama auf irgendeine Weise manipuliert haben.« Sie klingt nicht im Geringsten verärgert.

»Was hat Ping gemacht?«

»Gar nichts.« Sie zuckt mit den Schultern. »Ping hat gesagt, sie wolle nicht Partei ergreifen.« Sie gießt frisches Wasser in ihren Becher und streckt dann die Hand nach Sukhins aus.

Und das war der Punkt, an dem sich ihr Verstand einfach davongemacht hatte.

Sie probiert die Suppe. »Fast fertig – hättest du gern Reis dazu, oder wollen wir eher leichte Kost?«

»Was ist dann passiert?« Er runzelt die Stirn.

»Morgen. Und vergessen wir den Reis.«

»Warum nicht heute? Ich habe nicht vor, dich in der Morgendämmerung umzubringen.« Er reicht ihr eine Papiertüte. »Siehst du? Ich hab dir einen Schlafanzug gekauft.«

»Natürlich – sie hätte einfach den König von Samarkand um einen Pyjama bitten sollen.«

~

Er liegt lesend im Bett, als sie mit gerunzelter Stirn aus dem Badezimmer kommt.

»Wo ist meine Zahnbürste?«

»Es ist die gelbe.«

»Nein, meine ist blau.«

»Die hab ich heute Morgen weggeworfen. Deine ist die gelbe.« Er schaut wieder in sein Buch.

»Gestern hast du mir den Schlafanzug gekauft. Sukhin, hör auf, mir Sachen zu kaufen.«

»Schön. Von mir aus.« Er streckt eine Hand aus, ohne sie anzusehen. »Gib mir die Zahnbürste.«

»Nein.«

»Na, dann bitteschön.«

Nachdem er das Licht gelöscht hat, liegt er im Bett und fragt sich, ob es immer so sein wird – ein allgemeines Gefühl der Behaglichkeit, das sich einem häuslichen Idyll annähert, aber nie ganz dort anlangt, weil immer wieder Streits über Toilettenartikel oder Kleider oder was auch immer dazwischenkommen.

Die weiche Kontur dreht sich ihm zu und kommt in einer Art seitlichem Schlurfen auf ihn zu. »Danke für die Zahnbürste«, sagt sie. »Und den Schlafanzug.«

Er lächelt, in dem Wissen, dass sie ihn nicht sehen kann.

Die Kontur hat aufgehört sich zu bewegen. »Ich kann es nicht richtig beschreiben. Alles wurde einfach immer verworrener und verworrener.«

Ständig riefen die Anwälte an. Ihre Mutter hörte nicht auf zu fragen, ob sie glaubte, wirklich alles verdient zu haben. Und sie stellte fest, dass sie ihre Wohnung nicht mehr verlassen konnte.

»Ich hab' die Tür aufgemacht und der Gang wurde länger und länger, und ich konnte einfach nicht.«

Zuerst hatte sie es weiter versucht. Es war immer dasselbe – sie öffnete die Tür und der Gang vor ihrer Wohnung wuchs und wuchs und wuchs, immer weiter, sogar noch, als sie nicht einmal mehr den Anfang des Treppenhauses sehen konnte. Aber wenn der Mann vom Lieferservice kam, benahm sich der Gang. Nach einer Weile hatte sie aufgegeben.

»Und ich habe versucht, mit Ping zu sprechen, viele Male – ich habe sie im Büro angerufen und manchmal kam sie zu mir und sagte, ich dürfe mich nicht so anstellen, wo ich doch solches Glück gehabt hätte.« Sie stockte kurz. »Immer wieder hat sie gesagt, ich hätte Glück gehabt.«

Er versucht, sich vorzustellen, wie das für sie gewesen sein muss, zuerst ihre Großmutter zu verlieren und dann das Mitgefühl der gesamten Familie. Es gelingt ihm nicht.

»Ich habe überhaupt nichts mehr verstanden. Nichts ergab mehr einen Sinn. Und dann wachte ich immer wieder auf und wusste nicht, welcher Tag war.«

Die weiche Kontur rutscht ein wenig näher. Er dreht sich zu ihr um. Wieder diese Nase.

»Es war einfach klar, dass ich nicht mehr konnte. Ich konnte nicht mehr. Also habe ich aufgehört und bin gegangen.«

Ein langes Schweigen. Er fragt sich, ob sie eingeschlafen ist.

Ist sie nicht. »Und als du sie geholt hattest, als ich sie gesehen habe …«

Die Kontur ist sehr still. Er flüstert, obwohl es total albern ist und er sich nicht erinnern kann, ob sie Dylan Thomas mag, und er fühlt sich wie ein Idiot, weil es dunkel ist und weil er es will:

Nie und nie mein Mädchen, die Du fern und nah reitest
Im Land der Kaminfeuermärchen und gesprochen im Schlaf,
Fürchte noch glaube, dass der Wolf in schafweißer Haube
Tänzelnd und blökend rau und froh springen wird,
Mein Lieb, mein Lieb,
Aus einem Bau in den wolligen Blättern im Tautropfjahr,
Um Dein Herz zu essen im Haus des rosigen Waldes.

Er legt die Arme um die Kontur. Sie lässt ihn.

*Sie sind in einem Café. Sie haben sich schon früher mal hier getroffen, und sie hat denselben Tisch gewählt. Er bemerkt diese sentimentale Geste.*

*Sie nippt an einer Glastasse mit Tee, übersprudelnd vor aufgesetzter Fröhlichkeit. Alles ist gut; allen geht's gut. Was ist mit ihm? Alles gut? Geht's allen gut? Sie beobachtet ihn aufmerksam und erzählt ihm, wie total perfekt das Leben ist. Sie wartet darauf, dass er ihr Fragen stellt; sie möchte ihm mehr erzählen.*

*Der Mann sagt nicht viel. Er hört zu. Er stellt ihr keine Fragen.*

*Sie reden, umkreisen einander etwas über eine Stunde lang. Sie trinken ihren Tee aus. Der Mann geht. Sie sieht ihm hinterher und wünscht, sie würde sich trauen, ihm zu folgen.*

# XVII

»Noch eines, Mister Dhillon.«

Er ist schon aufgestanden und hat einen Schritt in Richtung Tür gemacht, aber er macht kehrt und setzt sich wieder hin. »Natürlich, Mrs Tay.«

Die Rektorin steht auf anhaltenden Blickkontakt. Sukhin nicht. Und so geht jedes Gespräch, dass sie je geführt haben, einher mit seinem hartnäckigen Bemühen, ihrem visuellen Äquivalent eines Würgegriffs zu entkommen, meistens vergeblich.

»Ich wollte Ihnen sagen, wie zufrieden ich mit Ihrem Beitrag zu unserer Schule bin. Man hat mir schon so viele Male erzählt, wie glücklich wir uns schätzen dürfen, Sie zu haben.«

Er muss sich sehr zusammenreißen, damit ihm nicht das Gesicht abstürzt. Soll das sarkastisch sein?

»Sie sind jetzt hier seit …« Sie bricht das Wettstarren ab, um auf ein Blatt Papier zu schauen, das auf ihrem Schreibtisch liegt. Sukhin holt tief Luft und blinzelt mehrmals hintereinander. »Zehn Jahren.« Und der Wettkampf geht weiter.

»Ja.«

»Unser jüngster Abteilungsleiter.« Sie schenkt ihm ein freudloses Lächeln. »Mr Naraya war sehr – leidenschaftlich – in seiner Fürsprache.«

Sukhin nickt und erwidert das Lächeln seinerseits mit

einem grimmigen. »Ja. Das war sehr freundlich von Mr Narayan.« Worauf soll das alles hinauslaufen?

»Ich habe mir überlegt, und Mr Leong ist ganz meiner Meinung …« Sie unterbricht sich und richtet sich noch etwas gerader auf, dann räuspert sie sich. *Gott, was für ein Theater – wenn du keine Rektorin wärst, wärst du eine drittklassige Soapdarstellerin.* »… dass die Zeit reif ist, dass Sie hier eine wichtigere Position übernehmen.«

Was? »Was?«

»Wir brauchen einen Studiendirektor.«

»Mr Zahidi ist der Studiendirektor.«

»Mr Zahidi geht im Juli in den Ruhestand.« Sie hebt eine Hand, um einem Einwurf zuvorzukommen. »Ich weiß, das sind noch sieben Monate, aber ich bin gern vorbereitet.«

Sukhin seinerseits ist dermaßen unvorbereitet, dass er etwas tut, das er sonst nie und nimmer tun würde – er bittet die Tay, das genauer auszuführen. »Sie möchten also, dass *ich* Studiendirektor werde?«

»Ja. Mr Leong und ich meinen, Sie würden gut zum Rest des Führungsteams passen.« Noch ein gruseliges Lächeln. »Also, von jetzt bis Juli werden Sie mit Mr Zahidi zusammenarbeiten, um sich einzuarbeiten … um Sicherheit in der Studienplanung zu erlangen. Und wir werden Sie natürlich zu einer Fortbildung für höhere Führungskräfte schicken.«

Als er sich so weit von seinem Schock erholt hat, dass er hinter ihr herkraxeln kann, ist sie schon weitergezogen.

» … deshalb möchte ich auch, dass Sie das GoTech-Komitee leiten, das wir bald einrichten werden.«

Mrs Tay setzt zu einer ausufernden Erklärung der Notwendigkeit an, technologischen Innovationen im voruniversitären Unterricht einen höheren Stellenwert einzuräumen, »weil wir in einer so schnelllebigen Zeit leben.« Ihre Augen setzen ihr erbarmungsloses Starren fort. »Als ob sie spontane Telekinese versucht«, hat Dennis einmal bemerkt – und Sukhins Schädel fängt an zu dröhnen. Hat sie wirklich »schnelllebige Zeit« gesagt? Und was soll dieser GoTech-Quatsch sein? Er hört, wie sie irgendwas über Tablets sagt, und dann nochwas, das endet mit »… interaktive Videos für den englischen Literaturunterricht.«

Er wackelt mit seinem Stuhl, um ihn aus dem Gleichgewicht zu bringen, dann lässt er sich und den Stuhl nach vorne kippen.

~

Wo ist die verdammte Schere?

Sukhin stellt seine Teetasse für einen Moment auf seinen Stuhl, um nach oben zu greifen und in der obersten Schublade herumzuwühlen. Er fragt sich, ob die Packung Kekse dieses alberne blinde Gefummel wert ist. Ja, ist sie – er ist am Verhungern. Moment mal. Dann ist sie sogar noch mehr wert, oder? Ist sie vielleicht das Risiko wert, aufzustehen, in die Schublade zu schauen, die Schere ausfindig zu machen, sie zu packen und sich dann wieder auf den Boden sinken zu lassen? Ganze fünf Sekunden müssten genügen – aber was, wenn jemand ihn sieht und reinkommt?

Er sollte sich was trauen, wie Alice, die Leiterin der Matheabteilung, die einen Kalender über das Fenster in ihrer Bürotür gehängt hat.

»Mensch Alice, geht das denn, hä?« Vorhin in der Personalküche, bei Curry Puffs, die von irgendeiner Geburtstagsfeier übrig waren, hatte Tai Meng kein Blatt vor den

Mund genommen und genau das gesagt, was Sukhin gedacht hatte, als er zum ersten Mal den weißen Karton gesehen hatte, der ihr Fenster verdeckte.

»Wer sagt, dass nicht?«

Tat Meng und Sukhin hatten einander angesehen und genickt. Okay, wo sie recht hatte, hatte sie recht. Streng genommen gab es keine Vorschriften zur Durchlässigkeit von Türluken.

»Aber wenn wir das dürften, würden es doch alle tun.«

»Also wenn alle es tun, tust du's. Wenn's niemand tut, tust du's nicht.« Alice seufzt. »Ihr beide, hä. Seid ihr Schafe oder seid ihr Männer?«

Er fürchtet, dass er ein Schaf sein könnte. Unterwürfig, unentschlossen, nutzlos, wenn ihm niemand sagt, wo's langgeht. Hier steht er, verdammt zum Keksverzehr unter seinem Schreibtisch, weil ihm die Eier fehlen, um eine ungeschriebene Regel zu Schulbürotüren zu brechen. Hier kauert er und versteckt sich, statt einfach allen offen und ehrlich zu sagen, dass er lieber nicht mit ihnen sprechen möchte. Und später wird er nach Hause gehen und den Rest des Abends mit dem Versuch verbringen – wie er das seit einer Woche jeden einzelnen Abend tut – zu entscheiden, ob er Jinn nicht einfach zu einem Arzt schleifen sollte.

»Gab es irgendwelche … Vorfälle, seit du gegangen bist?«, hat er sie gestern Nacht endlich gefragt, nachdem er, nach langem Hin und Her, beschlossen hat, dass das Wort ›Vorfall‹ kein zu offensichtlicher Euphemismus ist.

Nein, sie habe nicht einen einzigen Tag verloren seit dem Morgen, als sie sich einen Sack über den Kopf gestülpt und ihre Wohnung verlassen hatte.

»Du hast dir einen Sack über den Kopf gestülpt?«

»Damit mich der Gang nicht erkennt. Wie hätte ich sonst entkommen sollen?«

Ohne eine Miene zu verziehen hat sie ein Stück Möhre mit der Gabel aufgespießt und es sich in den Mund gesteckt. Kein Arzt würde annehmen, dass sie scherzt – und Sukhin kann nur hoffen. Er schaltet seine Ex-Schreibtisch- und nunmehrige Unterschreibtischlampe ein und macht sich daran, seine Notizen für die nächste Stunde durchzusehen. Sicher ist jeder ein bisschen verrückt? Wie verrückt muss man sein, um richtig verrückt zu sein? Er hat im Unterricht so oft darüber gesprochen, aber in einem reinen *Hamlet*-Universum – und jetzt, wenn er Jinn ansieht und über alles nachdenkt, was sie ihm erzählt hat, fliegen ihm all die Verse, all die Argumente, einfach nur um die Ohren.

*Im Grunde habe ich also den Verstand verloren.*

Aber hat sie ihn wiedergefunden? Ist der Wahnsinn mit ziemlicher Sicherheit ad acta gelegt oder ist er ein sich verändernder Teil von ihr? Sie hat nichts über Genesung gesagt – aber vielleicht eben, weil sie genesen ist. Ist das überhaupt das richtige Wort? Genesen Leute von Wahnsinn? Er hat von Leuten gehört, die von einem Trauma genesen sind, von Zuständen wie einer posttraumatischen Belastungsstörung, aber ist das dasselbe wie von einer psychischen Krankheit zu genesen?

Sind Menschen verrückt, wenn sie behaupten, verrückt zu sein? Oder sogar, *weil* sie behaupten, verrückt zu sein? *Denn worin besteht die Tollheit, als dass man gar nichts anders ist als toll?*

Sein Bein ist eingeschlafen.

*Ich bin der Lehrer, der all meine Pausen unter meinem Schreibtisch verbringt, um mich vor meinen Schülern und Kollegen zu verstecken.*

*Und ich wurde gebeten, Studiendirektor zu werden.*
Was für eine total verrückte Welt.

~

Sie ist nicht zu Hause. Liegt nicht ausgestreckt auf dem Boden oder auf dem Sofa, in ein Buch vertieft. Sitzt nicht die Welt betrachtend auf dem Balkon. Veranstaltet kein Chaos in der Küche, macht Tee oder trinkt welchen. Nicht im Schlafzimmer oder im Arbeitszimmer oder im Bad. Versteckt sich nicht in der Regenmaschine – er schaut zweimal nach.

*Okay, sie ist rausgegangen.*

Er legt eine Lou-Reed-Platte auf, selbst überrascht, dass er so ruhig bleibt. Er holt einmal tief Atem, um sich davon zu überzeugen – ja, absolut ruhig. Leute gewöhnen sich an alles, geht ihm auf – in seinem Fall an die Launen einer selbsternannten Verrückten und an das Auf und Ab eines mit ihr gelebten Lebens. Jeden Augenblick kann sie zur Tür reinkommen und ihm erzählen, dass sie etwas gefunden hat – ein Boot, das sie nach Bangladesch bringt, zu einer Kommune, wo sie den Rest ihres Lebens mit Meditieren und Reis Pflanzen verbringen wird. Oder dass sie beschlossen hat, sich am Aufbau einer lokalen Zelle einer ökoterroristischen Guerillatruppe zu beteiligen. Oder dass sie vorhat, unter die Fußgängerbrücke bei der Strandpromenade zu ziehen.

Und es wird gut so sein – er wird seine Nase so weit in alles hineinstecken, wie sie es ihm gestattet, und dann in der Nähe herumlungern, für alle Fälle.

So einfach.

Nicht so einfach: herauszufinden, was er mit der Beförderung machen soll, mit der die Tay beschlossen hat ihn zu beglücken. Unangefochten von seinem gestrigen Zusammenbruch in ihrem Büro, für den er einen Schwindelanfall verantwortlich gemacht hat, um dann übertrieben herumzutaumeln und den Raum so schnell zu verlassen, wie man das einem übelkeitsgeplagten Mann gerade noch abnimmt, hat sie ihm später eine E-Mail geschickt und ihn heute gleich nach dem Morgenmeeting noch einmal angesprochen.

»Mr Dhillon, es überrascht mich, dass Sie da überhaupt noch überlegen müssen.«

»Es ist eine sehr große Verantwortung.« Er hatte seine ernsteste Miene aufgesetzt.

Sie hatte ihn für einige Sekunden mit ihrem bohrenden Blick festgenagelt, aber etwas weniger erzürnt ausgesehen, als sie ihn an die Frist erinnerte, die sie ihm in der Mail gesetzt hatte. »Morgen, Mr Dhillon. Geben Sie mir bis morgen Abend Bescheid.«

Sukhin versteht nicht, warum er. Vor allem, weil er der Einzige ist, der diese Beförderung ablehnen würde – nicht, dass die Tay das wüsste. Sie geht wohl davon aus, wie alle anderen, dass er sich ungeheuer geschmeichelt fühlt und jetzt eifrig damit beschäftigt ist, die Jahre zu zählen, bis er sie als Rektorin ablösen kann. Er erschaudert – wenn es das ist, was ihn erwartet, wird er sich vom Balkon stürzen.

Es regnet. Er schaut aus dem Vorderfenster und hofft, dass sie bald zurückkommen wird. Hat sie einen Regenschirm mitgenommen?

Vermaledeite Frau. Wo steckt sie bloß?

~

Die Tagschicht fährt zusammen. Auf seinem Handybildschirm feuert der Gastgeber einer japanischen Fernsehshow zwei jonglierende Kandidaten an: *Na los, noch einen Kürbis.*

Noch ein scharfes Klopfen an die Tür der Dienstkammer. Der Wachmann schaut durchs Glasfenster. Es regnet zu heftig, um klar zu sehen, aber da draußen steht jemand. Er öffnet die Tür.

Es ist der Mann mit dem mürrischen Gesicht. Mr Dhillon. # 04-03. Er steht mit total beschlagener Brille unter einem riesigen schwarzen Regenschirm.

»Hallo.«

»Ah, hallo.«

»Entschuldigung, aber haben Sie meinen Besuch gesehen?«

»Ihren Besuch?«

»Eine Frau. Kurze Haare. Ungefähr so groß.« Mr Dhillon hebt eine Hand, messerartig, an seinen Wangenknochen. »Ich glaube, Sie haben ihr vorige Woche irgendwann den Weg zum Fischmarkt erklärt.«

Ach ja, diese reizende Dame. »Die ist gegen drei aus dem Haus gegangen.«

»Hat sie gesagt, wohin?«

Der Mann wirft Mr Dhillon einen konsternierten Blick zu. Wer hat denn schon jemals den Sicherheitsleuten erzählt, wo er hingeht? »Nein.«

Sie drehen sich beide um, um auf die Uhr an der Wand zu schauen. 20.15 Uhr. 20.16 Uhr.

»Es regnet lah, vielleicht hat sie sich irgendwo untergestellt.«

»Danke, Mr Loh.« Mr Dhillon greift in seine Tasche und reicht dem Mann einen Briefumschlag. »Und hier ist das Geld, das ich Ihnen schulde. Danke.«

Der Sicherheitsmann starrt zuerst den Briefumschlag,

dann die sich entfernende verschwimmende Gestalt an. Es ist das erste Mal, dass Mr Dhillon aus #04-03 ihn mit seinem Namen angesprochen hat.

~

Um kurz vor neun öffnet sich die Tür und sie kommt rein, mit geröteten Wangen eine leere Tasche schwenkend. Er schaut stirnrunzelnd von seinem Buch auf. Sie ist vollkommen durchweicht und tropft den ganzen Boden voll. Er knurrt, aber nur in Gedanken. *Es ist spät, wo warst du?*

»Geh duschen und zieh dir ein paar trockene Sachen an.«

Sie schnuppert beifällig. »Das riecht wunderbar.«

»Hähnchen und Porree.«

»Klingt köstlich.«

»Du kriegst erst was, wenn du geduscht und umgezogen bist. Sieh dich doch an!« Er tut es und sie glüht förmlich, strahlend vor Freude, einer geheimnisvollen, überirdischen Freude. Würde es ihm wohl jemals beschieden sein, abends nach Hause kommen, nach einem Tag voller Unterricht und Besprechungen und Unterrichtsplanung, und so auszusehen? »Du wischst das nachher alles auf, das sag ich dir.«

Sie schiebt sich die nassen Haare aus der Stirn und grinst. »Es ist bloß Regen, Sukhin. Bloß Wasser.« Sie klingt nachsichtig.

Er wischt, während sie duscht, und fragt sich, ob Wahnsinn die Lösung all seiner Probleme wäre. Wenn er wahnsinnig wäre, müsste er niemandem mehr aus dem Weg gehen – sie würden ihm aus dem Weg gehen. Und Verrückte sind keine guten Kandidaten für den Posten des Studiendirektors, das wäre also damit erledigt. Oder der Wahnsinn würde ihn dazu bringen, zuzusagen – und nicht darüber nachzudenken, wie bizarr es ist, dass ausgerechnet der Mann, der gar nicht richtig unterrichten kann, nun für den gesamten Lehrplan verantwortlich sein soll.

»Ich habe mir überlegt, dass ich vielleicht aufhören sollte«, sagt er beim Essen zu Jinn. »Ich bin kein besonders guter Lehrer.«

»Würde es dich zu einem besseren Menschen machen, kein Lehrer zu sein?«

»Ich weiß nicht. Ich weiß nicht, was ich dann tun würde.« Er weiß es nicht und er weiß es nicht.

Sie klaut eine Gabel voll Lauch von seinem Teller. »Naja, würde kein Lehrer mehr zu sein dich wünschen lassen, ein besserer Mensch zu sein?«

»Ich weiß nicht.«

Sie lässt ihre Gabel sinken und legt ihre Hand auf seine. »Du musst dir das gut überlegen.«

Er starrt ihre Hand an. »Okay.«

»Menschen sind nicht wie Otter.« Sie spricht langsam, jedes Wort sorgsam abwägend. »Ein Otter braucht nicht zu versuchen, ein besserer Otter zu werden. Er kann einfach sein, und er wird der beste Otter sein, der er sein kann. Aber wenn wir nicht versuchen, bessere Menschen zu werden, fangen wir an, schlechtere Menschen zu werden.« Sie gestikuliert mit ihrer Gabel. »Ein Geschenk und ein Fluch.«

»Ich wünschte, ich wäre ein Otter.«

Sie nickt weise. »Ja, und du wärst ein entzückendes, großkotziges Vieh. Darüber haben wir doch schon geredet, Sukhin.«

~

Die Hunde des Viertels haben ein spontanes Konzert angestimmt. Im großen Haus an der Ecke, in der Wohnung über ihnen, in anderen Häusern und Wohnblocks in anderen Straßen, die Sukhins kreuzen – die Mitglieder des hündischen Chors kennen ihre Partituren – jedes einzelne Bellen ist auf maximale Wirkung ausgerichtet; jedes Bellen vereint sich mit den anderen zur schrillstmöglichen Kakophonie; jede neue Gebellsalve setzt im selben Moment ein, in dem die vorhergehende endet.

Sukhin und Jinn beugen sich über das Balkongeländer. Ein Hund, der einen Mann Gassi führt, stolziert die Straße hinunter, die Schnauze hoch erhoben, die Darbietung demonstrativ ignorierend.

»Einwandfrei kein Schaf«, murmelt Sukhin.

Der Hund läuft zu einem Tor und wedelt den zwei größeren Hunden dahinter mit dem Schwanz zu.

»Sieh ihn dir an, er versucht, Freundschaft zu schließen.« Sie weist mit ihrem Becher in seine Richtung.

»Er lacht sie aus. Schau doch hin – der sagt ganz klar: ›Ihr könnt euch ruhig heiser brüllen, aber ihr seid drinnen und ich bin draußen und hab den hübscheren Schwanz.‹«

»Du wärst ein großkotziger Hund. Was für eine Überraschung.« Sie verdreht die Augen. »Aber wie auch immer; du wirst herumfragen?«

Ehe das Hundekonzert angefangen hat, hatte sie ihn gefragt, ob es ihm etwas ausmachen würde, seine Kollegen um alte Schulbücher zu bitten. Sie und Kim Seng sammeln welche für einige Stammgäste der Freiküche und die Familien am Strand.

»Gibt es nicht einen staatlichen Sozialplan für kostenlose Schulbücher?«

»Nicht für Junior-College-Kids.«

»Oh.« Er hatte sich ertappt gefühlt, weil er das nicht gewusst hatte, und er war erleichtert, als das Gebell losging und ihn aus seinen Gedanken riss.

»Klar, ich frage morgen.« Er wird einen großen Sammelkarton in die Personalküche stellen und vielleicht eine Rundmail verschicken.

»Danke, Sukhin.«

Er denkt über die Gemüse-Piraten nach, die Suppenküche, ihre letzte Sammlung auf dem Fischmarkt zwei Straßen weiter. Und jetzt diese Aktion mit den Schulbüchern.

»Hattest du einen Plan, als du gegangen bist? Hast du gewusst, was du tun wolltest?«

»Nein.«

»Nicht die geringste Vorstellung?«

»Nein.«

Sie nimmt seinen Becher und geht rein. Er folgt ihr. »Und der Zettel?«

»Ping musste wissen, dass ich ging, weil ich es wollte.« Sie öffnet auf der Küchentheke eine Dose und nimmt sich ein Stück von dem Kuchen, den er gestern gebacken hat. Gestürzter Ananaskuchen – nach dem Rezept seiner Tante Lillian.

»War das wichtig?« Er reicht ihr einen Teller.

Sie macht ein nachdenkliches Gesicht – aber es ist nicht klar, ob sie über den Kuchen nachdenkt oder über den Zettel. »Herrlich – du hast diesmal irgendwas anderes reingetan.« Eine kuchenerfüllte Pause. »Ja. Alle haben mich für verrückt erklärt – sie sollte wissen, dass ich wusste, was ich tat.«

*Ich liebe dich. Ich habe versucht, den Raum zwischen uns zu überwinden, aber jetzt will ich es nicht mehr. Also werde ich ihn in einen Abgrund verwandeln. Ich gehe. Ich nehme nichts mit und ich lasse nichts zurück. Ich kann mit niemandem reden, weil ich nur schreckliche Dinge sagen würde. Ich muss gehen. Ich komme nicht zurück – verlass dich darauf. Verzeih mir mein Tun.*

»Aber hattest du da nicht gerade deinen Verstand verloren? Ich habe ein bisschen Thymian dazugegeben.«

»Naja, schon.« Sie lacht – damit hat er nicht gerechnet. »Sukhin, wenn du versuchst, dir auf all das hier einen Reim zu machen, lass es lieber. Ich wollte einfach nicht als verrückt abgestempelt werden. Nicht von ihr.«

Ihm fällt etwas anderes ein, das sie gesagt hat, an dem Tag, an dem sie ihm von dem Zettel erzählt hat. »Und sie sollten denken, dass du tot sein könntest?«

»Ja.« Sie hat mit dem nächsten Stück angefangen.

»Aber warum?«

»Wunderbares Aroma.« Ein großer Bissen. »Alle echten Tragödien enden im Tod. Es geht um dieses endgültige Ende-Ding.«

»Aber du bist nicht tot.«

»Aber ich bin nicht am Leben.« Sie macht eine Pause. »So oder so, es lässt sich nicht beweisen. So lange sie mich nicht finden, bin ich wie Schrödingers Katze.«

»Du bist also weder tot noch lebendig und gleichermaßen tot wie lebendig.« *Und du bist weder eine Katze noch ein Wellenteilchen*, würde er gern hinzufügen, aber er tut es nicht. »Und was jetzt?«

»Ich warte.« Sie führt es nicht weiter aus. Sie beginnt darüber zu reden, ob die Schulbuchaktion auch Romane beinhalten sollte, sogar von der Sorte dieser grauenhaften Vampirromanzen, denn »wir sollten doch die Bücher nicht ignorieren, die Teenager auch tatsächlich lesen wollen, oder?«

Vollkommen verwirrt, aber unfähig, sie aufzufordern, ihm doch bitte, bitte zu erzählen, worauf sie denn wartet, geht Sukhin Joggen.

~

»Du kannst das nicht ablehnen.«

»Aber was soll das bringen?« Sukhin schließt sein Büro auf und starrt auf den Stapel von ausgedruckten Unterrichtsplänen auf seinem Schreibtisch. Die sind seit drei Wochen fällig, aber er konnte es einfach nicht über sich bringen, anzufangen. »Dennis, geh weg. Ich muss arbeiten.«

Er setzt sich, müde und gereizt. Wieso weiß Dennis überhaupt davon, dass die Tay ihm den Posten angeboten hat? So viel zu ihrem ausschweifenden Geschwafel in ihrer Mail, dass das alles streng vertraulich bleiben müsse. Er hat ihr geschrieben und um eine weitere Woche Bedenkzeit gebeten, und dabei unaufschiebbare Abteilungsleiter-Pflichten vorgeschützt. Nicht gelogen – er wirft einen langen Blick auf die Unterrichtspläne –, aber er wünscht, er wäre einfach in ihr Büro gegangen und hätte das Angebot abgelehnt.

Warum tut er es nicht? Worauf wartet er? Alice hat recht. Was er doch für ein Schaf ist.

Er wollte niemals Leiter der Englischabteilung sein – aber hier sitzt er nun, seit drei Jahren, und versucht, es nicht völlig zu vergeigen. Was würde es denn eigentlich für einen Unterschied machen, die Stelle anzunehmen, die die Tay ihm praktisch aufzwingt, das zusätzliche Geld einzusacken und noch ein paar Jahre damit zu verbringen, es nicht völlig zu vergeigen? Wenn er sich zwischen banal und banal mit mehr Geld entscheiden muss, liegt die Entscheidung doch an sich auf der Hand. Aber vielleicht sollte er von mehr träumen als von banal oder banal mit mehr

Geld? Aber würden ihn nicht alle für jämmerlich und unambitioniert halten, wenn er ablehnte? Das macht ihm arg zu schaffen, viel mehr, als er jemals gedacht hätte. Er enttäuscht sich selbst – warum kümmert ihn die Achtung von Leuten, die er nicht einmal leiden kann, überhaupt? Aber das tut sie. Ach, ein Otter sein.

»Sukhin, alles in Ordnung?«

»Ja. Entschuldige.«

Dennis drapiert sich auf dem Stuhl gegenüber, die Beine über der einen, den Kopf auf der anderen Armlehne. »Süßer, du musst den Job annehmen. Sonst stürzt sich irgendein Blödmann drauf.« Er dreht den Kopf, um Sukhin ins Gesicht zu sehen. »Stell dir doch bloß mal vor – du wirst *drinnen* sein.«

»Wo denn drinnen?« Er wünschte, die Unterrichtspläne lägen drinnen in einem Brennofen.

»Wen juckt's? Du würdest alles erfahren.«

»Ich will aber gar nicht alles erfahren. Und ich wäre Studiendirektor, Dennis, nicht Oberspion – das hättest du gern.«

Dennis winkt ab. »Eines Tages könntest du einen Putsch anzetteln. Die Tay zu Fall bringen. Unsere Feinde zu Fall bringen. Ken zu Fall bringen.«

Bei der Erwähnung von Ken hebt Sukhin die Augenbrauen. »Ich sehe, du hast schon alles durchgeplant. Und wie werde ich den ganzen Spaß durchziehen?«

»Stell nicht so viele Fragen. Nutz deine Phantasie, Schatzi.«

»Schön. Ich werde dem inneren Kreis angehören. Ich werde einen Skandal inszenieren, dann einen Putsch anzetteln. Ich werde dieses College in eine Volksgenossenschaft umwandeln.«

»Du kümmerst dich um das obere Management, ich übernehme das Fußvolk.«

Sukhin lacht, dann seufzt er. Muss jedes Gespräch zur Farce ausarten? »Dennis, ernsthaft, ich weiß wirklich nicht, ob ich die Stelle will.«

»Warum? Wir haben nichts zu verlieren außer unseren Ketten.«

~

Es ist fast fünf. Die meisten anderen Lehrer werden inzwischen nach Hause gegangen sein, und die, die das nicht sind, sitzen aller Wahrscheinlichkeit nach noch im Unterricht fest. Sukhin starrt sein leeres Glas an und beschließt, sich zum Nachfüllen in die Personalküche zu wagen – und er sollte sich beeilen, bevor die letzte Stunde endet.

In der Tür der Personalküche hält er inne. Jemand hat gerade seinen Namen genannt.

»Aber warum ausgerechnet Sukhin?«

Er ist gerade außer Sichtweite, gleich hinter dem Türrahmen. Soll er bleiben oder soll er gehen?

»Wahrscheinlich die sicherste Lösung. Ich meine, sieh ihn dir doch an.«

*Wer ist das Sackgesicht?* Okay, er sollte gehen. Leise kehrtmachen und in sein Büro zurückgehen.

»Die sicherste? Ha. Du meinst, mit dem können sie machen, was sie wollen.«

»Absolut – eine zusätzliche Stimme für Mrs Tay und Mr Leong, wann immer das Komitee über einen ihrer Vorschläge abstimmen muss. Natürlich wollen sie ihn.«

»So schlimm ist er nicht lah. Er wird sich schon behaupten.« Das klingt wie Renchun.

»Ha. Du meinst, weil er so ein grimmiger, seltsamer

Zeitgenosse ist, wird er sich gegen sie behaupten? Bitte lah. Er wird sich einfach zurücklehnen und das süße Leben genießen.« Das ist Ken.

»Ja. Und später ist er dann die sicherste Wahl für den Posten des Vize.«

»Bah. Ich kann mir Sukhin nicht als Vize vorstellen.«

»Da brauchst du nicht viel Phantasie. Die Beförderungen gehen doch immer an diese stillen, jämmerlichen Typen mit Null Rückgrat. Bei denen fühlen sich alle sicherer.«

*Wer ist bloß dieses giftsprühende Sackgesicht?*

»Das kann ich auch. Warum habt ihr mir das nicht früher erzählt?«

Lachen. Sukhin weicht von der Tür zurück, sein Gesicht rot vor Scham und Wut. Ich hätte nicht lauschen sollen, dann hätte ich nichts von alldem hören müssen. Er berührt seine Stirn. Sie ist kalt und feucht und sein Kopf tut weh. Er geht zurück in sein Büro und schließt seine Tür ab, dann sitzt er dort im Dunkeln, unter seinem Schreibtisch.

Als er geht, ist es draußen Nacht. Niemand sonst ist mehr da. Er radelt nach Hause und denkt an die Szene, die ihn gestern begrüßt hat – Jinn, die in der Küche herumwuselt und mit unbeschwerter, nein, unbeschwerbarer Ruhe kocht.

Er öffnet die Tür und sieht, dass sie in der Küche herumwuselt und mit unbeschwerbarer Ruhe kocht.

»Komm, Sukhin, probier mal.« Sie hält ihm einen Löffel entgegen. »In der Rowell haben wir heute Tomatensuppe gekocht. Stell dir mal vor – handpürierte Tomaten, Basilikum, Koriander.«

Er geht zu ihr.

Das ist kein Wahnsinn. Und wenn doch, ist es viel, viel besser so.

*Ein Jahr nach ihrem Tod baut der Mann der Frau einen Drachen.*

*Es ist eine Zwiebel. Giftgrüne Triebe blähen sich im Wind und bringen sie dazu, zu sinken und wieder zu steigen, zu sinken und wieder zu steigen. Er ist unruhig, klobig und hässlich. Kinder zeigen auf ihn und fragen ihre Eltern, was das ist. Bisher hat noch niemand »Zwiebel« gesagt.*

*Der Mann und die Frau verbringen Stunden damit, den Drachen auf der Wiese steigen zu lassen, wo sie als Mittzwanziger mit leuchtenden Augen Drachen haben steigen lassen. Die Wiese ist geschrumpft, um Platz für irgendein Betonmonster zu machen, aber sie ist noch immer vom grünstmöglichen Grün. Die Zwiebel sieht aus wie ein entlaufendes Grasbüschel.*

*Darüber kichert die Frau wie eine Idiotin.*

*Der Mann sagt nichts. Aber sein Herz ist so leicht wie ihre Zwiebel.*

# XVIII

Achtunddreißig Minuten und dreizehn Sekunden heute, von dem Augenblick, in dem er nach seinem Lauf das Badezimmer betritt, bis zum Abstellen seines Fahrrads hinter dem Schuppen. Was zum Henker – Wochen, in denen er jeden Scheißmorgen gerannt und jeden Scheißabend Rad gefahren ist, und nicht einmal eine Verbesserung von dreißig Sekunden? Schön. Für den Moment wird er sich mit siebzehn Sekunden zufriedengeben, aber das hier – er starrt wütend das Fahrrad an – ist noch nicht vorbei.

Die Kantine ist, wie immer, überfüllt von herumlungernden Kids, aber die üblichen Verdächtigen am Getränkestand sind nicht so dumm, sich Mr Dhillon und seinem ersten Si-Gao-Kosong-Tee in den Weg zu stellen. Die selteneren Gäste, die gelegentlicheren Koffeinkonsumenten, werden rasch von Mrs Chan weggescheucht, ebenso zu ihrem eigenen Wohl wie um Mr Dhillon einen Gefallen zu tun.

Sukhins erste Tasse Tee wartet schon auf der Theke auf ihn. Als er sie nimmt und sich zum Gehen wendet, sagt Mrs Chan zum xten Mal: »Ihr Kuchen war so gut, Mr Dhillon.«

Ohne Sukhins Wissen ist der gestürzte Ananaskuchen, den er Mrs Chan vor drei Tagen mitgebracht hat, für sie zu Einer Ganz Großen Sache geworden. Er dominiert jedes ihrer Gespräche, er wurde allen anderen Standbetreibern bis ins Kleinste beschrieben; er wurde zum besten Kuchen deklariert, den sie je gegessen hat. Sukhin selbst ist im Rang aufgestiegen, von Diesem Gutaussehenden Lehrer Der Noch Nicht Verheiratet Ist, Der Arme, zu Diesem Gutaussehenden Lehrer Der So Freundlich Ist Aber Noch Nicht Verheiratet, Warum Sind Frauen Nur So Wählerisch, Er Kann Kuchen Backen Wie Ein Gott.

»Es freut mich, dass er Ihnen geschmeckt hat, Mrs Chan.« Und zum xten Mal stürzt er davon, aber erst, nachdem er beschlossen hat, ihr nächste Wochen einen anderen Kuchen mitzubringen.

Ebenfalls ohne Sukhins Wissen trägt er gerade die zweite Tasse Tee, die Mrs Chan heute für ihn zubereitet hat, liebevoll in sein Büro – die erste, in der ein Tropfen Milch zu viel war, wurde schnell jemand anderem angedreht. Und so ist es diese zweite Tasse, die Sukhin in der Stille seines Büros genießt, während er noch einmal seine Notizen für seine erste Stunde des Tages durchgeht, und die er umstößt, wobei er den Stapel von ungelesenen, ungeprüften Unterrichtsplänen um Haaresbreite verfehlt.

»Oh Scheiße. Scheiße Scheiße Scheiße Scheiße Scheiße Scheiße.«

Er springt auf und zurück, gerade noch rechtzeitig, um sich vor der Schmach zu retten, den Rest des Tages mit Teeflecken auf der Hose herumlaufen zu müssen, aber das ist auch alles – alles ist voller Tee. In der Mitte des Tisches bildet sich eine große Lache, von der aus jetzt ein Bach auf Sukhin zuzufließen beginnt, worauf dieser hektisch nach allem möglichen greift, was er in die Hände bekommt. Einen Damm. Er muss einen Damm errichten. Einen Tacker, ein Ringbuch, ein paar Formulare, eine alte Nummer von *Time*, und dann der gesamte Stapel mit Unterrichtsplänen. Glücklicherweise ist der Damm ein Erfolg – er schneidet dem Bach den Weg ab und hält den Tee, stauseeartig, auf. Sukhin tritt einen Schritt zurück, um sich ein Bild vom Schaden zu machen. Entsetzlich. Wie kann eine halbe Tasse von irgendwas so viel Fläche einnehmen? Alles auf seinem Schreibtisch ist jetzt voller Tee.

Nein. Neben dem Damm, direkt vor ihm, liegt ein flaches, viereckiges Päckchen – es ist sauber und trocken. Und an ihn adressiert. Und ihm vollkommen fremd. Sukhin kann es nicht einordnen, aber es verwundert anzustarren, bringt es nicht zum Verschwinden. Es starrt nur zurück. Sukhin bewegt sich nicht, er kommt sich vor wie ein Typ in einem wirklich miesen Horrorfilm. Oder wie in einem drittklassigen Aufsatz: »Plötzlich tauchte vor ihm ein Päckchen auf. Sein Name stand darauf. Er wusste, es musste den Schlüssel zu dem Mysterium enthalten. Eine Stimme dröhnte: ›ÖFFNE ES!‹«

Es läutet zum Unterrichtsbeginn.

Sukhin fährt zusammen. Mit einiger Mühe rafft er seine teebesudelten Notizen zusammen und verlässt sein Büro. Er überzeugt sich zweimal davon, dass die Tür abgeschlossen ist, und eilt auf den Hof. Seine Klasse ist überrascht, weil er zu spät kommt – normalerweise ist er schon vor ihnen da –, aber sie kennen ihn gut genug, um keinen Kommentar abzugeben. Wenn er gut drauf ist, ist ihr Mr Dhillon geduldig, aber anspruchsvoll, freundlich, aber schwer zufriedenzustellen. Im Moment sieht er aus wie eine Karikatur seiner selbst, wenn er richtig mies drauf ist – tief gerunzelte Stirn, fest zusammengepresste Lippen, verkrampfter Kiefer, vor sich hin starrend. Sukhin macht sich nicht die Mühe, sie zu begrüßen, er hört ihr gemurmeltes Guten Morgen nicht; er schwebt geistesabwesend in Richtung seiner ersten Unterrichtsstunde im vom Hof am weitesten entfernt gelegenen Gebäude und nimmt dabei zum allerersten Mal kaum etwas wahr vom hektischen Nach-Versammlungs-Getöse der Schüler, die laut plappernd in alle Richtungen losstürzen, die Luft mit der ungenierten Albernheit der Jugend erfüllen.

Erst als er die Klasse schon fast betreten hat, fällt ihm ein, dass die Erklärung für das Päckchen auf seinem Schreibtisch ganz und gar nichts Mysteriöses hat, sondern enttäuschend banal ist. Vor zwei Wochen, bei seiner Flucht aus dem Büro der Tay, nachdem er es geschafft hatte, seinen Stuhl zum Umfallen zu bringen, hat ihm jemand irgendwas in die Hand gedrückt und dabei irgendwas gesagt – das muss das in die Hand Gedrückte sein; an das dazu Gesagte kann er sich ums Verrecken nicht erinnern. Er muss es auf seinen Schreibtisch gelegt und dann die ganzen Unterrichtspläne ausgedruckt und auf das Päckchen gestapelt haben, ohne es überhaupt zu merken. Kaum überraschend – schließlich hat er in der vergangenen Woche meistens unter seinem Schreibtisch gearbeitet, während er mit dem schlimmsten Anfall von Schuljahresbeginn-Blues zu kämpfen hatte, den er je hatte.

Er hat noch immer mit dem schlimmsten Anfall von Schuljahresbeginn-Blues zu kämpfen, den er je hatte, aber es wird langsam besser. Er hat ein paar Personalbesprechungen überlebt, eine Beratungsrunde mit einer Gruppe von Schülerinnen und Schülern und eine kurze, aber heftige Diskussion mit der Tay über die Anforderungen an die Position eines Studiendirektors, in der er es geschafft hat, noch mehr Zeit zu schinden, während er zugleich den Eindruck vermittelte, er sei scharf auf den Posten, wenngleich es ihm ein Rätsel war, sogar während er mit ihr sprach, warum er nicht einfach danke sagen, ablehnen und weggehen konnte. Aber er konnte nicht, und er kann nicht, denn er springt ihn immer wieder an, schlägt seine Krallen in ihn, der Gedanke: *Natürlich muss ich annehmen. Nur ein Idiot lehnt eine Beförderung ab.*

Wenn er nur das ›natürlich‹ weglassen könnte, wäre die Sache entschieden.

»Mr Dhillon?« Eine Schülerin streckt ihren Kopf durch die Tür, ein spöttisches Lächeln im Gesicht. »Alles in Ordnung bei Ihnen?«

Er hat wer weiß wie lange vor der Tür gestanden, im Blickfeld der ganzen Klasse, er muss total bekloppt wirken – na gut, wenn die Stunde vorbei ist, wer weiß, was sie dann noch alles denken werden? Er ist nicht sicher, ob es ihn kümmert. »Ja, Anne. Danke. Tut mir leid. Schon unterwegs.«

Sukhin nickt der Klasse zu, als er eintritt, murmelt guten Morgen und geht weiter zum Projektor. Er sieht die Schülerinnen und Schüler an, sieht in ihre jungen, offenen Gesichter, und Neid überkommt ihn. *Ihr habt noch keine Ahnung, was ihr tun werdet, was ihr tun möchtet, und das ist okay – und ihr erwartet alles und nichts, und das ist … perfekt.*

Er stürzt sich in die Einführung, die er vorbereitet hat, ehe seine Gedanken sich davonmachen können. »Im letzten Jahr haben wir einiges an Poesie durchgenommen – vor allem Klassiker, die großen Namen, Gedichtverse, die euch wieder und wieder über den Weg laufen werden, euer Leben lang, in Romanen und Theaterstücken und Filmen und Songs, sogar in der Werbung.«

Er legt den Text, den er für diese Stunde ausgewählt hat, auf den Projektor, schaltet ihn jedoch nicht ein.

»In diesem Jahr wollen wir uns andere Stimmen anhören. Sie sind schnell wieder vergessen, wenn ihr für die Abschlussprüfungen lernt, aber glaubt mir – ihr werdet bessere Leser sein, wenn ihr es wagt, ein bisschen über die Leseliste hinauszugehen, über die Pflichtlektüre, den Kanon.« Da ist noch viel mehr, das er gerne sagen würde, aber er tut es nicht. Sie sind jung, und er würde sich viel zu alt anhören. Alles, was er sich gestattet, ist: »Je älter ich werde, um so mehr reuen mich die Entfernungen, die ich nicht zurückgelegt habe. Und die Grenzen, von denen ich mir einreden ließ, dass es sie gibt.«

Stille senkt sich über den Raum, während Sukhin die Klasse ansieht, verunsichert von dem, was er gerade gesagt hat, weil es so merkwürdig ist und so klischeehaft und so dumm und so wahr. Die Klasse mustert Sukhin, mit seltsam ernsten Gesichtern. Sie sind nicht daran gewöhnt, dass Mr Dhillon ihnen irgend etwas Persönliches anvertraut, aber ihnen ist klar, dass das hier etwas Großes ist. Sukhin muss über ihren tiefen Ernst lächeln – er fühlt sich wie in einer Parodie einer dieser grauenhaften Tolle-Lehrer-Filme, obwohl ihm gerade jetzt ums Verrecken kein einziger einfallen will. Wie auch immer.

»Ich dachte, wir könnten mit etwas von hier anfangen, deshalb habe dieses unbetitelte Gedicht von Cyril Wong ausgewählt.« Sukhin schaltet den Projektor an und stellt die richtige Schärfe ein, damit der Text lesbar wird. Er hat das Gedicht mit der Hand abgeschrieben und es fühlt sich ein bisschen komisch an, seine eigene Handschrift so riesig an der Wand erscheinen zu sehen, aber er achtet nicht weiter darauf und beginnt, vorzulesen.

Wir sind im selben Auto, zwei Männer
Die rumknutschen in einer verlassenen Gasse.
Während wir fummeln und uns umschlingen, rollt
das Auto, es kümmert uns nicht, halb vermutend
dass es unser Kuss ist, der das Fahrzeug
auf die Straßen hinaus treibt. Hinter dir
sehe ich meine Eltern auf dem Bürgersteig
ulkig in Ohnmacht fallen
bei unserem Anblick, das Handgelenk an der Stirn.
Ich möchte lachen, kann aber nicht
mit meiner Zunge in deinem Mund.
Das Auto weiß offenbar genau
Wohin. Noch mehr Leute scheinen zu Boden zu fallen,
als wir vorbeifahren. Father Arro
der mir erzählt hat, dass Gott existiert wegen
der Bäume und des Sonnenauf- und Untergangs,
jeder Lehrer, der uns vorgezogen hat,
weil wir uns den Arsch aufgerissen haben, um ihnen zu [gefallen,
der Rest deiner Familie, der noch
von uns erfahren muss. Sie brechen zusammen,
wider Willen. Auch Gebäude geraten ins Wanken,
als wir vorüberkommen.
Bald stürzt das Parlamentsgebäude
In sich zusammen. Ich sehe zu,
wie der Merlion wackelt und
in den Fluss stürzt mit einem wenig beeindruckenden
Platsch. Kirchen, Wohnhäuser und Einkaufszentren
zerfallen hinter uns zitternd zu Schutt und Asche.
Irgendwie küssen wir uns noch immer,
du mit geschlossenen Augen, meine
weit offen, während unsere Fahrt uns
an einen Strand führt und dann geradewegs ins Meer.

Wir können nicht aufhören mit Küssen,
während Wellen unser Auto verschlingen
und vorbeiflitzende Fische oder der eine oder andere
Tintenfisch von der Windschutzscheibe abprallen.
Wir werden aufhören, wenn wir eine Welt erreichen,
in der kein Mensch und kein Gebäude
beim Anblick unserer Umarmung zusammenbricht.
Ich glaube, wir sind fast da. Schon
füllt sich das Auto mit Wasser, warm
wie der Speichel im Mund eines Liebenden. Wir
schweben durch eine Galaxie aus Plankton
die sich nicht stören lässt von unserem Kuss, Wasser
legt sich sanft um unsere Hälse,
unser Ziel ist jetzt so nah, dass wir
den Ozean auf unseren Lippen spüren können.

Als er fertiggelesen hat, lastet die Stille schwer auf dem Klassenzimmer. Sukhin kann sie spüren, auf seiner Brust und in seinem Magen. Die Schüler sind damit beschäftigt herauszufinden, welche Reaktion von ihnen erwartet wird. Einige starren abwechselnd Sukhin und die Leinwand an, unfähig ihren Schock zu verbergen. Die meisten lesen das Gedicht noch einmal, runzeln die Stirn, prüfen jede einzelne Zeile. Handelt es sich wirklich um ein Gedicht über zwei sich küssende Männer? Gibt es da irgendwo einen Witz, der ihnen entgangen ist? Eine komplexe, satirische Metapher für Korruption? Einige lehnen sich in ihren Sitzen zurück, peinlich bemüht, die blasierteste Miene aufzusetzen, die ihnen im Fernsehen untergekommen ist.

Sukhin packt den Elefanten im Raum an seinen riesigen Stoßzähnen. »Also. Warum könnte irgendwer von diesem

Gedicht geschockt sein?« Er macht eine Pause, um sich zu vergewissern, dass alle zuhören. »Was schockiert *euch*? Und warum?«

~

Sein Schreibtisch ist wieder teelos. Ein Berg Papiertücher liegt durchweicht im Papierkorb. Der Stapel Unterrichtspläne liegt auch irgendwo dort drinnen, ausgelöscht von der Flut.

*Dass eine Gottheit unsre Zwecke formt, wie wir sie auch entwerfen.*

Er stellt sich vor, wie er bei der nächsten Abteilungsbesprechung zu seinen Leuten sagt: *Tut mir leid, aber ich werde mir in diesem Schuljahr keine Unterrichtspläne ansehen. Ob Tee oder Wasser, eine Flut ist eine Flut. Ich bin nicht besonders religiös, aber ich werde mich keiner Gottheit widersetzen, einfach aus Sicherheitsgründen.* Sukhin lächelt. Könnte er damit durchkommen? Sie halten ihn ja ohnehin schon für reichlich verschroben, das würde also wohl nicht mehr viel ändern.

Naja, wenn er damit durchkommt, dass er eine Klasse von Siebzehnjährigen ein Gedicht über zwei Männer lesen und interpretieren lässt, die sich küssen, in Singapur, noch dazu im selben Atemzug und Rhythmus mit dem Parlamentsgebäude und dem kostbaren Merlion, kann er mit allem durchkommen. Und wenn nicht, dann spielen die Unterrichtspläne – und der affig klingende neue Posten, den die Tay für ihn hat – ohnehin keine Rolle mehr.

Sukhin nimmt das geheimnisvolle Päckchen, einst betrachtet als Gruß aus der Hölle oder Beweis für seine Observierung durch ein Spionagenetzwerk. Der Umschlag ist aus dickem weißen Karton, zu dick, um den Inhalt nur durch Betasten zu erraten, die Art von Umschlag, in dem in den achtziger Jahren Hochzeitseinladungen steckten, als sie noch alle persönlich überreicht wurden. Er weiß noch, wie die Freunde seiner Eltern zu ihnen nach Hause kamen, bei Tee und Kuchen den steifen Umschlag überreichten und ein paar glamouröse Einzelheiten zur Hochzeit fallenließen – dass der Bräutigam auf dem Raffles Hotel bestand oder dass das Hochzeitskleid »so viel gekostet hat wie unser erstes Haus, ha ha« –, während seine Eltern pflichtschuldig in regelmäßigen Abständen nach Luft schnappten. Aber das hier ist keine Einladung – es ist viel zu groß und zu dick. *Was zum Teufel ist es?* Sukhin verdreht die Augen. Sehnt er sich so verzweifelt nach Dramatik? Er reißt ihn auf.

Ein Buch. Abgegriffen, voller Eselsohren. JINN auf dem Cover, mit schwarzem Marker. Ihr Notizbuch aus dem Junior College, voll mit beliebigen Unterrichtsnotizen, witzigen Zitaten, sinnlosem Gekritzel und schlecht gezeichneten Karikaturen ihrer Lehrer und Freunde. Er blättert es durch, runzelt die Stirn, lächelt, ist plötzlich wieder siebzehn.

Und ein Brief. Von Ping – natürlich, er hätte es wissen müssen. Der Brief ist warm und kalt zugleich, freundschaftlich, aber nicht freundlich, ein wirrer Strudel aus Gedanken und Informationen, in einer eleganten, geschwungenen Schrift. Sie packen nun endlich ihre Sachen zusammen, schreibt Ping, ohne »ihre« beim Namen zu nennen, und sie dachte, er hätte vielleicht gern etwas zur Erinnerung. Bald wird ein Nachruf erscheinen, fügt sie hinzu, um einen ordentlichen Schlussstrich zu ziehen. Sie will, dass er es von ihr erfährt. »Du hast sie auch geliebt« – dieser Satz, begraben irgendwo zwischen der knappen Erwähnung einer Gedenkfeier, zu der er nicht eingeladen ist, und irgendwas Abgedroschenem darüber, dass es für alle Zeit werde, das Ganze hinter sich zu lassen, ist die Summe ihrer Verbindung, und er ist plötzlich bewegt von dieser seltsamen Zweite-Hand-Beziehung, die sie dazu veranlasst hat, auf diese Weise Kontakt aufzunehmen. Und ebenso plötzlich überkommt ihn eine namenlose Empfindung, eingekeilt zwischen Reue und Mitleid, weil er nicht zurückschreiben und ihr erzählen kann, dass Jinn am Leben und in Sicherheit ist.

Der letzte Absatz ist seltsam.

»Das ist das Ende, nehme ich an – ich wünschte, sie wüsste, dass es keine Chrysanthemen geben wird. Kleines, ich kümmere mich selbst um die Blumen.«

Er faltet den Brief zusammen und steckt ihn in die Tasche, wo er für den Rest dieses Schultages bleibt. Geduldig und still verweilt er da, während Sukhin das Gedicht über zwei Männer, die sich in einem Auto küssen, einer anderen Klasse vorliest und dann noch einer. Er schmiegt sich an seinen Oberschenkel, während er über das Gedicht spricht, nach der ersten Klasse, in der zwei Schüler unbedingt wissen wollten, welche anderen Stimmen Sukhin in diesem Schuljahr noch mit ihnen teilen wird. Er hört zu, als ein Junge nach der zweiten Stunde zu Sukhin kommt, ein eiliges Danke flüstert und dann anfängt zu weinen; er harrt aus während des darauf folgenden verlegenen Schweigens. Er liegt sicher verwahrt in seiner Tasche, während Sukhin um halb vier einen weiteren Tee trinkt, wobei er diesmal den Pappbecher sorgsam auf seinem Schreibtisch abstellt, ehe er seine Aufmerksamkeit wieder dem Brief widmet. Er lässt sich auseinanderfalten, so dass Sukhin ihn ein weiteres Mal lesen kann.

Er versteht das nicht so ganz. Ein Nachruf? Eine Gedenkfeier? Ist das eine dieser mondänen Abschlussriten, ersonnen für Menschen, die Familienbande kappen wollen? *Wir wollten keinen Alkoholiker in der Familie, wisst ihr, deshalb haben wir ihn weggeschickt und eine Gedenkfeier für ihn abgehalten. Die Agentur, die wir angeheuert haben, um endlich abzuschließen, hat sogar einen »Nachruf« für uns aufgesetzt, um ihn in der Zeitung zu veröffentlichen. Ihr wisst schon, wir wollen alle darüber informieren, dass dieser Mann nicht mehr zu unserer Familie gehört, was in dieser Richtung. Alles sehr geschmackvoll und durchgeplant.*

Als er ihr den Brief zeigt, ist Jinn nicht überrascht oder verwirrt. Sie liest ihn und liest ihn wieder, nickt lächelnd vor sich hin. »Sie wusste genau, was zu tun war.«

Sie zerreißt den Brief, zerknüllt die Stücke zu Kügelchen und fügt sie dem Vorrat in der Regenmaschine hinzu.

»In zwei Wochen, Sukhin, werde ich tot sein. Endlich.« Sie lacht. »Ich hoffe, sie nimmt für den Nachruf ein schönes Foto.«

~

Später, beim Essen, erklärt sie, kurz und knapp: »Es ist sieben Jahre her, also kann ich jetzt offiziell für tot erklärt werden. Und genau das tun sie.«

»Und vorher?«

»Nur vermisst.«

»Offiziell tot? Du meinst, in allen amtlichen Registern und alldem? Ist sowas möglich?«

»Ja.«

»Und was passiert als nächstes?«

»Ich sterbe.« Sie schöpft sich Soße auf den Teller. »Du bist der Literaturlehrer, Sukhin. Alle Tragödien enden mit dem Tod und vielleicht einer Beerdigung. Und in meinem Fall der rechtmäßigen Aufteilung der Hinterlassenschaft.« Sie lächelt. »Sag mir, was kommt nach dem Tod?«

Er hat keine Ahnung. Er sieht die lächelnde Frau auf der anderen Seite des Tisches an, die sich Kartoffelbrei auf die Gabel lädt, während sie darüber spricht, dass sie übernächste Woche sterben wird, als spräche sie über Kuchen oder Abendessen – nein, viel gleichgültiger, als sie über Kuchen sprechen würde –, und er fragt sich, wie das hier zu seinem Leben geworden ist. Er möchte ihr sagen, dass nichts wirklich wichtig ist, außer, dass sie hier ist. Und wenn sie stirbt, möchte er, dass das hier – sein Leben, sein Zuhause, alles, das sie beide jetzt umgibt – ihr Grab ist. Er stellt sich vor, wie sie sagt: *Gott, Sukhin, wie morbide.*

Also verschränkt er stattdessen die Arme und verzieht das Gesicht zu einem vorwurfsvollen Lächeln. »Wir sollen bei Guinness-Stew über das Leben nach dem Tod sprechen? Also echt!«

»Nein.« Sie lacht. »Obwohl es wirklich sehr gut ist – du musst mir zeigen, wie das geht.«

Er ertappt sich dabei, wie er anfängt, darüber zu reden, wie man das Fleisch anbrät, dann über das Karamellisieren von Zwiebeln, und bei sich denkt er:

*Das hier ist alles, was es braucht. Es ist alles, was ich brauche.*

Er hofft, dass es alles ist, was sie braucht. Er hat sie gefragt, vor Wochen, ob sie jemals Angst hatte, so allein auf der Straße. Sie war gerade dabei Äpfel kleinzuschneiden, um für die East-Coast-Park-Familien Kuchen zu backen; er hatte ihr beim Teig geholfen.

»Ja. Am Anfang. Aber das hat sich gegeben – nach einer Weile hab' ich gemerkt, dass ich sehr wenig brauchte. Ein bisschen zu essen, einen Ort, wo ich mich saubermachen konnte, etwas zum drauf Schlafen, Raum zum Denken, ein paar Bücher. Mir ging es gut.«

»Du hattest keine Angst davor, ausgeraubt oder überfallen zu werden?«

»Nein. Ich hatte doch nichts, was jemand hätte rauben können.« Sie aß einen Apfelschnitz und streckte die Hand aus, um ihm einen in den Mund zu stecken. »Und ich bin allen aus dem Weg gegangen. Niemand bemerkt uns, Sukhin – die Leute tun, als gäbe es uns nicht. Hier soll es keine Obdachlosen geben.« Sie klang nicht wütend oder empört.

Sukhin fühlte sich beschämt und unbehaglich. Er ging davon aus, dass er in diesem Fall »Leute« war und nicht »uns«. Er half, wo er konnte, in Rowell und im East Coast Park, fuhr Essen und Jinn durch die Gegend und machte Besorgungen, aber er konnte nicht so tun, als gäbe es dafür einen anderen Grund als sie. Er war nicht mit ganzem Herzen dabei wie Jinn und Kim Seng und Gopal – die neuerdings darüber redeten, einen gebrauchten Minibus zu kaufen und eine mobile Suppenküche aufzumachen. Sie saßen an seinem Küchentisch und rechneten und stritten sich und lachten und tranken wahnwitzige Mengen Tee, und er beobachtete sie vom Sofa aus, während er tat, als sei er in seine Bücher vertieft.

»Ihr Typen seid unglaublich«, sagte er und schüttelte den Kopf.

Sie verstanden, was er damit sagen wollte, und lachten. »Was sollen wir machen, Sukhin? Wir haben einfach zu viel Freizeit.« Kim Seng zwinkerte ihm zu und wieder lachten alle.

Am Ende dieses Abends, mit einem schweren Fall von ins Gegenteil verkehrter Schadenfreude kämpfend, hatte

Sukhin sich bereiterklärt, sich an der Suche nach einem Minibus zu beteiligen und ihn einmal pro Woche zu fahren. Es war alles so lächerlich, so dilettantisch geplant – und so unwahrscheinlich, dass es klappen würde, warum also nicht? Und er konnte nicht anders, als sich von ihrem Enthusiasmus mitreißen zu lassen, auch wenn es ihnen offenbar überhaupt nichts ausmachte, dass so vieles un – aber genau das war es, einfach un. Unvollendet, ungeplant, ungeklärt. Er wusste nicht, ob er sie mehr um ihren Nach-mir-die-Sintflut-Charme beneidete oder um die Freude, die sie daran hatten.

Sie schien seine Gedanken gelesen zu haben. Später, als Kim Seng und Gopal gegangen waren, sagte sie: »Du wirst schon sehen. Es wird alles klappen – wir versuchen es und wir passen uns an. Wie Tiere.«

»Wie Otter?«

»Wie alle Tiere, Sukhin. Gott, aus irgendeinem Grund bist du neuerdings so auf Otter fixiert.«

Er half ihr, sechs Kuchen zu backen, und als sie fertig waren, war es nach zwei Uhr morgens und sie hatten beide dunkle Ringe unter den Augen. Die ganze Wohnung duftete herrlich. Er fragte sich, ob all diese hübschen buttrigen Teile wirklich für irgendwen einen Unterschied machten, ob es für irgendwen eine Rolle spielte, dass sie Apfelkuchen aßen, den diese vier Hände in dieser kleinen Küche gekrümelt und geschnippelt und gedünstet und gebacken hatten, statt irgendeinen aufgetauten Tiefkühlkram, hergestellt von einer Maschine in irgendeiner Fabrik Gott weiß wo. Vermutlich nicht, aber wer konnte das schon wissen?

»Weißt du, was dein Problem ist, Sukhin?«

»Du wirst es mir gleich sagen.«

Sie tätschelte seine Wange und stieß einen theatralischen Seufzer aus. »Du grübelst zu viel. Mach dich mal locker. Dein denkendes Gesicht ist nicht ganz so hübsch.«

Er macht jetzt sicher wieder sein denkendes Gesicht. Was wollte er gerade sagen? Irgendwas über Guinness-Stew, aber was nochmal? Sie sieht ihn über den Tisch hinweg an und kichert. Während er auf seinen Teller starrt, geht ihm auf, dass sie ihm ungefähr ein Drittel seines Abendessens geklaut hat.

»Hier. Aus der Güte meines sterbenden Herzens.« Sie streckt die Hand über den Tisch, um ihn mit einem Stück Möhre zu füttern. Er verdreht die Augen und öffnet den Mund.

*Es ist alles, was es braucht.*

~

»Machst du dir gar keine Sorgen?«, fragt er die weiche Kontur in seinem Bett.

»Über was?«

»Ich weiß nicht. Alles? Die Zukunft? Ich meine, du wirst sehr bald für tot erklärt werden.«

»Nächste Woche, ja.«

»Keine Sorgen? Nicht das kleinste Bisschen?« Er rückt näher und näher an die weiche Form heran.

Sie dreht sich zu ihm um. Er kann ihre Haare auf seinem Gesicht spüren, als er sie in seine Arme nimmt und sein Gesicht an ihrem Hals begräbt.

»Nein, Sukhin. Nicht das kleinste Bisschen.«

~

Dennis wartet am Fuß der Hintertreppe auf ihn.

»Ich hab' von dem Gedicht gehört.«

»Oh.«

»Ich finde das sehr süß. Und sehr mutig.«

Sukhin starrt seine Schuhe an. Sie starren zurück. Dennis beugt sich vor und küsst ihn auf die Wange, dann geht er.

Bei der Morgenversammlung erzählen die Schüler sich gegenseitig, dass Mr Dhillon – zerstreut? verträumt? – aussieht.

»Geschockt?« Ja, vielleicht geschockt.

Zurück an seinem Schreibtisch, ist die erste Mail, die er sieht, von der Tay. Sie möchte noch heute wissen, ob er den Posten des Studiendirektors annehmen wird. Sie rät ihm, gut darüber nachzudenken, wenn ihm seine Karriere lieb ist, nicht nur an diesem College, sondern allgemein – im Erziehungswesen überhaupt. Sie will, dass er sich klarmacht, was für eine großartige Chance das ist, wie sehr sie sich alle darauf freuen, ihm bei der Entwicklung seines Führungspotentials zu helfen. Sie will, dass er weiß, dass sie natürlich enttäuscht wäre, falls er sich entschiede, das Angebot nicht anzunehmen, aber …

Sukhin schiebt seinen Stuhl zurück, steht auf und schaut sich in seinem Büro um. Es ist nur ein Karton – wie kann es sein, dass er das noch nie bemerkt hat? Er denkt an all die Kartons, die er zerhackt und in Stücke geschnitten und wieder zusammengesetzt hat, um die Regenmaschine zu bauen, und er verspürt den Drang, eine Axt eine Säge einen Meißel zu nehmen und dasselbe mit diesem hier zu machen. Ihn in eine Regenmaschine zu verwandeln, alles darin in Regen zu verwandeln, für die Stabilität Teppichstücke hineinzugeben, zum behaglichen Betrachten ein paar Stühle hineinzuwerfen. Er wird der Tay sagen: *Danke, dass Sie so viel über mich und meine Karriere nachgedacht haben, aber ich habe beschlossen, mich von nun an der Installationskunst zu widmen.*

Als er sein Hemd glattstreicht und seinen Kragen geraderückt, muss er an das alte japanische Märchen über den Fischer denken, der von der Schildkröte in die blauen Tiefen geführt und dort von der Prinzessin des Unterwasserkönigreichs zum Bleiben überredet wird, während oben hundert Jahre vergehen, die unter Wasser wie nur drei Tage wirken. Derselbe Gedankengang stürmt auf ihn ein, der, der ihn immer – und auf der Stelle – überfällt, wenn er an die Geschichte denkt. Wie entsetzlich, nach Hause zu gehen und nichts ist mehr da. Wie entsetzlich, diese viele verlorene Zeit. Diese Schildkröte – was für ein Arschloch. Und diese Prinzessin – was für ein mieses Stück Meeresbiologie.

Er öffnet die Tür und verlässt seinen Karton.

»Sukhin, bist du das? Hast du eine Minute? Mit meinem Computer stimmt was nicht. Kannst du ihn dir mal ansehen?« Mrs Chandra, aus ihrem Büro heraus.

»Tut mir leid – später? Ich muss mit Mrs Tay über etwas sehr Wichtiges sprechen.«

Er löscht die Lichter und zieht die Tür hinter sich zu. Er schließt sie nicht ab. Der Weg zum Büro der Rektorin dauert keine fünf Minuten, aber es kommt ihm vor wie eine Ewigkeit. Er kann sie drinnen hören, wie sie telefoniert – oder irgendein armes Würstchen mit einem Monolog fertigmacht. Sukhin klopft trotzdem an die Tür. Es wird schließlich nur eine Minute dauern, es ihr zu sagen.

Er wird Nein zur Prinzessin sagen.

Er wird nicht auf dem Meeresboden bleiben.

# Danksagungen

DANKE, DANKE UND NOCHMALS DANKE:

Kevin Seah, der mich mit unermüdlicher Begeisterung versorgt, als Erster jedes Kapitel gelesen und sich in Jinn verliebt hat.

Meiner Mutter, Alison Loh, die es mir erlaubt hat, ein richtiges Monster zu sein, und Dhruv Doshi und Ryn Suthipradit, die mich auf dem am wenigsten verrückten Pfad gehalten haben, während ich schrieb und wütete.

James Wynn-Higgins, Abirama Thanikasalam, Jeremy Ee, Joanna Lim und Corrine Chia für ihren Glauben.

Nishta Geetha Thevaraja, fürs Zuhören, immer.

M. für diese eine ernste, unerwartete Bemerkung in Sevilla, ohne die ich es niemals gewagt hätte, zu wagen, das hier zu tun.

Cyril Wong, der das Universum mit dem unbetitelten Gedicht im letzten Kapitel geschmückt hat.

Edmund Wee und dem unglaubliche Team von Epigram Books – vor allem Jason Erik Lundberg, Qin Yi, Chris Toh und Nicholas Chua – für die niemals endende Unterstützung, für Anleitung und Geduld, trotz meiner unveränderten Zickenvisage und meiner Unfähigkeit, nicht zu widersprechen.

# Glossar

*Zum sprachlichen Hintergrund:* Die Kreolsprache *Singlish*, oder *Singapore Colloquial English*, ist eine *örtliche* Form der engl. Umgangssprache, die auf den Straßen Singapurs gesprochen wird. *Singlish* ist dabei nicht, wie häufig angenommen, gebrochenes Englisch. Als Kreolsprache hat es wie alle Sprachen eine einheitliche innere Logik und grammatikalische Komplexität. Das moderne Singapur wurde im frühen 19. Jh. als britische Kolonie gegründet; nach einer Fusion mit Malaysia 1963 ist es erst seit dem 9. August 1965 unabhängige Republik. Singapur hat also einen englischsprachigen Hintergrund, eine große Rolle spielt zudem die enge Verbindung zu Malaysia. Hinzu kommt der stetige Kontakt zwischen Sprechern verschiedener Sprachen, vor allem eben Malaiisch, dazu verschiedene (vor allem süd-) chinesische Sprachen (Hokkien, Kantonesisch, Teochew), Tamil und indisches Englisch. Dass das Englische in der Form des Singlischen sich als Lingua Franca etablierte, liegt vor allem am englischsprachigen Bildungswesen in Singapur.

S. 10 *lah:* Singlish-Sätze (s. dazu auch oben, den Eintrag zum sprachlichen Hintergrund) sind oft geradezu gespickt mit der charakteristischen Partikel *lah*, so dass der Begriff zu einem festen Bestandteil der Umgangssprache geworden ist. Im Singlishen gibt es etwa 11 Partikeln, die größtenteils aus chines. Dialekten wie Hokkien oder Kantonesisch entlehnt sind, um das Gesagte positiv oder negativ zu verstärken. *Lah* kann je nach Kontext eine Bejahung, Ablehnung, Verärgerung oder einen Ausruf markieren.

S. 11 *Si-Gao-Kosong-Tee:* ungezuckerter (malaiisch *kosong* = ›pur‹) starker (hokkien *gao* = ›dick‹/›konzentriert‹) Tee mit Kondensmilch (*si*).

S. 19 *Saguaro-Kakteen:* die klassischen ›Mexiko-Kakteen‹, die mit durchschnittlich 12 m Höhe zu den größten Kakteen der Welt zählen.

S. 28 Das *Hookesche Gesetz* beschreibt die Auswirkung einer Kraft auf einen elastisch verformbaren Körper.

S. 30 *CNY: Chinese New Year*, der wichtigste traditionelle chinesische Feiertag, gefeiert am Neumond zwischen dem 21. Januar und 21. Februar.

*Karung-Guni-Mann:* von malaiisch *karung guni* = ›Jutesack‹; eine Art moderner Lumpensammler, der (heute normalerweise nicht mehr mit dem Jutesack, sondern mit dem Handkarren) von Tür zu Tür geht und nicht mehr gekaufte Gegenstände erwirbt, um sie weiterzuverkaufen.

S. 31 *Hang Tuah, Hang Jebat, Badang:* mytische Helden der malaiischen Geschichte. *Hang Tuah* soll im 15. Jh. gelebt haben und ist der Titelheld des malaiischen Epos *Hikayat Hang Tuah* (15.–16. Jh.), *Hang Jebat* ist sein Begleiter. *Badang* ist legendär für seine Stärke.

*Jelebi*, auch *Jalebi*: afghan./nordwestind. Nachtisch; in Zuckersirup getränkte, frittierte Weizenmehlkringel.

*Punjab/Punjabi:* Die Region *Punjab* liegt teils in Indien, teils in Pakistan; der indische Teil bildet den Bundesstaat *Punjab*, dessen Hauptsprache *Punjabi* ist und dessen Bevölkerungsmehrheit der Religionsgemeinschaft der Sikhs angehört.

*Rosen-Barfi:* von *barf* = ›Schnee‹. Indische Süßigkeit aus den Hauptzutaten Milchpulver und Zucker, hier mit Rosenaroma.

S. 33 *Ah Mah:* ›Oma‹.

S. 38 *Ong Lai:* ›Ananas‹, auf Hokkien (Variante der südchines. Sprache Min Nan) wörtlich: ›Glück/Wohlstand kommt‹.

S. 49 *Mee Goreng:* indones.-malaiisches Nudelgericht mit einer klebrigen süß-scharfen Sauce, mit Hähnchen, Krabben, Ei und/oder Gemüse.

S. 51 *Ipoh:* Stadt in Malaysia.

S. 52 *Pong:* Ein *Pong* beim Mahjong besteht aus drei Gleichen Steinen. Der Ruf »Pong« bedeutet, das sein Spieler, der zwei gleiche Steine hat, einen dritten dazu aufrufen darf, wenn ein anderer Spieler ihn ablegt.

*Sugee-Kuchen:* üblicherweise zu festlichen Anlässen in Malaysia und Singapur gebackener Kuchen aus Grieß, Mandeln, Rahmbutter, Eiern und Brandy, optional mit Marzipan und königlichem Zuckerguss (aus Puderzucker, Eiweiß und Vanille) überzogen.

S. 54 *Pandan:* südostasiatische Palmenart, aus deren Blättern eine giftgrünes, nussig und stark nach Vanille schmeckendes Extrakt gewonnen wird, das insbes. in der thailänd., malaiischen und indones. Küche zum Backen verwendet wird. Es wird auch als ›die Vanille Asiens‹ bezeichnet und rangiert inzwischen unter den Superfoods.

S. 65 *Curry Puff:* Snack aus Curry, Hähnchen und/oder Kartoffeln oder auch Sardinen im frittierten oder gebackenen Teigmantel.

S. 70 *Koh-i-Noor:* einer der größten (und sagenumwobendsten) Diamanten der Welt, Teil der britischen Kronjuwelen.

S. 74 *Sangeet:* eines der Feste vor der Hochzeit, traditionell nur unter Frauen, inzwischen auch mit Männern.

S. 77 Das *National Institute of Education (NIE)* ist ein autonomes Institut der *Nanyang Technological University* in Singapur. Im Jahr 2015 weltweit auf Platz 12 und in Asien auf Platz 2 des QS World University Ranking im Bereich Bildung, ist das Institut das einzige Lehrerbildungsinstitut in Singapur.

S. 82 *Cheongsam:* vor allem im 20. Jh. beliebtes chinesisches knöchellanges, seitlich geschlitztes Kleid mit hochgeschlossenem Kragen und Knöpfen oder Schlaufen an der Schulter.

*Kaya:* eine Art Marmelade aus Kokos und Eiern; unverzichtbar für ein Singaporer Frühstück, entweder mit karamelisiertem/braunem Zucker oder mit Pandan.

S. 87 »Ich bin nur toll bei Nordnordwest …«: aus Hamlet II,2 (Schlegel-Übersetzung): *I am but mad north-north-west. When the wind is southerly, I know a hawk from a handsaw.*

S. 96 *Der Tod schließt alles …:* aus dem Gedicht »Ulysses« von Alfred Lord Tennyson (1809–92): *Death closes all: but something ere the end, /Some work of noble note, may yet be done …*

S. 99 *Shophouse:* südostasiatischer Gebäudetyp mit einem Geschäft, das sich zum Bürgersteig hin öffnet, und Wohnräumen für den Inhaber, typischerweise als Reihenhäuser.

S. 100 *Saté:* ursprünglich aus Indonesien stammendes Grillgericht.

*Soto:* traditionelle indones. Suppe aus Brühe, Fleisch und Gemüse, manchmal als indonesischen Nationalgericht betrachtet.

S. 105 *Kueh:* bissgerechte süße oder saure Häppchen.

S. 133 *Malaya* stand für die britischen Kolonialbesitzungen auf der malaiischen Halbinsel.

S. 133 (William) *Somerset Maugham* (1874–1965) gilt als einer der großen Meister der *short story:* englischer Autor, der v. a. auch für seine Kurzgeschichten bekannt ist mit eindringlichen Milieuschilderungen, u. a. von der malaiischen Halbinsel.

S. 136 *Punggol:* Gebiet auf der Halbinsel Tanjong Punggol im Nordosten von Singapur.

S. 144 *Bakwan Kepiting:* Peranakan-Suppe (traditionell serviert am Chinesischen Neujahr) mit Fleischbällchen aus Schweinehack und Krabbenfleisch und Bambussprossen. *Peranakan* bedeutet auf Malaiisch ›hier geboren‹ und bezieht sich auf Singapurs Volksgruppe der *Peranakan*, hauptsächlich Nachkommen chinesischer Händler, die sich im 19. Jh. in den geschäftigen Häfen von Penang und Singapur niedergelassen und einheimische Frauen geheiratet haben.

S. 153 *Chendol:* Eissüßigkeit aus Reismehlgelee, Kokosmilch und Palmzuckersirup.

S. 167 *»Der Merlion« von Alfian Sa'at:*  Im Original:

The Merlion

»I wish it had paws,« you said,
»It's quite grotesque the way it is
you know, limbless; can you
imagine it writhing in the water,
like some post-Chernobyl nightmare?
I mean, how does it move? Like a
torpedo? Or does it shoulder itself
against the currents, gnashing with frustration,
its furious mane bleached
the colour of a drowned sun?
But take a second look at it,
how it is poised so terrestrially,
morooned on this rough shore,
as if unsure of its rightful
harbour. Could it be that,
having taken to this unaccustomed limpidity,
it has decided to abandon the seaweed-haunted
depths for land? Perhaps it is even ashamed
(But what a bold front!)

to have been a creature of the sea; look at how
it tries to purge itself of its aquatic ancestry,
in this ceaseless torrent of denial, draining
the body of rivers of histories, lymphatic memories.
What a riddle, this lesser brother of the Sphinx.
What sibling polarity, how its sister's lips are sealed
with self-knowledge and how its own jaws
clamp open in self-doubt, still
surprised after all these years.«

»Yet … what brand new sun can dry
the iridescent slime from the scales
and what fresh rain wash the sting of salt
from those chalk-blind eyes?«

»And why does it keep spewing that way?
I mean, you know, I mean …«

»I know exactly what you mean,« I said,
eyeing the blond highlights in your black hair
and your blue lenses the shadow of a foreign sky.
»It spews continually if only to ruffle
its own reflection in the water; such reminders
will only scare a creature so eager to reinvent itself.«

»Yes«, you finally replied, in that acquired accent of yours,
»Well, yes, but I still do wish it had paws.«

S. 181 *aber Sukhin wird nicht gelassen in diese gute Nacht gehen*: Anspielung auf ein Gedicht von Dylan Thomas: »Do not go gentle into that good night« (1951), in dem ein Sohn seinen Vater auffordert, sich dem Tod nicht kampflos zu ergeben und seine letzten Tage auszukosten.

S. 187 *Will' und Geschick sind stets in Streit befangen*: aus *Hamlet* III,3 (Schlegel-Übersetzung): *Our wills and fates do so contrary run.*

S. 193 *Balacan:* ›Garnelenpaste‹ (in verschiedenen asiat. Ländern unter unterschiedl. Namen bekannt), Würzpaste aus fermentierten Garnelen.

*Changi-Beach-Massaker:* Nachdem die vereinten Truppen von Großbritannien und dem Commonwealth am 15. Februar 1942 Singapur, einen zentralen strategischen Punkt im Zweiten Weltkrieg, an Japan verloren hatten, die größte Niederlage in der Geschichte Großbritanniens, folgte die Operation ›Sook Ching‹: Zwischen dem 18. Februar und dem 4. März wurde Singapur von ›feindlichen Elementen‹, insbesondere chinesischen Einwohnern, ›gereinigt‹; Zehntausende wurden ermordet. Am 20. Februar 1942 wurden am Changi Beach 66 männliche chinesische Zivilisten von der japanischen Militärpolizei erschossen.

S. 193 *Nasi Lemak Sambal:* traditionelles malaiisches Gericht aus in Kokosmilch gekochtem ›reichhaltigen‹ (*lemak*) und mit einem Pandanblatt aromatisierten Reis (*nasi*), zu dem verschiedene würzige Curries, *Sambal* mit frittierten Anchovies, ein hartgekochtes oder gebratenes Ei und Gurkenscheiben serviert werden und das traditionell zum Frühstück, aber auch zu anderen Mahlzeiten gegessen wird.

S. 195 *lineare Regression:* statistisches Verfahren, bei dem versucht wird, den Wert einer abhängigen Variable mithilfe einer oder mehrerer unabhängiger Variablen vorherzusagen.

S. 198 *Teochew*-Küche: aus der Region Chaoshan im östlichen Teil der chinesischen Provinz Guangdong.

S. 200 *Rendang:* Curry-ähnliches, scharfes Fleischgericht der indones. Küche.

*Biryani:* von pers. *beryān* = ›gebraten‹, ›geröstet‹; herzhaftes asiat. Reisgericht.

*Durian Pengat:* Nachtisch aus in gezuckerter Kokosmilch gekochten Früchten, hier *Durian* (auch ›Zibetfrucht‹), die zu einer Art Mousse eingekocht wird. Über den Geschmack der Durian-Frucht, die in manchen Regionen als ›Königsfrucht‹ bezeichnet wird, scheiden sich die Geister.

*Mince Pie:* traditionelles engl. Weihnachtsgericht, kleine Pies, gefüllt mit *Mincemeat:* getrockneten Früchten, Nüssen und Gewürzen.

*Kueh Dadar:* gerollter Crêpe mit Pandansaft, gefüllt mit Kokosraspeln, getränkt in Palmzucker.

S. 204 *Sugee-Plätzchen:* festliche, butterweiche Plätzchen aus geschmolzener Butter und Erdmandeln.

S. 228 *Rojak:* traditioneller javanischer Salat aus Gemüse, Obst und süß-scharfer Sauce.

*Ketupat-Lampe: Ketupat* ist eine Art Reisknödel in aus Palmblättern geflochtenen kleinen Körbchen, auf die sich wohl die Lampe bezieht.

S. 241 *Zwölf Tage:* Die *zwölf Weihnachtstage* (auch *die Zwölften*) umfassen im christlichen Kalender den 25. Dezember bis zum Morgen des Dreikönigstags am 6. Januar.

S. 244 *Welch ein Meisterwerk ist der Mensch!*: aus Hamlet II,2 (Schlegel-Übersetzung): *What a piece of work is man!* Fortsetzung: *Wie edel durch Vernunft! Wie unbegrenzt an Fähigkeiten! In Gestalt und Bewegung wie bedeutend und wunderwürdig! Im Handeln wie ähnlich einem Engel! Im Begreifen wie ähnlich einem Gott! Die Zierde der Welt! Das Vorbild der Lebendigen!*

S. 257 *Lapsang Souchon:* kostbarer chines. Rauchtee vom Zheng Shan im Wuyi-Gebirge.

S. 260 *das Lustschloss des Kubla Khan*: Anspielung auf das Gedicht *Kubla Khan, or, a Vision in a Dream* (1798) von Samuel Taylor Coleridge.

S. 263 *Kecak:* traditionelles balinesisches Tanzdrama.

S. 266 *Tai Tais:* umgangssprachliche chinesische Bezeichnung für die privilegierte Frau eines reichen Mannes, die nicht arbeiten muss, natürlich auch nicht im Haushalt, sondern den ganzen Tag mit Muße und Geld Ausgeben verbringen darf.

S. 268 *König von Samarkand:* der Mongolenfürst Temür ibn Taraghai Barlas/Timur Lenk (1336–1405), der das Mongolische Reich wiederherstellen wollte und v.a. für seine Grausamkeit und die berühmt-berüchtigten Schädelpyramiden bekannt ist, die er nach der Eroberung von Isfahan und Badgad errichten ließ, wo 70.000 bzw. 90.000 Gefangene geköpft wurden. Christopher Marlowe verarbeitete den Stoff in *Tamburlaine the Great* (1590).

S. 270 *Nie und nie mein Mädchen …:* erste Strophe von: Dylan Thomas: »In Country Sleep« (1947).

S. 276 *Denn worin besteht die Tollheit …*: aus *Hamlet* II,2 (Schlegel-Übersetzung): *To define true madness, what is't but to be nothing else but mad?*

S. 284 *Schrödingers Katze:* physikalisches Gedankenexperiment in Form eines Paradoxons, beschrieben 1935 von Erwin Schrödinger, in dem es um eine Kritik an der Kopenhagener Deutung der Quantenphysik, der direkten Übertragung quantenmechanischer Begriffe auf die sichtbare Welt, geht. Das Gedankenexperiment besteht darin, eine Katze in einen Zustand zu versetzen, in dem sie nach der Kopenhagener Deutung gleichzeitig tot und lebendig ist und der nach dieser Deutung so lange bestände, bis ein Beobachter ihn untersuchte, der den Zustand dann als ›tot‹ oder ›lebendig‹ festlegen würde.

S. 295 *dieses unbetitelte Gedicht von Cyril Wong:* © 2010 Cyril Wong; Abdruck und Übersetzungslizenz mit freundlicher Genehmigung des Autors. Im Original:

We are in the same car, two men
making out in a deserted alleyway.
As we grope and cling, the car
rolls, we fail to care, half-suspecting
it is our kiss propelling the vehicle
out into the street. Behing you,
I see my parents on the sidewalk
fainting comically to the ground
at the sight of us, a wrist to the brow.
I want to laugh but I cannot do so
with my tongue in your mouth.
The car seems to know exactly
where to go. More people seem to drop
as we drive by: Father Arro
who told me God existed by virtue
of trees and the sun's rise and fall,
every teacher who favoured us
for busting our asses to please them,
the rest of your family who have
yet to learn about us. They collapse
in spite of themselves. Buildings
are starting to sway too as we pass.
Soon the Parliament House is
caving unto itself. I watch
the Merlion wobble and topple
into the river with an unimpressive
splash. Churches, flats and malls
shudder to rubble in our wake.
Somehow we are still kissing,
you with your eyes closed, mine
wide open, as our ride takes us
to a shore and straight into the sea.
We are unable to stop kissing,
as waves gorge on our car,

darting fishes or an occasional
squid bouncing off the windshield.
We stop when we reach a world
where no person or building may
fall at the spectacle of our embrace.
I think we are almost there. Already,
the car is filling with water, warm
as saliva in a lover's mouth. We
soar across a galaxy of plankton
undistracted by our kiss, water
rising intimately around our necks,
our destination so close we can
taste the ocean on our lips.

S. 298 *Dass eine Gottheit …:* aus *Hamlet* V,2 (Schlegel-Übersetzung): *There is a divinity that shapes our ends, rough-hew them how we will.*

# KRÖNER WELTLITERATUR

Eimar O'Duffy
**King Goshawk und die Vögel**
(Band 1, 276 Seiten)
**Esel im Klee**
(Band 2, 352 Seiten)
Aus dem Englischen von Gabriele Haefs

*»eine wilde, sprachgewaltig geschilderte Tour de Force …
eine treffsichere Satire auf das herrschende System«*
(ANNEMARIE STOLTENBERG, *NDR*)

Eduardo Lago
**Brooklyn soll mein Name sein**
Aus dem Spanischen von Guillermo Aparicio, 464 S.

*»Einer der bedeutendsten spanischen
Romane der vergangenen Jahre …
Eine echte Entdeckung.«*
(DENIS SCHECK in DRUCKFRISCH)

Aude
**Das Wanderkind**
Aus dem Französischen von Ina Böhme, 144 Seiten

*»Ein wirklich be- und verzauberndes
kleines Buch«*
(LITEATURREICH)

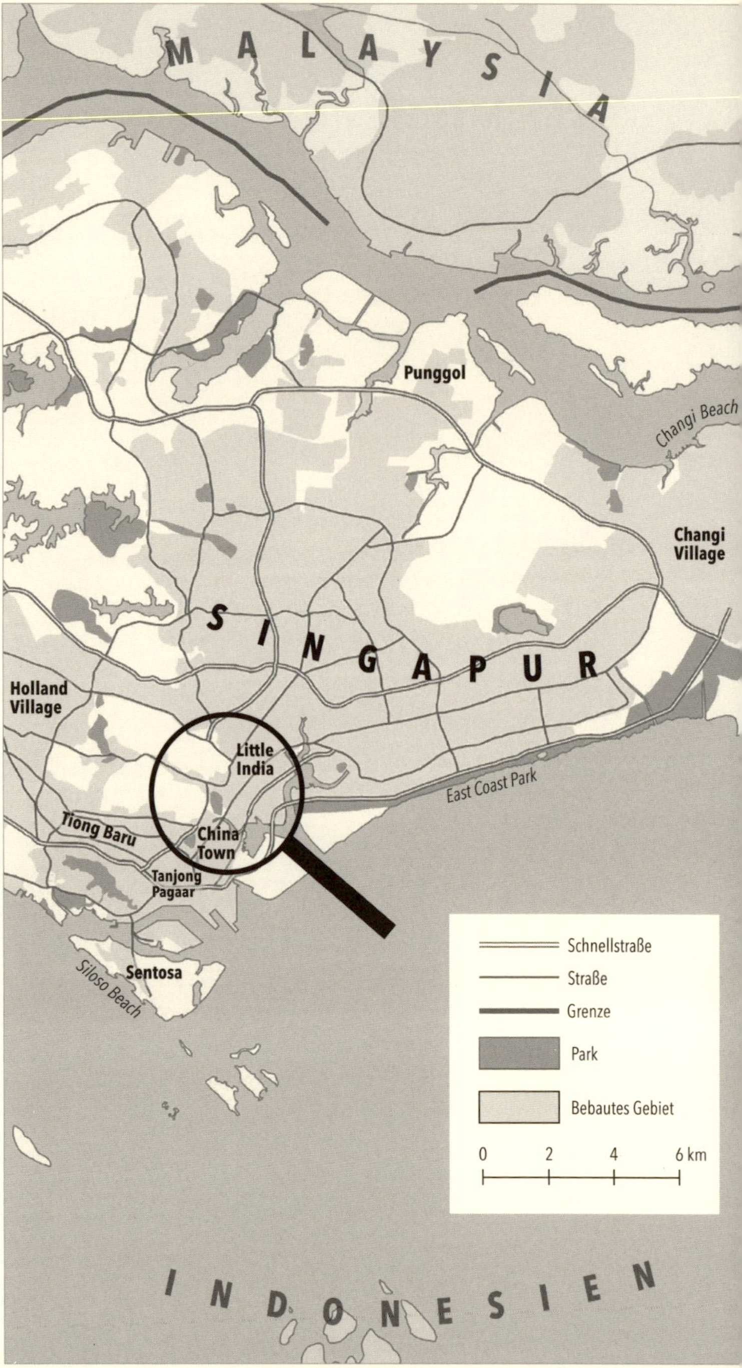
MALAYSIA
Punggol
Changi Beach
Changi Village
SINGAPUR
Holland Village
Little India
East Coast Park
Tiong Baru
China Town
Tanjong Pagaar
Sentosa
Siloso Beach
Schnellstraße
Straße
Grenze
Park
Bebautes Gebiet
0
2
4
6 km
INDONESIEN